诗性红楼撷英

Shixing Honglou Xieying

吴伟凡 ○ 著

首都经济贸易大学出版社
Capital University of Economics and Business Press

·北京·

图书在版编目(CIP)数据

诗性红楼撷英/吴伟凡著. -- 北京:首都经济贸易大学出版社,2012.5
(地平线策划工作室通识书系)
ISBN 978-7-5638-2002-3

I.①诗⋯ II.①吴⋯ III.①《红楼梦》研究 IV.①I207.411

中国版本图书馆 CIP 数据核字(2012)第 056895 号

诗性红楼撷英
吴伟凡 著

出版发行	首都经济贸易大学出版社
地　　址	北京市朝阳区红庙(邮编 100026)
电　　话	(010)65976383　65065761　65071505(传真)
网　　址	http://www.sjmcb.com
E-mail	publish@cueb.edu.cn
经　　销	全国新华书店
照　　排	北京砚祥志远激光照排技术有限公司
印　　刷	临沂圣贤印刷有限公司
开　　本	880 毫米×1230 毫米　1/32
字　　数	243 千字
印　　张	9.5
版　　次	2012 年 5 月第 1 版　2019 年 10 月第 2 次印刷
书　　号	ISBN 978-7-5638-2002-3/I·12
定　　价	19.00 元

图书印装若有质量问题,本社负责调换
版权所有　侵权必究

序

  诗是一种语言艺术,它属于文学,与散文、小说和戏剧等文学体裁比肩而立。诗还有一种语用学意义上的广义所指,人世间关于艺术、自然和人生对象中那些凝练、深刻到极致的美的内容和形式,我们都可以用广义的"诗"或"诗性"去定位或描述。诗歌成了人类把握世界、观照世界、评判世界的一种特殊维度。说它维度特殊,是因为它在审美的视域中操持言说,有很多时候科学无可把握和企及之处,就属于诗语的天地了。人是这个绝妙地球上栖息的精神性存在,寻求宇宙和人生的终极真理,是我们永不歇息的灵魂需求。诗意栖居是我们理想的生存方式。在我们生存的当下,没有什么比诗性的存在更纯粹精神地吸引着我们去跋涉着追寻、沉溺着思考的事物了。《红楼梦》正是如此吸引我们精神探寻的一个永恒的文本。

  《红楼梦》是中国古典小说中最具诗性品格的小说,诗性美是《红楼梦》艺术魅力的重要内容。从写作体裁学的角度看,文体交叉是产生文体新样式和新特征

的创造性操作,诗歌与散文交叉生成散文诗,与戏剧交叉生成诗剧,与小说交叉的情况就相对复杂多了。小说是一种叙事性的性格文体,诗歌是一种抒情性的情感文体,小说通常是俗文学,诗歌通常是雅文学,按照常理,这两种文体是难以像其他体裁那样在一些特征属性上牵连在一起的,但在中国古典小说中,这种雅俗结合的奇特现象出现了。毋庸置疑,诗歌与小说交叉可以同时发挥这两种文学体裁的优势和特色,《红楼梦》成了其中的典型证明。当然,《红楼梦》的诗性美不仅是小说与诗歌体裁上的组合、交融或互渗,小说的诗性是从相关形式、叙写手法和题材内容等细部和整体的整合营构中透显出来的。比如,故事中以宝玉与美丽的女性和她们的情感故事为主要题材,那一个个有着如花似玉的貌,更有着琴棋书画的才和变幻气质的韵的少女都有着无尽的个性故事,她们是永恒的美和文化的灵光,她们与宝玉构筑的生活和心灵故事无不具有婉约浪漫、飘逸深情的诗性特点,宝玉本身也有女性化的唯美特质;再比如,《红楼梦》的悲剧属性使其诗性丰盈深刻而震撼力强。作者先以热情洋溢的生花之笔将那些欣欣向荣、纯洁美好的一切娓娓道来,而后笔锋渐转,蓄势渐宏,沉痛又冷峻地诉说每一个人物或事物的悲惨结局,在表面细琐平淡、缠绵温婉、实则积蓄深悲大痛的遥遥诉说和水火难容的两相对比之中,让读者对美的曾经的辉煌充

满回味,对美的面前的毁灭而摧肝裂肺。心海在左右回旋的悬殊想象中激起奔涌之势,情感在高低不平的落差空间里掀起滔滔巨浪,从而悲慨地追问人生的意义,坚定地声讨那个毁灭美好的制度,热切地向往登临乐土的快乐和善美社会的降临。《红楼梦》正是如此调动着我们强旺的感受力和生动的想象力的诗性作品。

在《红楼梦》的大千世界中,纯洁的、美的世界是那样夺魂摄魄地存在着。但别忘了这个美丽世界的短暂和脆弱。在它的另面,还活生生地站着一个复杂的或丑的世界。社会礼崩乐坏、道德沦丧,人人见利忘义、唯利是图。男人奸淫好色、荒诞无耻,女人弄钱使人、淫荡无知;"扒灰的扒灰,养小叔子的养小叔子"。欲望的世界中充满钩心斗角的人群,泯灭的人性上演着罪恶和贪婪的故事。对青少年读者而言,《红楼梦》的人生景象,我们无论从哪个角度吸纳和品味,都能刻骨铭心、收获巨大。我们在汲取、分析其诗意精华,感悟其回肠荡气之美的同时,美的对面的维度是不容弃置、不容忽视的内容。在对美进行聚焦、透视、集中分析的时刻,读者,尤其是青年读者一定能在这种特定维度的思考分析中获得对比中的深刻解悟。

之所以选择这样的维度去论析《红楼梦》,应当说与红学研究的特殊现状有关。红学研究的繁盛面貌实在是有目共睹的,但背后的研究现状也堪称复杂。一方

面,在学术自由、文化多元的平台上呈现着万貌千花、百家争鸣的研究局面;另一方面,人们期盼中堪称突破性的研究成果却较少且争议很大。红学研究在家世研究、抄本研究、红学思想研究、人物研究和艺术研究的层面有了越来越深且扎实的开拓。而在探佚等方面探索的胆子越来越大,路也越来越新,当然不可避免会有越研究越糊涂、越离奇的现象。对初涉红学的人而言,未免头绪纷乱或茫然失本。

  本书则在艰深和纷扰中回到本体,是一本以文本研究为主的高品位通俗著作。它既综合性地吸收了前辈学人的学术成果,帮助青年学子打开关于《红楼梦》的综合性及特殊性的学术视野,使初步走进《红楼梦》的人能够获得最基本和相对新颖的红学知识,又占据美学、诗学和叙事学的一隅,抓住《红楼梦》中的焦点人物、情节及思想等,以辩证的方法、诗性的态度展开文本的诗性分析。本书尤其在情理一体的阐释和论析中凸显着自己的分析特色,尤望给青年读者一种清新震撼的阅读感受和深细入理的解悟提升,希望能达到既打动人心、又理性升华的目的。

  唐代大诗人李商隐在《韩冬郎即席为诗相送因成二绝》中有句很美的诗:"桐花万里丹山路。"丹山相传是出产凤凰之所。《红楼梦》就是小说世界中凤凰飞舞、诗意盎然的巍巍"丹山"。它云雾缭绕、千峰竞秀、

美不胜收又高不可攀,大家你搀我偕,向着高不见顶的美的峰峦进发。可是它的顶端在哪里呢?总是云深不知处。也许我们踩着前辈探究的足迹,依然踉跄难行,但我们互相分享、乐此不疲。因为沿途流动的风景和攀缘的快乐足令我们的生命高雅而满足。粉红般轻盈的想象令我们的人性充满温暖,湛蓝般凝重的理性令我们的生命充满尊严。丹山在望,气象万千。来吧,伟大的文学,所有诗性的体悟都依赖于我们诗意栖居的心灵要求。

路漫漫其修远,吾将与汝结伴。

目　录

第一章　海上明月共潮升——文学奇书 …… 1
　《红楼梦》书名的复名性 …… 2
　《红楼梦》中的谜团 …… 7
　特殊悬案 …… 14
　《红楼梦》的文学价值 …… 18

第二章　万转云山路更赊——历史承传 …… 25
　中国古典小说的发展历史 …… 26
　《红楼梦》在清代文学中的特殊地位 …… 32
　《红楼梦》在古典小说中的地位 …… 41

第三章　无数青莎绕玉阶——新旧之间 …… 49
　旧红学的发轫及代表人物 …… 50
　批评派的红学研究 …… 55
　新红学的兴起与主要流派 …… 57
　新时期的红学研究 …… 61

第四章　一片芳心千万绪——传奇作者 …… 67
　曹雪芹的个性风貌 …… 68
　作者家世概述 …… 74
　曹雪芹的文化贡献 …… 77

第五章　千金散尽还复来——传播风暴 …… 83
　《红楼梦》的版本 …… 84

　　《红楼梦》抄本系统中的重要版本 …………… 86
　　《红楼梦》印本系统中的重要版本 …………… 91
　　《红楼梦》的铅排本及校注本、新版本 ………… 95

第六章　多少楼台烟雨中——叙事策略 ………… 99
　　多层叙述 ……………………………………… 100
　　顺倒整合 ……………………………………… 104
　　特殊情节与角色 ……………………………… 107

第七章　桐花万里丹山路——开场文阵 ………… 113
　　《红楼梦》开场的新意 ………………………… 114
　　理思浓郁的"正邪两赋"论 …………………… 118
　　"葫芦案"的枢纽意义 ………………………… 124
　　"太虚幻境"的指迷 …………………………… 129

第八章　十里楼台倚翠微——浪漫空间 ………… 139
　　作者的园林理想 ……………………………… 140
　　园林气象 ……………………………………… 144
　　人居空间 ……………………………………… 148
　　诗歌生活的乐园 ……………………………… 152

第九章　一弦一柱思华年——沁芳小品 ………… 159
　　写意小品 ……………………………………… 160
　　画意小品 ……………………………………… 163
　　诗意小品 ……………………………………… 167

第十章　蓝田日暖玉生烟——玉质三角 ………… 171
　　至透至莹的宝玉 ……………………………… 172
　　至灵至仙的黛玉 ……………………………… 182
　　至素至达的宝钗 ……………………………… 191

第十一章　簌簌衣巾落枣花——鄙中蕴美 ……… 201
　　三进荣国府 …………………………………… 202
　　作为"说眼"的刘姥姥 ………………………… 204

  刘姥姥形象的审美意义 ……………………… 209

第十二章　泪痕红浥鲛绡透——诗中之诗 ………… 215
  古典小说使用诗歌的历史溯源 ………………… 216
  古典小说中诗歌的作用 ………………………… 218
  《红楼梦》中诗歌的意义 ………………………… 220
  诗中之诗《葬花吟》 ……………………………… 226

第十三章　潋滟随波千万里——文中之文 ………… 235
  警幻之赋 ………………………………………… 236
  宝玉之诔 ………………………………………… 240
  宝玉续庄文 ……………………………………… 245

第十四章　不尽长江滚滚来——主题意蕴 ………… 249
  《红楼梦》主题复杂的原因 ……………………… 250
  《红楼梦》主题的多层意蕴 ……………………… 255

第十五章　问君能有几多愁——悲剧交响 ………… 267
  女性的悲剧 ……………………………………… 268
  爱情的悲剧 ……………………………………… 273
  "新人"的悲剧 …………………………………… 277
  乐园的悲剧 ……………………………………… 280

跋：《红楼梦》的诗性魅力汇要 ……………………… 283

第一章 海上明月共潮升——文学奇书

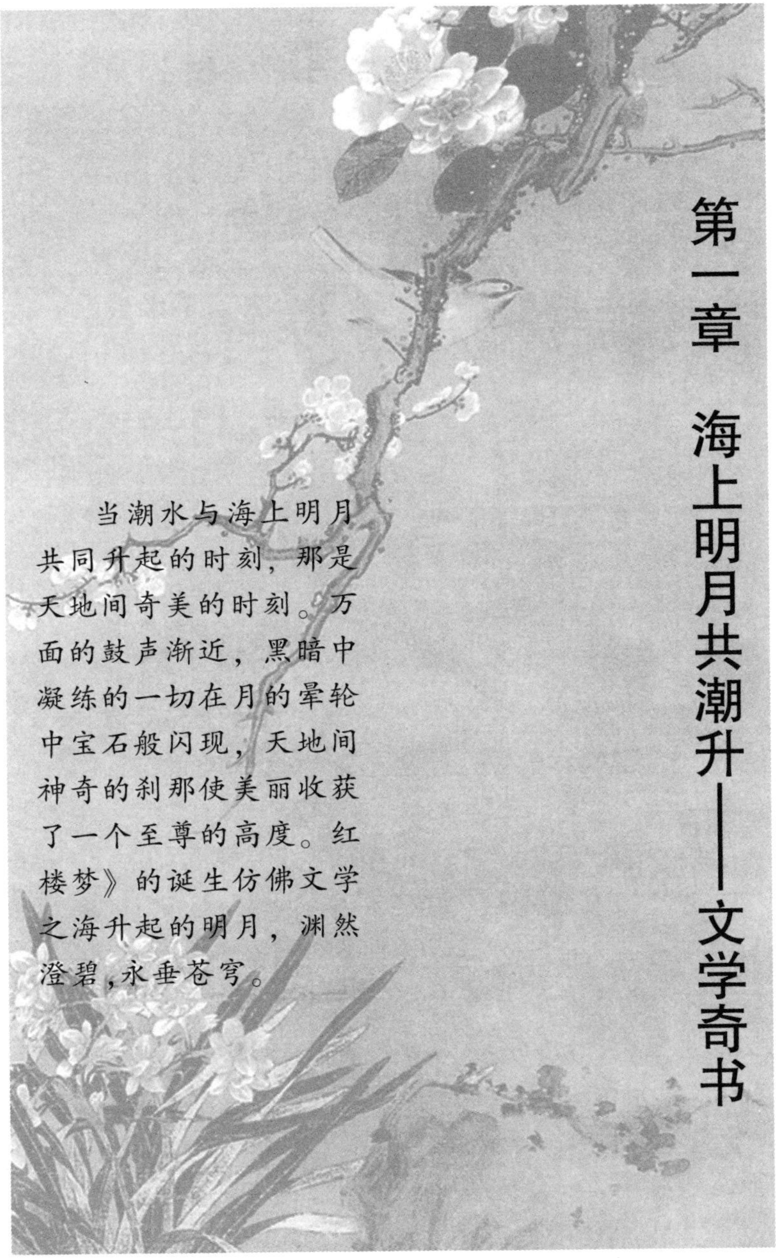

当潮水与海上明月共同升起的时刻,那是天地间奇美的时刻。万面的鼓声渐近,黑暗中凝练的一切在月的晕轮中宝石般闪现,天地间神奇的刹那使美丽收获了一个至尊的高度。红楼梦》的诞生仿佛文学之海升起的明月,渊然澄碧,永垂苍穹。

《红楼梦》书名的复名性

《红楼梦》是一部奇书,首先就奇在它的书名上。

一部小说,一般有一个书名足矣,而《红楼梦》却有多个不同的名字,这在小说世界里可谓是"前无古人,后无来者"。关于《红楼梦》书名的"演变史",不仅小说第一回有明确的交代,甲戌本《脂砚斋重评石头记·凡例》中也有说明。

> **知识链接**
>
> 四大奇书:明末清初有明四大奇书的说法。李渔曾在为醉田堂刊本《三国演义》作序中称:"冯梦龙亦有四大奇书之目,曰三国也,水浒也,西游与金瓶梅也……"再后,《红楼梦》代替《金瓶梅》成为"明清四大奇书",四大奇书至此定型。"四大奇书"是"四大名著"的最初提法。

一、关于书名的作者自述

我们先看《红楼梦》第一回中的相关文字:

"空空道人听如此说,思忖半晌,将这《石头记》再检阅一遍,因见上面大旨不过谈情,亦只是实录其事,绝无伤时诲淫之病,方从头至尾抄写回来,闻世传奇。从此空空道人因空见色,由色生情,传情入色,自色悟空,遂改名情僧,改《石头记》为《情僧录》。东鲁孔梅溪题曰《风月宝鉴》。后因曹雪芹于悼红轩中,披阅十载,增删五次,纂成目录,分出章回,又题曰《金陵十二钗》;并题一绝。"

这段话告诉我们,《红楼梦》小说原共有四个名称:《石头

记》、《情僧录》、《风月宝鉴》和《金陵十二钗》。由于早期流传的抄本带有"脂砚斋"等人批语,一直题名《脂砚斋重评石头记》。时至乾隆甲辰(1784年)梦觉主人序本,才直接用了《红楼梦》作书名。对于这些书名的寓意,甲戌本《脂砚斋重评石头记·凡例》进行了细解:

"是书题名极多:一曰《红楼梦》,是总其全书之名也;又曰《风月宝鉴》,是戒妄动风月之情;又曰《石头记》,是自譬石头所记之事也。此三名,皆书中曾已点睛矣。如宝玉作梦,梦中有曲,名曰《红楼梦》十二支,此则《红楼梦》之点睛。又如贾瑞病,跛道人持一镜来,上面即錾'风月宝鉴'四字,此则《风月宝鉴》之点睛。又如道人亲眼见石上大书一篇故事,则系石头所记之往来,此则《石头记》之点睛处。然此书又名曰《金陵十二钗》,审其名,则必系金陵十二女子也。然通部细搜检去,上中下女子岂止十二人哉?若云其中自有十二个,则又未尝指明白系某某。极(及)至《红楼梦》一回中,亦曾翻出金陵十二钗之簿籍,又有十二支曲可考。"

二、五个书名的蕴义

先看第一个书名《石头记》。作者写道,这篇小说最初是被访道求仙的空空道人发现的,它字迹分明地刻写在大荒山无稽崖青埂峰下的一块大石头上。那石头是无才补天、幻形入世、被茫茫大士渺渺真人携入红尘、引登彼岸并一一述记红尘经历的一块顽石。关于石头无才补天的叙述让我们想起女娲炼五色石以补苍天的远古神话。而石头幻为人形的描写分明更是神话的写法。透过这个题名引带的内容,作者把小说的叙事时间拉回到遥远的神话时代,并使小说的内容也染上了神话般的传奇色彩、宇宙般的神秘色调,以遮蔽与

现实社会的种种复杂关系。一旦小说与现实世界拉远了距离，作者便可以纵情驾驭小说内容，来反映重大的人生、政治和宗教等主题了。

再看第二个书名《情僧录》。表面看是空空道人——情僧抄录的文字之意，深一层看，这是个矛盾而荒诞的命名。僧人原本应当清静无为，去除七情六欲，既有情又如何为僧？作者由这个书名点出了小说中男女情感是重要关目，并从形而上的视角反思情字的影响，引出了小说中的重要宗教概念：色、空。

空空道人在空—色—情—色—空的转变过程中，体验到的是人类的生与死、善与恶、灵与肉的种种及人间情感的至有与终无，所以走到终极便有悖谬与空幻感。这就是情感的辩证法，也是理解宗教生命的契机。

> **知识链接**
>
> 色、空：佛教概念。色指天地间一切有形有相、有坚湿暖动性质的具体事物；空则是佛教用来表述"非有"、"非存在"的一个概念。佛教认为，有形的物质"色"均属因缘而生，其本质是空，所以得出"色即是空"的结论。

第三个书名《风月宝鉴》。风月在我国古代有男女情感世界的文化指代意义。

这个命名的表面更像一部对男女情感交往进行道德惩戒的宝典。"风月宝鉴"是小说中道士送给贾瑞的镜子，有"正照为美人，反照为骷髅"的设计。贾瑞贪恋凤姐而病入膏肓，执意正照而最终命丧黄泉。宝镜的含义在于说明色能杀人——色之美是假象，以假为真、过度纵欲只有死路一条。

原本饮食男女,欲本正常。作者以一种圣人劝诫和道德批判的立场告诉我们,不止是贾府里有衣冠禽兽,古往今来,那些贪奢淫欲的人哪个有好下场?作者的用意是鲜明的,态度是严厉的。

> **知识链接**
>
> 风月、云雨都是汉语中的自然词。在长期的文化使用中形成特指意义。汉语中的"风月场"、"风月债"等都与"风月"这一文化义相关。"风月"泛指男女花前月下的风流,与"云雨"的意义有所不同,"云雨"侧重于隐指男女具体的性行为。

第四个书名《金陵十二钗》。这个题目表面看是写十二个金陵女子的命运的。它直接与曹雪芹及他的生活经历联系在一起。其情其意作者在第一回中有所说明:"忽念及当日所有之女子,一一细考较去,觉其行止见识皆出我之上","然闺阁中历历有人,万不可因我之不肖,自护己短,一并使其泯灭。"在这一题目下,作者用赞美的文字和仰慕的态度关注那些记忆中历历在目的风姿绰约、才华横溢的女子,最终又在"悼红轩"中以惋惜和悲慨的情感描述了她们的悲剧命运。不仅有被作者编入"神话"正册的十二钗,还有副册和又副册等更多的女子。故此大观园中关于青春、才华、浪漫和爱情的女儿生活及诗意生命的毁灭,是这个题目所蕴涵的基调,也是作者所要表现的重点。

最后一个题目《红楼梦》。"红楼梦"是"红楼"和"梦"这两个古典意象的诗意结合。就作品内容而言,它直接来自书中第五回"警幻仙曲演红楼梦"的十二支曲子,是小说内容的大综合,具有十分丰富而深刻的含义。就"红楼"的字面意思

看,它是指紫檀木筑就的楼宇,而在古典文学中的"红楼"意象则意味蕴藉。比较早且多地使用它的作家是晚唐五代的花间词人韦庄。他在《闺月》一诗中用"美人情易伤,暗上红楼立",把红楼与美丽的女子联系在一起。在《菩萨蛮·红楼别夜堪惆怅》中,用"红楼别夜堪惆怅,香灯半卷流苏帐"的诗句渲染了女性的美好居处——绣阁妆楼那精美的建筑装修环境与伤怀的感情。韦庄又在《长安春》中无不铺陈地写道:"长安二月多香尘,六街车马声辚辚。家家楼上如花人,千枝万枝红艳新。帘间笑语自相问,何人占得长安春?长安春色本无主,古来尽属红楼女。"把春天的明媚归于女子的鲜艳亮丽,而红楼就是她们的所在,也就是她们的标志。中唐时,白居易又用"红楼富家女,金缕绣罗襦"(《秦中吟》)的诗句,将"红楼"作为古代王侯贵族富家"朱门"的代称。晚唐李商隐则在《春雨》中又道:"怅卧新春白袷衣,白门寥落意多违。红楼隔雨相望冷,珠箔飘灯独自归。"那种青春醉倒、繁华如梦的意味浓缩在红楼之中,与诗人"白门"中的孤独、漂泊和无助形成了鲜明的对比,更加接近了"红楼梦"表达的人生况味。而中国文化中的"庄周梦蝶"是文人和人生最大之梦。似真似幻、如痴如醉、物我两忘的境界,真是以血书者的迷狂。所以有梦觉主人的一段经典感慨:"辞传闺秀而涉于幻者,故是书以梦名也。夫梦曰红楼,乃巨家大室儿女之情,事有真不真耳。红楼富女,诗证香山;悟幻庄周,梦归蝴蝶。"(《红楼梦序》)就此也使这个书名成为这些另名中最富诗意也最深沉蕴藉的一个。以《红楼梦》命名,不仅包含了对当日所历所闻的富贵之家中一切青春浪漫女子的追忆,还包含了对世事沉浮、人生如梦的更为深邃的思考。

> **知识链接**
>
> 庄周梦蝶:典出《庄子·齐物论》,是战国时期道家学派主要代表人物庄子提出的一个哲学命题。语中有"不知周之梦为蝴蝶与,蝴蝶之梦为周与?"情思浪漫、想象奇特。提出了人不可能确切区分真实与虚幻和生死物化的观点。

上述五个书名,《红楼梦》是典雅而诗意的,《金陵十二钗》是通俗而隽朗的,《风月宝鉴》是时尚而反讽的,《情僧录》是世俗而荒诞的,《石头记》是传奇而朴实的。其他书名如《金玉缘》、《警幻仙记》、《大观琐闻》等是后人抽取其中内容而拟,与作者和创作过程无关。《红楼梦》小说的这种复名性,是作者自觉的追求,而不是刊刻时因为商业利益等的需要而做的书题变换;多重的题名既是小说创作过程中内容不断深化、蕴涵多元深意的说明,也是小说主题具有多种维度的直观揭示,更是在提醒读者要依不同的题名关注不同的内容。

《红楼梦》中的谜团

一、发疑与解疑

《红楼梦》在文本内容上呈现出自传性、自叙性和家族史的特色,但由于作者开篇便用甄士隐和贾雨村两个重要人名表明写作的原则是要把真事隐藏起来,用小说假语的形式敷衍故事,所以《红楼梦》的文本中仍有以下几类属于艺术创作过程中故意抖搂的和作者有意遮掩的,或者是在艺术叙述的空间中不曾细解的留白式的"谜团"。

古往今来,文学作品被后人当做谜团一样对待和解释的现象有很多。这是因为有些作品的内涵空间丰富复杂,有些作者的命意和写作表达不十分爽朗明白,有时是故意隐晦。比如,李商隐的《无题》诗就给后人留下很多想象和解释的空间。《红楼梦》比之诗歌在内容上要丰富复杂得多,在情节上也有很多跳跃和留白,诸如在贾宝玉抓住秦钟和智能儿偷欢后,宝玉说要和秦钟算账。如何算账?作者在第十五回写道:"宝玉不知与秦钟算何账目,未见真切,未曾记得,此系疑案,不敢纂创。"作者自己就制造了一些这样的留白。当然《红楼梦》中还远不止这类细小具体的"疑案"。任何一个细读《红楼梦》的人,都会遇到很多或大或小的不可理解或难以理解或要提出疑问的地方。不仅是作品的深层思想意蕴,也不只是作者精湛独到的艺术手法,对《红楼梦》发生疑问的方面比比皆是。当然,解疑的视角也很多,甚至从某种角度形成特殊体系或红学研究的重要流派,其中索隐派和探佚派就很兴盛。比如,索隐派虽有新旧之分,但不论新旧,他们的共同特点是把目光聚焦在《红楼梦》文本的背后,分析书里的人物、情节与清朝康熙、雍正、乾隆三代的各种政治人物和种种政治事件的联系,把它们指认在一起。所谓探佚派就是根据《红楼梦》作者前八十回里所埋下的一些伏笔,再根据脂砚斋的一些批语来探索《红楼梦》散佚的后四十回的构思和设想。像这样的研究则都是以前文学研究领域里较少出现的现象。其实,对普通读者,尤其是青少年读者而言,我们的关注重点不应是"猜谜"、"揭秘"和学术研究,而应是对在文学史的进程中出现的相对定型化了的作品本身进行欣赏和品鉴。

二、时地之谜

《红楼梦》中所写故事发生在何年何月?作者在第一回

第一章
海上明月共潮升——文学奇书

说要讲述的故事和人物是"半世亲睹亲闻的",可见是作者写实性的故事和人生经历,也就是清朝康乾时期的大背景。但在叙述技术上,作者有意把故事发生的背景和时间虚化了。作者在第一回中用神话故事的口吻表现时间概念时写道:"女娲氏炼石补天之时","后来,又不知过了几世及劫"等,又用空空道人说关于这一段故事"第一件,无朝代年纪可考"。最后以石兄之口答道:"若云无朝代可考,今我师竟假借汉唐等年纪添缀,又有何难?但我想,历来野史,皆蹈一撤,莫如我这不借此套者,反倒新奇别致,不过只取其事体情理罢了,又何必拘于朝代年纪哉!"就此表明了自己的写作时间原则:留下事体情理,虚化故事时间。但在个别叙述细节上,作者仍然留下了生活中的汉唐痕迹。比如,"长安县"、"女尚书"、"节度使"和"九省统制"等唐宋时代的地名和官名来达到虚化时间概念的目的。事件的时间背景和具体顺序不重要了,重要的是一个个虚化时间中的"一日""又一日"的故事及填满其间的人物与情理,这就是《红楼梦》中的时间之谜。当然,其中也包括了和时间相关联的主要人物的年龄问题。小说是一种写人的叙事艺术,不是人物传略,不需要精致细腻的时间年表。作者深谙个中原理,所以,书中主要人物的年龄并非精确坐实。

至于《红楼梦》故事发生的地点,若从书题别名《金陵十二钗》或"太虚幻境"中"金陵十二钗正册"等的名目看,作者应是写发生在金陵的故事。金陵也就是现在的南京市。书中的"进京"之"京",实质应理解为南京,因为明太祖建国时建都于石头城,即南京,直至明成祖永乐十九年时才迁都北京。可是,作者既用自己家事为素材,明写曹家当年在南京的荣枯故事,便太真实而显眼了。所以故事发生的都城南京

在作者的想象中换作了康乾时期作者所在的都城北京,并通过贾雨村的口说:"去岁我到金陵地界,因欲游览六朝遗迹,那日进了石头城,从它(贾府)老宅门前经过……"使贾府有了搬家的经历——老宅在南京,现在在北京。作者还用南京的甄家来影射真实,用北京的贾(假)家来掩护真实。而"京"字不仅可以使作者在心理上对南京有唤起感,在以北为南的写作陈述中也不会有心理的分裂感和妨碍感。这真是历史和语言对作者想象力的天然资助。这样设置的写作地点才让小说更是小说,而不是实录,也才使作者的写作更能从现实生活中借力。

三、谐音之谜

由于中国汉字具有形、音、义的独特性质,作者便在小说写作中从人名谐音的角度直接彰显自己的写作技巧和在内容上的特殊追求。其实,每一个写小说的人为自己的人物起名字时都不会没有任何意思地胡起,但像《红楼梦》作者这样利用谐音起名并主动昭示自己的写作个性的尚不十分多见。先看最重要的两个谐音人名贾雨村和甄士隐。贾雨村即"假语村",用假语村言讲故事;甄士隐即"真事隐",把真正发生的故事隐藏起来。第一回题目"甄士隐梦幻识通灵,贾雨村风尘怀闺秀"也可做这样的解释:由红楼梦幻识得通灵,归得佛界真心,这便是隐藏的真。何谓假语村言?由红楼梦幻感念诸多佳丽才女,这便是生活表面和故事表面的假象。正是《金刚经》所说:凡所有相皆是虚妄,一切都是梦幻泡影。这其中的真假关系,在《红楼梦》中成为一个看世界的辩证法,所谓"假作真时真亦假"。进一步分析真与假的关系,还可以有三种诠解:一是说,在红楼幻梦中沉迷的人,不仅假的是假的,真的也是假的了;二是说如若归得真如福地,真的固然是

第一章
海上明月共潮升——文学奇书

真的,那假的也可以是真的了;三是说当你果然顿悟成佛了,真假便浑融不分、合二归一了。

根据《红楼梦》作者这样的谐音思路,再根据脂批本对内容的评点交代,我们还可以看到对《红楼梦》其他重要人物的名字的命意推想,比如,贾家四姐妹分别叫元春、迎春、探春和惜春,连贯起来便是"原应叹息",也就是通过谐音表达了作者对这些女子命运的悲叹情怀。"警幻仙子"则是以梦幻来警醒世人的意思。还有如"娇杏"即侥幸,"霍启"即祸起、火起,"詹光"即沾光,"冯渊"即逢冤,"王仁"即忘仁,"秦钟"即情种等。不仅人名有谐音的联想,其他物名、地名也可以作自然的联想。比如,荣宁二府。这是一荣一枯,是一切世间的缩影。荣,实指世间一切富贵荣华,不要单单理解成荣国府。宁,指世间一切枯,不要单单理解成宁国府。一动一静;一求有,一求无;一求生,一求灭;一求官,一求道。一切,都在这一动一静里生来死去,饱尝轮回之苦。这一切都是假的,都是梦幻。荣是无常,枯亦无常。荣者为阳,荣府宝玉出家为归宿;枯者为阴,宁府惜春出家为结局。荣也好,枯也罢,都是无常梦幻,常在的只有真如福地。再比如,"大荒山,无稽崖,青埂峰"是不是词首里也藏着"大无情"三字?还有"太虚幻境"的预设,是要让读者知道红楼的一切包括那个情字,本便如梦如幻;令读者明白,走进红楼便是走进无常和梦幻;令读者明白,红楼的一切都是定数;在此太虚幻境,显示了十二金钗及三大丫环的定数。这是佛家所讲的因缘,道家所谓的命数。结果大体相同,那就是家破人亡各奔腾。作者安排这些定数总的原则,无论谁都要走向反面,以显示万法无常,令人看破一切都是梦幻,不更谋虚逐妄。如元春,安排你照宫闱,也令你大梦归;让你明白"须要退步抽身早"。

11

四、写批之谜

《红楼梦》的作者是谁?书中交代,作者是石头。诸家批本也都称作者为石兄或玉兄。这石兄到底是谁?百二十回本第一回有"曹雪芹在悼红轩中批阅十载、增删五次"的描述,所以,曹雪芹是现今公认的作者。虽然目前不断有人继续研究说作者是曹雪芹的爷爷曹寅,又有人说是清代知名文学家洪升或纳兰性德,更又有人说是曹雪芹的父亲曹頫等,真是纷纭诉讼、莫衷一是。从普通读者的角度,我们不妨还从作品自道的角度认曹雪芹是作者。有关作者我们可以进一步关注的是这部作品亦写亦批的特点。与作者和作品直接相关,《红楼梦》早期的各种八十回手抄本被通称为"脂评本"或"脂本",书中除正文外,还带有署名为脂砚斋、畸笏叟等一些人的批语。中国明清时期出现了章回小说的创作高潮,随即带动了属于文艺批评和文艺美学性质的中国小说评点热,并出现了典范的评点作品。

张竹坡对小说创作与评点事业之间的关系有过一番生动的说明。他说:小说家写作就好比盖房造屋,最关键的是要做好框架柱梁榫眼的工作,要使房屋浑然一体,接合处无缝可见;而评点文字,则如拆散房屋,使框架柱梁的榫眼接合处一如尽在眼前①。其义是说如果创作是画龙,评点工作则是在拆卸龙基础上的"点睛"。《红楼梦》一书的作者和评点者与其他重要小说的创作者与评点者完全不同的是,作者和评点者具有协作、互动关系,是在知情互动基础上的亦写亦批。脂批作者不是与作者毫无干系的人,而是"隐然以部分

---

① 张竹坡:"做文如盖造房屋,要使梁柱笋眼,都合得无一缝可见;而读人的文字,却要如拆房屋,使某梁某柱的笋,皆一一散开在我眼中也。"张竹坡批评《金瓶梅》本第二回的回评,齐鲁书社,1991 年版,第 40 页。

作者自居"是"曹雪芹孤独寂寞中的一个最有力的支持者、鼓舞者和合作者"①。《红楼梦》的评点者最突出的特点是其点睛工作不是冷静地旁观分析、拆卸缝隙,而是洞悉并动情地参与,不仅帮助读者分析情节的要义、作品的笔法,而且十分注意在关节大计、主旨构造甚至难文隐词上揭示意旨、指点迷津,同时,也时常提醒读者留意那些容易忽略的情节匠心与细节用意等。从总体水准上看,脂批《红楼梦》虽然逊色于金圣叹批的《水浒传》与毛宗岗批的《三国演义》,但脂批仍被特殊重视,还由于脂批提供了作品中缺漏的诸多历史资料,它对《红楼梦》的许多谜团有研究依据的意义。但评点人究竟是谁?至今没有定论。有说是曹雪芹的父亲曹頫或他的叔叔、堂兄等亲人。还有人提出脂砚斋可能是曹雪芹的祖母李氏的娘家兄弟苏州织造李煦的孙女,名叫李兰芳。她和曹雪芹青梅竹马,在经历了抄家甚至被变卖等磨难后,与芹溪"遇合"于"燕市",后协助他创作了《红楼梦》。周汝昌先生以为是曹雪芹(贾宝玉)最亲密的人,在《红楼梦》中以史湘云出现,真是扑朔迷离、各执一词。

知识链接

古典小说三大评点家:明清时期,在封建经济的发展和推动下,俗文学如雨后春笋,蓬勃成长起来。评点小说也蔚为风气,以毛宗岗评点《三国演义》、金圣叹评点《水浒传》和张竹坡评点《金瓶梅》最为著名。

---

① 周汝昌、周伦玲:《红楼十二层》,书海出版社,2005年版,第132页,第137页。

特殊悬案

一、人物悬案

可卿之死。百二十回本的《红楼梦》在第十三回"秦可卿死封龙禁尉"中写到秦可卿生了病医治无效死去,至于得的什么病并未具体说明。在整部《红楼梦》的情节中,秦可卿始终是一个很大的谜团,她的身世,如何进入宁府,作为金陵十二钗的首席,贾母眼中的重孙媳妇第一人,王熙凤的贴心知己,以及与贾蓉和贾珍的关系等,关于她有十分离奇的情节,却没有细致的解释。而在第五回写贾宝玉偷看册页,关于秦可卿那一页画的却是一个女子在一座楼中悬梁自尽的图案。判词也不是好结局。这都应理解为曹雪芹的原意是要秦可卿上吊自杀。由于脂评中有这么一句话:念秦卿大去之前,托梦与熙凤,其言实大善,故命雪芹删去淫丧一节(大意如此)。所以畸笏叟命曹雪芹将本来占据四五页篇幅的"秦可卿淫丧天香楼"的情节删去,同时把回目改成"秦可卿死封龙禁尉",这些都是引起我们阅读和探究的问题。我们继续从焦大醉骂"爬灰的爬灰"这句骂公公媳妇间乱伦的粗话,从贾珍对秦可卿之死有违常情的哀痛,从贾珍为秦可卿大办奢华葬礼的情节,还是可以看出,秦可卿真正的死因是因为有淫荡的生活,后与贾珍的奸情败露而自杀。

僧道携行。从《红楼梦》开篇,便有宗教形象出现,而且占据十分抢眼的位置。这两个外貌虽未加细致着笔的仙人从开端到结尾便神神秘秘、不时现身,一个是癞头和尚,一个是跛足道人。到第二十五回"魇魔法姊弟逢五鬼,红楼梦通灵遇双真"中此二人才被稍微具体地描写了一番。书中写

第一章 海上明月共潮升——文学奇书

道:当马道婆受赵姨娘重贿,把凤姐和宝玉整得神志不清、癫狂妄为的时刻,这一僧一道神奇降临。那和尚是"鼻如悬胆两眉长,目似明星蓄宝光。破衲芒鞋无住迹,腌臢更有满头疮";那道士则是"一足高来一足低,浑身带水又拖泥"。人们要追问的首先是,作者为何要把他们写成这样难看的形象?这里应该不仅有佛教文化的原因,也有道家思想的趣尚。从佛家看,无论是《金刚经》还是《心经》,都要讲"破相"的问题,即"心不住相",也叫"看破放下"。人能悟道破除一切外相,心灵才能真正获得解放。而从道家文化的视野,道家也把支离破碎的形体作为获得大智慧的最高人格化代表。庄子作品中那些奇怪丑陋的人物如支离疏、哀骀它等都是最接近道的本质,最具有精湛的道技,心灵最自由而疏放的人。其次要问的是,为什么让僧道携手并行?其特殊意蕴是什么?应当说从形象的特殊描绘和与整部作品的特殊点染关系看,作者不仅以他们为人生、社会的俯视者、批判者,还在其中含蓄寄寓了散漫无边的愤世不平之气。而从创作手法的角度则又是写实的,是乾隆年间社会现实中宗教文化在通俗化、功能化的现实中僧道杂糅、佛道混淆、亦道亦佛的真实情况的写照。

真假宝玉。《红楼梦》中关于真假宝玉有很精彩的描写。由于出现了江南至亲甄家并他们的公子甄宝玉,引来真假宝玉的迷阵。此中有两个内容值得关注,其一是由宝玉悉数历史上相貌、姓名与实际等几方面的关系,其中有相貌相同姓名不同,有姓名相同相貌不同,还有相貌姓名相同实质才能不同等各种情形,作品以甄宝玉和贾宝玉起初的貌似神也似,到后来两者的貌似神离,揭示了宝玉对自己性情和叛逆思想的坚持。其二是继续引起读者关注《红楼梦》作者关于

真假观点的思考。作品中作者写道:"假作真时真亦假,无为有处有还无","假去真来真胜假,无原有是有非无"。这都是在诠释真假、有无之间的对比关系和转换机制,假可以做真,真也可以用假来表现,世间万象,包括艺术创作,都是真真假假,真假难辨。真宝玉隐在台后,假宝玉现在台前。书中写"甄家"、"甄宝玉",是提醒读者,假后便藏真,透过假可以看到真,也就是佛家所说的"借假可以言真",不要被假象蒙蔽。除了佛理、哲理上的意义,还有本事与虚构关系上的意义。文学创作上的虚构,其实就是用"假语"或"荒唐言"对人生真相进行个性编织,而《红楼梦》的虚构用意更明显,即贾(假)、甄(真)两人两家必要时可用来互补。比如,曹雪芹不甘心祖父曹寅曾四次接待南巡的康熙皇帝这段辉煌的家史被埋没,就通过两家人物的交往和闲聊,从省亲说到皇帝南巡,交代江南甄家"接驾四次"的话。脂评对此也说:"甄家正是大关键、大节目,勿作泛泛口头语看。""借省亲事写南巡,出脱心中多少忆昔感今!"如果没有真假宝玉,就没有了甄、贾两家和这些内容上的关节。作者的匠心和用心真是处处可见。

二、文化悬案

《红楼梦》是中国文化百科全书式的巨著,其中的文化信息浩如烟海,也埋藏着悬案种种。如曹雪芹对女性美的描写无微不至,却对诸钗之脚谈及甚少。《红楼梦》中那群美丽女孩的脚究竟是天然的,还是被裹脚布缠绕过的?从20年代起,就有人开始研究。这是人们在读《红楼梦》时因历史知识和自然而然的好奇心而形成的一种特殊细读。从历史的角度回顾,莲花小脚的流行应在我国五代之后。五代之前的古典作品对女性美的关注和摹写传统,有渲染和细描,也就是

间接和直接两套笔法。渲染的笔法最典型的要数宋玉的"臣东家之子段"。若从《诗经》、《楚辞》和司马相如《上林赋》,曹植《洛神赋》以及《西京杂记》等作品看,古代文人在直接摹写时喜欢将人们心目中的理想美女从身段、肌肤、手指、两耳、头发、发式、头饰、嘴唇、牙齿和衣装举止等方面加以描摹。五代以前的隋唐时期,中国妇女不裹脚,可能主要是出于隋唐统治者都混有少数民族血统的缘故。北方少数民族,尤其是游牧民族视阈里的审美是绝对不会有纤弱难挪的小脚的,因为不利于生存。所以,唐代名妓赵鸾鸾在其《闺房五咏》里对女性的描写仍集中在"云鬟"、"柳眉"、"檀口"、"纤指"和"酥乳"上,没有脚的位置。虽然宋代开始有了对小脚的狂热审美,但辽代耶律乙辛在《十香词》中仍然按照发、乳、颊、颈、舌、口、手、阴及体肤的先后次序,对女体进行描写,也没有给脚半点特殊性。而只有在汉人作品《董解元西厢记》和《金瓶梅》中才起了变化,开始特别突出地描摹女人的小脚之美并充分暴露了中国封建社会不正常的宏观社会形势和堕落文人畸形的审美嗜好。如"翠裙鸳绣金莲小"、"窄弓弓罗袜儿翻"(《董解元西厢记》),"四只金莲颠倒颠"(《金瓶梅》)等。作者虽然生活在男性崇拜小脚的特殊时代,或者说是男性压抑女性的特殊时代,却能不受时代文化和习俗的影响。因为历史记载顺治和康熙朝曾两度禁裹足,但朝廷禁令终敌不过传统习惯,清人妇女逐渐被汉化,纤瘦金莲成为传统和时尚的双重要求。也由于作者有意将时代虚化,所以,在对脚特殊审美的时代没有表现出、也回避表现出特定时代畸形的审美趣向。依贾宝玉整天与女子们闺阁"厮混"的生活,找到机会细窥女子们的脚也是不难的,膀子都细看了,脚更是可看的。但作者就是不直接着落笔墨,也不让宝玉有所

留意。从作品意义的内在尺度上说,这不仅是因为"三寸金莲"实在与他的审美情趣和喜爱的笔法相违背,也是因为这样谜一般的脚部描写,与爱情、婚姻等的具体态度和文化描写相配合,既透显出作者模糊的时代概念,也多少与作者对女性的文化态度与审美意识相关联吧。

知识链接

　　三寸金莲:缠小脚最早开始于公元969~975年南唐李煜在位的时期。李后主的一个宫嫔窅娘别出心裁,用帛将脚缠成新月形状,在金莲花上跳舞取悦皇帝,并得到皇帝宠爱。后来宫中女人为讨好皇帝,都竞相仿效,缠足便在宫中流行起来,后又流传到民间普通百姓之家。也有说源于北齐少帝萧宝卷赞其宠妾潘玉儿有一双柔弱无骨的小足,被形容为"步步生莲花"!古还以三寸之内者为金莲,以四寸之内者为银莲,以大于四寸者为铁莲。后来金莲成为小脚的代名词。

《红楼梦》的文学价值

　　《红楼梦》作为我国文学古典主义巅峰性巨著,出现在我国封建社会最后的鼎盛时期,这不是偶然现象。康乾时期是清王朝繁华着锦、烈火烹油的繁荣盛世,同时也奏响了走向衰败的前奏曲。在这个特殊的历史时期诞生的作者,由于从自己的家庭遭遇和亲身生活体验中,将个人和家国命运同步思考,不仅以全部吸收进来的中国传统文化中的精华为力量表现着人性醒觉中对美好生命的热烈憧憬和执著追求,也敏锐地预感到了属于大社会环境中腐朽的封建

统治集团内部的复杂矛盾,以及由此导致的封建社会濒临崩溃的不可避免的衰败命运,并以具体完整的艺术形象描写了这种种"恶兆",作品虽然像是封建主义的一曲挽歌,但其价值深远而意义深刻。从综合的立场说,"它是封建社会没落时期的社会生活的百科全书",这种认识虽然立足点在历史,但已基本形成共识。其重要的文学意义也不容忽视。

一、认识价值

《红楼梦》讲以古代皇族大家高门大墙之内日常生活为主的种种故事,内容本身具有宫闱秘事性、探佚性和传奇色彩,具有特殊的审美、认识和消遣价值。古代帝王将相的日常生活是普通百姓所不熟悉并期望了解的。那些皇亲国戚的起居行止,那些公子小姐的所思所想,那些高官显贵不为人知的社会交往和私密生活,都成为普通人猎奇和探究、了解和批判的对象。在《红楼梦》中,来自不同阶层的各色人物,与贾、史、王、薛这些皇亲国戚们来往纠葛,共同编织了康乾盛世的一角。那些日常生活中非同寻常的主角们像常人一样在琐事中生活,吃饭睡觉,婚丧嫁娶,日复一日,年复一年。但在一切平常的生活中,每天演绎着不同的人生故事,展开着不同的社会场景,透露着不同的性情和内心,展开着具有无限具体性、生动性和历史性的社会生活图景。这些图景连续起来看,就让人沉浸在封建社会时期特定的时代氛围和社会各阶层人物的不同人生中,让我们品出了封建社会丰富幽微的国情、家情、人情和事情。其人生百态可谓包罗万象,应有尽有,其他古典小说难以望其项背。以往我们的古典小说主要有像《西游记》一样的神魔小说,像《水浒传》一样的英雄传奇,像《三国演义》一样的历史演

义。到《金瓶梅》的出现,是小说史上一个大转折,《金瓶梅》是通过描写一个家庭的生活,来展示社会生活的面貌。但《红楼梦》丰厚的人文内涵、复杂的思想意义,在认识社会历史等价值上确实比《三国演义》、《水浒传》、《西游记》、《金瓶梅》等高出一层。尤其对中国封建社会的家族关系和政治关系有具体而微的切入,是对封建社会究竟为何的形象图解。

二、审美价值

《红楼梦》是一部荡漾着诗情、透显着诗化意境的诗化小说。作品具有诗化的艺术形象、诗化的艺术场景、诗化的艺术描写,构成诗化的艺术境界。诗是最凝练、最典范的审美文本,《红楼梦》的审美价值比一般小说更高更强。是美育的最佳文本。曹雪芹创造诗化意境的方法多种多样,魅力独到。以下三个方面是构成诗化小说的焦点。

其一,诗化的艺术形象。艺术形象的诗化主要是作者塑造的主要人物形象——金陵十二钗都是处于青春时期的美丽女性,年轻和美丽,这本身就是诗性的核心。更重要的是,作者在主要女性人物形象的塑造上,特别着重写其美的气质、美的"神韵",并用美的事物来加以映衬、辅助象征,突出人物外在与精神世界的和谐诗意。比如,黛玉与琴、惜春与画、妙玉与白雪红梅。清人姚燮在评《红楼梦》第四十九回"琉璃世界白雪红梅"中对宝玉前往栊翠庵乞梅一节曾写道:"妙玉于芳洁中,别饶春色。雪里红梅,正是此意。"白雪红梅既是美丽夺目的冬天景致,也是增添诗意的抒情媒介。曹雪芹抓住冰晶剔透的天地中含芳吐红的梅花,来象征妙玉孤高雅洁的个性,和内心深处对美好生活倾心向往的感情,诗意浓郁地拉开日常生活迎来送往的细节和面貌。小说主要形

象的诗意还在于她们总是和美的事物,也和诗本身相伴相随。她们不仅饮酒弹琴、联对画画,更读诗、学诗、写诗、评诗,她们的日常生活填满了诗性的美好,比如,第四十八回香菱学诗的情节。人物头脑想的是诗,交流的内容是诗、眼中和手中面对的是诗,整个学诗的过程也都成了诗话。她们内在心境更起伏跌宕、细腻精致,完全被诗意化了。

其二,她们的人生环境、活动场景也是古典意境化、典型化了的。不必说大观园是优美环境的典范,就是每一个人物的具体活动场景,也是诗意连绵、蕴奥万般。黛玉的潇湘馆既染着"斑竹点点湘妃泪"的忧伤意境,又含着竹林七贤"居不可一日无竹"的潇洒风骨,还蕴蓄着王维"独坐幽篁里、弹琴复长啸"的清幽诗意。李纨的稻香村则是散发着中古田园诗的意境,仿佛是"一畦春韭绿,十里稻花香"的形象再现,表达着自然纯净、朴拙无争的情怀,让人领略到"繁华落尽见真淳"的境界。黛玉葬花的场景也和形象紧密结合在一起,既是人景浑融、情与境谐的极致画面,也是特殊营构的"高超莹洁而具有壮阔幽深的宇宙意识生命情调"[①]的美丽画卷。其他各种描写环境、景致的文字,也多通过对唐宋诗人山水田园诗句或诗意的借鉴和化用,来描摹一种诗意盎然又清新脱俗的境界。如贾宝玉为藕香榭所做的对联,上句是"芙蓉影破归兰桨"(第三十八回),荷花的摇曳之姿和归舟的动静互衬,显然是王维《山居秋暝》中"莲动下渔舟"一联的化用。这样的例子真是不胜枚举。

其三,《红楼梦》通过贾宝玉和林黛玉的命运,向我们传

---

① 宗白华:《中国艺术意境之诞生》(增订稿),《宗白华全集》第2卷,安徽教育出版社,1994年版,第376页。

达出一种对人的有限生命和人的命运的一种深沉伤感,他们常常忧郁、流泪;常常用话语,尤其是用笔墨抒发那种莫名的生命忧伤,如黛玉的《葬花辞》、宝玉的《芙蓉女儿诔》等。他们的惶惑、叹息不仅仅是针对两人爱情生活的不幸,而是出于对生存、对生命本身、对人生悲剧意义的追问。这使《红楼梦》这部小说笼罩着忧郁的情调、弥漫着浓郁的诗意,让人收获着无尽的审美感受。

三、哲理价值

《红楼梦》不像某些作品只写人生里的一个事件、某一个场景或某一个人物,而是让人面对整个人生去进行一种哲理性的思考和感悟,既对人生或者对生命的终极意义进行追问,引导读者去体验整个人生的某种意味,也对人物的命运乃至宇宙自然的存在产生由衷感伤和思考。这就是作品带给我们的哲理价值。

作者将富有"神韵"的悲剧气氛渗透到《红楼梦》全书的艺术思维和内容的整体与细节之中,使整部小说直接关系到人的生命存在、人的生命意义和价值的思考,在整体意境上呈现出层层深入、幽微深邃的特点。宗白华曾说:"什么是意境?人与世界接触,因关系的层次不同,可有五种境界……以宇宙人生的具体为对象,赏玩它的色相、秩序、节奏、和谐,借以窥见自我的最深心灵的反映;化实景而为虚境,创形象以为象征,使人类最高的心灵具体化、肉身化,这就是艺术境界。"①这是说,在对宇宙人生的具体描写中,不论是对它的表象,还是秩序、节奏等的摹写,都是为人类心灵服务的,都能

---

① 宗白华:《中国艺术意境之诞生》(增订稿),《宗白华全集》第2卷,安徽教育出版社,1994年版,第361页。

窥见人最深的情感、性情、品质和胸襟,都能引发从根本上追问和体验人生的终极意义和价值,所以是用虚与实、空灵与充实辩证统一的悲剧意境,既与特定的时代相联系,又超出了特定的时代,写出了不同时代的人所共有的体验和感受。

四、文化价值

《红楼梦》是对中国文学与文化具有总结性高度的作品,是古代中国最好的作品之一,是封建社会和传统文化的一面巨镜。正是由于《红楼梦》的作者生在封建社会的末期,生在我国封建社会的最后一个经济和文化都比较繁荣的时期,他所凭借的前人的思想和艺术的积累都十分丰富,他的天才才可能得到充分的展示和发挥,他的作品才可能为我国封建社会古典文学的最后一个高峰……所以,何其芳说《红楼梦》是"对封建社会作了一次总的批判"。其实,更是总的借鉴和总的扬弃。《红楼梦》包含了中国文化的诸多方面,人们喜欢用王希廉《红楼梦总评》中的话来概括,的确是有道理的。他说:"一部书中,翰墨则诗词歌赋、制艺尺牍、爰书戏曲,对联匾额、酒令灯谜,说书笑话,无不精善;技艺则琴棋书画、医卜星相,及匠作构造、栽种花果、畜养禽鱼、针黹烹调,巨细无遗;人物则方正阴邪、贞淫顽善、节烈豪侠、刚强懦弱,及前代女将、外洋侍女、仙佛鬼怪、尼僧女道、娼妓优伶、黠奴豪仆、盗贼邪魔、醉汉无赖,色色俱有;事迹则繁华筵宴、奢纵渲淫、操守贪廉、宫闱仪制、庆吊盛衰、判狱靖寇,以及讽经设坛、贸易钻营,事事皆全;甚至寿终夭折、暴病亡故、丹戕药误,及自刎被杀、投河跳井、悬梁受逼、吞金服毒、撞阶脱精等事。"①封

---

① 王希廉:《红楼梦总评》,一粟编:《红楼梦卷》第一册,中华书局,1963年版,第149页。

建社会生活中的事无巨细,皆在书中跃动展布。当年孔子曾评价《诗经》"迩之事父、远之事君,多识于鸟兽草木之名",《诗经》以其百科全书式的内容和艺术成就成为古代情感教育的第一典籍。《红楼梦》作为封建社会最后的艺术镜像,作为比《诗经》涵盖更广、艺术包蕴更深的作品,其内容的博大和艺术旨趣的渊厚在古典时期的确后无来者。作品不仅把传统文学艺术的内容和形式总结性地融入其中,也将绘画、书法、篆刻、建筑、园林、雕塑、服饰、编织、刺绣、宴饮、茶艺和陶瓷等古代文化的不同类型都融入日常生活的叙事之中,不仅有现实主义的生活典型和细节,可供任何读者阅读、欣赏和学习,也可以在传统文化的宽广视野中找寻通向人文社会科学的出口。

第二章 万转云山路更赊——历史承传

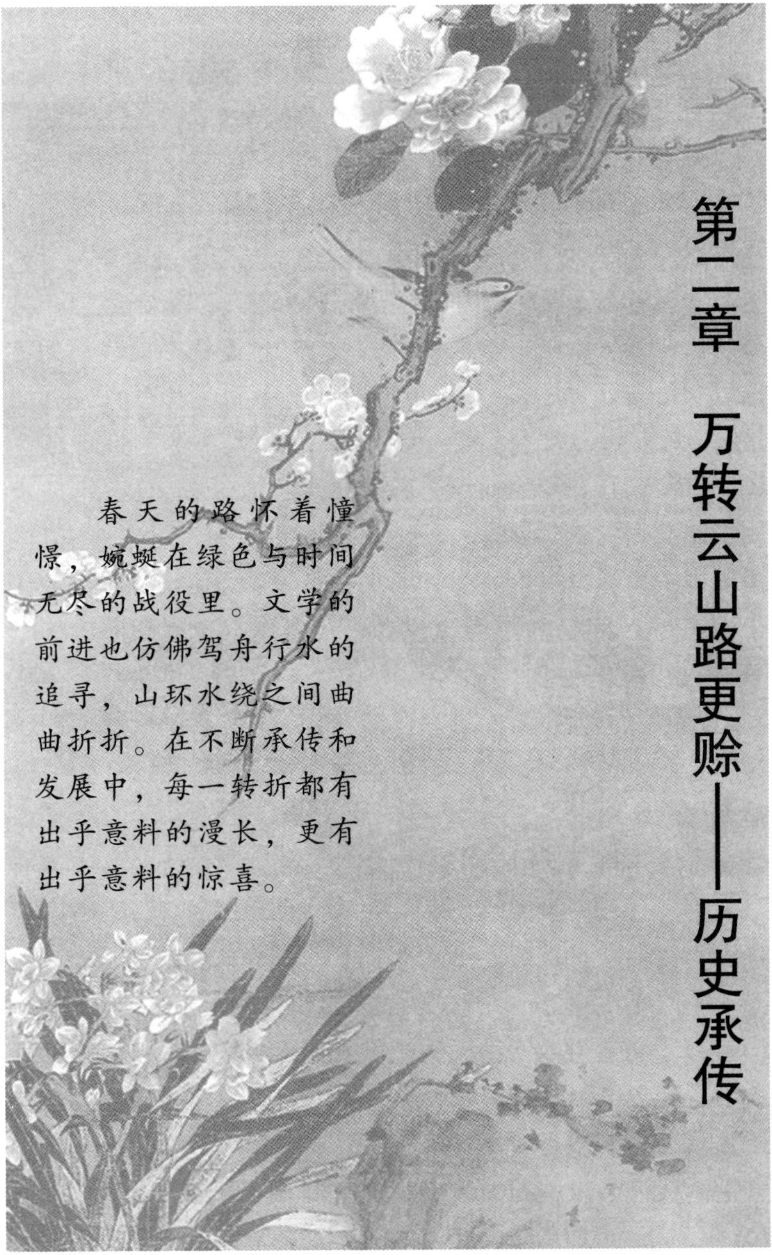

春天的路怀着憧憬，婉蜒在绿色与时间无尽的战役里。文学的前进也仿佛驾舟行水的追寻，山环水绕之间曲曲折折。在不断承传和发展中，每一转折都有出乎意料的漫长，更有出乎意料的惊喜。

中国古典小说的发展历史

一、先秦两汉萌芽时期

人们心目中的小说不小,因为它是一种有价值本质的文体。然而,当时间倒流千载,小说的意思与今天确有差异。

"小说"一词最早见于《庄子·外物篇》:"饰小说以干县令,其于大达远矣!"这句话的意思是说:"修饰琐屑浅薄的言论以求取高名和美誉,是不可能达到至境的。"其中的"小说"是与"大达"相对的指称。大达,是指博大精深的道理或学说;小说,则是指细微琐屑、无关宏旨的话语或言谈,本质上属于贬义词。到《汉书·艺文志》,班固又从"九流十家"的角度进一步提出了"小说家"的概念,说:"小说家者流,盖出于稗官。街谈巷语,道听途说者之所造也。"班固很明确地把"小说家"称作一些"街谈巷语,道听途说者之所造"。由于"小说家"被排在"九流"以外,属于第十家,除了清楚说明了"小说家"的地位外,更说明了中国小说的原生形态之一,即是由稗官小吏收集缀采并润色加工的一些民间故事。无论是庄子还是班固,他们论及的"小说"都与现在所说的小说有很大距离,但却是中国小说源头的一种重要说明,即小说源自民间传说。

中国小说还有一个重要源头,就是来自古代神话传说。尽管古代文献对神话传说的记载相对简略,但我们仍然可以从中看到故事情节和人物性格这两种重要的小说因素。《诗经》、《楚辞》等文学作品中也记载了不少神话传说。而最早大量记载神话传说的书,是古代地理名著《山海经》与杂家典籍《淮南子》。前者记录了远古时代"黄帝战蚩尤"、"鲧禹治

水"、"精卫填海"、"夸父逐日"、"刑天舞干戚"等神话传说，而"女娲补天"、"后羿射日"、"共工怒触不周山"等古代神话，主要靠后者得以流传。

知识链接

女娲补天：这是《淮南子》中一则关于天地的神话——往古之时，四极废，九州裂；天不兼覆，地不周载……于是女娲炼五色石以补苍天，断鳌足以立四极，杀黑龙以济冀州，积芦灰以止淫水。苍天补，四极正；淫水涸，冀州平；狡虫死，颛民生（《淮南子·览冥训》）。意思是远古的时候天塌地裂，大火蔓延而不灭，洪水泛滥而不息，猛兽横行，禽鸟作孽，女娲挺身而出，炼五色石来弥补苍天，斩龟脚来立四极，还杀黑龙、止洪水等，使人们又重新过上安乐的生活。

先秦之前作为小说重要源头的还有古代史传、逸史和寓言等。史传如《左传》、《战国策》、《史记》、《三国志》等，描写人物性格，叙述故事情节；逸史如《穆天子传》和《燕丹子》。《穆天子传》对周穆王周行天下的故事多有生动的细节描写，其中的西王母故事与《山海经》中的记叙相比，还增加了刻画人性的内容。《燕丹子》写燕太子丹派荆轲刺杀秦王，与《战国策》和《史记》相比，也进一步增加了细节描写，并突出了燕丹这个复仇者的形象。寓言如《孟子》、《庄子》、《韩非子》、《战国策》等书中的寓言故事，如坎井之蛙、鹬蚌相争和老马识途等。

二、魏晋南北朝定型时期

魏晋南北朝时期是我国古典小说从文学体裁上初具规模并定型化和独立化的时期。小说作品宏观上确立了志人与志怪两大重要方向，虽然尚未完全摆脱"残丛小语"的形式，但已有了初步的情节和性格刻画，结构也趋于完整。刘

义庆《世说新语》和干宝的《搜神记》分别是志人和志怪小说的代表。由于只是搜奇记轶,而不是有意识地进行小说创作,且写法比较自由灵活,并以实录和短小为特征,故称作"笔记小说"。但作为一种重要的文学体裁,小说从此独立于文学之林了。

> **知识链接**
>
> 　　志人与志怪:《世说新语》是南北朝时期(420～581)淮南王刘义庆率门人共同编纂的一部记述魏晋人物言谈轶事的志人,也就是叙说人物的小说。其中所记故事别开生面、隽永传神。刘伶纵酒、王子猷雪夜访戴等便是。
>
> 　　韩凭、董永故事则是志怪小说《搜神记》中最迷人的仙怪传奇故事。相传战国时宋康王见舍人韩凭的妻子何氏美貌非常,就霸占了她,韩凭夫妇为此双双殉情自杀。宋康王让他们死后坟墓遥遥相望。但两座坟墓长出两棵倔强深情的树,树干不断延伸弯曲、互相靠近,直至根在地下相交,树枝在上面交错并有鸳鸯鸟登枝悲鸣不已。宋国人称此树为相思树、称鸳鸯鸟为韩凭夫妇精魂所变。董永则是二十四孝中卖身葬父的主角。后感动玉皇大帝,将七仙女嫁给了他。据此改编的黄梅戏《天仙配》为大家所熟悉和喜爱。

三、隋唐成熟时期

中国古典小说发展到唐代终于走到了它的成熟时期——唐"传奇"时期。此时的小说与魏晋南北朝的"笔记小说"相比,情节委婉曲折,故事生动完整,刻画人物性格细致鲜明,篇幅也逐渐加长。作者在创作中注重对生活事实加以

选择,加以重构,加以想象,加以补充,是作者有意识地从鬼神灵异、奇闻逸事走向叙写现实生活的创作,在艺术上有很大的发展和提高,是作者主观想象和虚构的产物,从本质上明辨了小说的文学品格。著名的唐传奇作品有:蒋防的《霍小玉传》、元稹的《莺莺传》、白行简的《李娃传》、李朝威的《柳毅传》等。《柳毅传》中的龙女是包办婚姻的受害者,备受丈夫虐待,但她并不屈服,请柳毅捎信向父亲洞庭君诉苦,历经周折,终于按照自己的意愿,与见义勇为的柳毅结成美满婚姻。她是个敢于反抗夫权压迫,大胆追求幸福的妇女形象。作者在构思上巧妙设置、情节曲折。如写柳毅为龙女完成传书使命,钱塘君杀了泾河小龙,救回龙女后,又陡生波折,平添钱塘君逼婚,柳毅严词拒绝一节。后又写柳毅回家后连娶两妻皆亡,似与龙女无缘,不料三娶的卢氏竟是龙女的化身。作者围绕龙女争取婚姻自主这一主线安排情节,展开矛盾,波澜迭起,出乎意料,入乎情理,构思极巧妙,体现了"作意好奇"与讲究文采的特点。

四、宋元发展时期

在前代小说从内容到形式不断积累的基础上,宋代以来,随着城市和市民阶层的出现、商品经济的繁荣和俗文化市场的形成,白话小说(也称"话本小说")应运而生。话本即说书艺人用讲故事的方式在娱乐场所"瓦肆"中进行表演的底本。说书人"说话"主要针对市民阶层,所以要用当时流行的口语表演,还要顾及俗众感兴趣的各种内容。故"说话"分为四家,即小说(讲短故事)、讲史、说经和合生(说诨话)。四家中,小说、讲史最为重要,影响也最大,使"话本"文学逐渐成为一种不同于文言志怪、传奇的新兴的小说类型。

话本小说在情节处理及人物塑造上都有相当高的成就。

为吸引广大听者、赢得表演成功,话本在展开故事情节时,特别注重内容的生动有趣、曲折变化,而且特别善于营造场景氛围和制造悬念。在塑造人物时,以普通百姓为主角,不但长于动作、语言描写,还特别长于心理描写,注重个性的多面刻画,被鲁迅先生称为"小说史上的一大变迁"(《中国小说史略》)。代表作如《错斩崔宁》、《碾玉观音》、《志诚张主管》、《闹樊楼多情周胜仙》等。《错斩崔宁》写刘贵从丈人家借得十五贯钱,却开玩笑回答其妾陈二姐钱是将陈二姐典给了他人换来的,在假真与巧合之间展开了一波未平、一波又起的生死情节和迷离丛生的破案故事。《碾玉观音》写被卖到郡王府的女奴璩秀秀追求美好生活并变鬼魂复仇的故事。小说中秀秀聪明伶俐、善良火辣,与崔宁的怯懦忍让、憨厚朴实形成强烈反差。小说写秀秀、崔宁在咸安郡王府大火逃出后相见的情形时,秀秀道:"你记得也不记得?"崔宁叉着手,只应得喏。秀秀道:"当日众人都替你喝彩'好对夫妻!'你怎地倒忘了?"崔宁又则应得喏。秀秀道:"比似只管等待,何不今夜我和你先做夫妻?不知你意下如何?"崔宁道:"岂敢!"秀秀道:"你知道不敢,我叫将起来,教坏了你,你却如何将我到家中,我明日府里去说。"崔宁道:"告小娘子:要和崔宁做夫妻不妨,只一件,这里住不得了。"人物性格表现得鲜明欲出、栩栩如生。从此以文言短篇小说为主流的小说史,逐渐转为以白话小说为主流的小说史。从文言到白话,作品描写对象由封建士子转向普通平民,作者调整了审美取向,改变了思想意识,小说扩大了受众群体,增强了艺术表现力,提高了审美娱乐功能,这些都为白话短篇和长篇小说的发展及其走向成熟奠定了最初的文学基础。

五、明代成熟时期

由于宋元话本小说的成功,明代出现了文人模仿话本体

第二章 万转云山路更赊——历史承传

制和形式创作的"拟话本"白话小说。其特点是脱离舞台演出,保留章回标目,开头、结尾常用"话说"、"且听下回分解"等口头语,中间常穿插诗词韵文显示文采,结尾亦常设悬念吸引读者。每回篇幅大致相等,情节前后衔接。著名的作家作品有:洪楩的《清平山堂话本》、冯梦龙的"三言"(《喻世明言》、《警世通言》、《醒世恒言》)、凌蒙初的"二拍"(《初刻拍案惊奇》、《二刻拍案惊奇》)。其中《玉堂春落难寻夫》、《杜十娘怒沉百宝箱》等都是家喻户晓的故事。明代初期,在话本短篇小说不断兴盛的势头下,鸿篇巨制也在深度酝酿之中。随着《三国演义》(罗贯中)和《水浒传》(施耐庵)、《西游记》(吴承恩)和《金瓶梅》(兰陵笑笑生)等的相继问世,中国古典白话小说进入了成熟阶段。从此,中国小说舞台以短篇小说为主角的局面转入以长篇小说为主。《三国演义》是小说史上第一部恢弘巨伟的长篇历史小说;《水浒传》是第一部描写农民起义的英雄传奇作品;《西游记》是第一部长篇神话魔幻小说;《金瓶梅》则是第一部文人独立创作的以普通市井生活为内容的长篇世情小说。它们各领风骚,开创了长篇小说不同的创作领域,并取得了巨大的成功。

六、清代巅峰时期

由于明代白话小说取得了巨大的成功,积累了非常丰富的创作经验,加之清代建朝之初文化政策宽松,经济逐渐发展,文人愿意用笔墨抒发一己经过易代磨砺的人生之思,所以,古典文言和白话小说都迎来了个人独立创作的高潮,并负载着历代文化与文学的光辉财富与使命,朝着巅峰的成就冲击。文言短篇小说集《聊斋志异》、白话长篇《儒林外史》、《红楼梦》都产生在这个时期。这三部作品距离今天都经历了二三百年的洗淘,其间中国社会的政治经济制度及其文化观念都经历了最剧烈

和最深刻的变革,但它们的思想光辉和艺术魅力并未因时代变迁而有所减退,可以说作为中国小说高峰的标志,作为中国古典小说最后也是最精彩的经典,这些堪称伟大的作品既是作者个人天才的表现,更是历史赋予的机缘。《红楼梦》之后,由于文网的森严、朴学的兴盛等原因,小说创作经历了一段低谷时期,直至晚清才又有了复苏和繁荣的气象。晚清长篇小说据统计应有千种以上,著名的有"晚清四大谴责小说"——李伯元的《官场现形记》、吴沃尧的《二十年目睹之怪现状》、刘鹗的《老残游记》和曾朴的《孽海花》。

综上所述,我国古典小说发展的历史大体是:魏晋南北朝之前是小说的起源时期,而魏晋南北朝本身成为古典小说的雏形时期,此时是以文言短篇小说朝着志怪和志人两个方向单线发展为特点的。宋元时期,文言、白话两种短篇小说开始双线发展;明代开始,文言、白话、长篇、短篇、志怪、志人多线发展,小说舞台呈现出异彩纷呈的成熟局面,直至清朝曹雪芹等伟大的小说家进一步将小说的历史浓墨重彩地推向了巅峰时期。我国古典小说的总特点是:喜欢以诗歌穿插其中叙事或抒情,以显示作者拥有封建传统文化的功底和特色;惯用章回体,叙事方式明显带有说书人的印记;故事内容完整、情节跌宕有致、悬念丛生;注意人物行动、语言和细节的描写,在矛盾冲突中凸显人物形象;语言生动流畅,富于个性等。

《红楼梦》在清代文学中的特殊地位

一、清代文学的特殊格局

1644年至1911年,是我国封建社会的最后一个王朝——大清帝国时期。

第二章
万转云山路更赊——历史承传

作为我国北方少数民族满族统治时期的文学,清朝的文学始终与当时特殊的政治文化特征紧密相关。清朝政治有以下几方面的主要特点:第一,民族矛盾始终是当时社会的主要矛盾。作为新兴的少数民族政权,清朝政府的统治是在经过残酷的杀伐以后建立起来的,除了军事之外,其他各方面都落后于汉人,所以满汉在统治与被统治上的斗争及其政治意识上的矛盾始终都没有消除。第二,文化上实行高压的专制与禁锢政策。主要是正面通过延续明代以来的科举考试怀柔和一统士子的思想,反面则以文字狱和毁禁书籍等形式打击异己文化。在清朝历史不下数百起的文字狱中,著名的有明史案、沈天甫案、戴名世《南山集》案等。这些案件都是清朝统治者怀疑文人的作品中有反清思想,于是动辄杀人数十,株连上百,以此来威慑文人。《四库全书》的编纂,除了做大一统的文化建设工作外,也有清理异端书籍的作用。

> **知识链接**
>
> 　　文字狱:公元1711年,有人告发翰林官戴名世的文集里对前明政权表示同情,书中用了南明永历帝的年号,朝廷下令把戴名世打进大牢,判了死刑。这个案件牵连到他的亲友和刻印他文集的共三百多人。还有一次,翰林官徐骏在奏章里,把"陛下"的"陛"字错写成"狴"(音 bì)字,雍正帝大怒,不仅把徐骏革职,还派人查他的诗集,里面找出两句诗:"清风不识字,何事乱翻书?"挑剔说"清风"就是指清朝,徐骏为此犯了诽谤朝廷的大罪,后被杀。因为这些案件完全是由写文章引起的,故叫"文字狱"。

在这样的文化情势下,清代文学的文化蕴蓄与反弹力量仍然十分强劲,形成中国新旧两种文学的一个交汇点。小

说、戏曲成为最有魅力的文学样式,诗歌、散文、词等作为传统主流文学在最后的发挥中也奉献出值得称道的作品。就此形成清代文学的特殊格局和面貌。

　　清代的长篇小说在清代文学中成就最高,以《红楼梦》、《儒林外史》为代表的长篇小说,作为清代小说的典范,也成为中国古典小说的巅峰之作。清代长篇小说类型众多、题材丰富。不仅有历史小说、神魔小说,还有言情小说、武侠小说等。其中,清代描写现实生活的小说十分盛行,作者挣脱以往小说耽溺于历史题材并以历史人物为小说人物依据的窠臼,转以现实生活为依据,书写现实中的人物故事。或者以才子佳人为主角,描写他们在现实人生中爱情的悲欢离合、喜怒哀乐,或者反映知识分子在科举制度中的风云际会、命运奔波。前者常表现知识分子"洞房花烛夜,金榜题名时"的人生与爱情理想,后者则从不同侧面展示科举制度对清代知识分子人生的重要影响及其顺逆不同的人生轨迹。《红楼梦》和《儒林外史》便是这类小说的优秀代表。

　　清代的剧坛也是精彩纷呈,令人耳目一新。清代的传奇继明代之后,取得了突出的成就。清代的传奇在形式上继承明传奇体制并有所发展,一个剧本通常分为上、下两部分,并有30出左右。传奇的音乐采取曲牌联套的形式,一折戏中不像南戏限于一个宫调;曲牌的多少取决于剧情的需要,所有登场的角色都可以演唱。作家还特别注意结构的紧凑和科浑的穿插,最终涌现出《长生殿》、《桃花扇》等优秀作品。这些作品在内容上主要取材于历史,都带着浓重的易代之思和兴亡之慨。前者借唐明皇与杨贵妃故事写爱情、政治与历史,后者写侯方域与李香君这一对才子佳人易代之际的悲欢离合,也折射出无尽的政治和历史感慨。清代传奇不仅质量

优异,数量上留存下来的也最多。其他如杂剧、京剧、地方戏等也都各有发展。而从传统主流文坛的情况看,元代以后,诗词、散文这样的文学样式由于本身缺乏变化和创造性,尽管文人们还乐此不疲,终究失去了唐宋时期的那种活力,虽然诗词上也有可观者,如纳兰性德的《饮水词》等,但已经属于传统文学的尾声。

二、《红楼梦》与清代小说

清代小说的发展历程跌宕起伏。虽然方向多有变化,但所谓变化和转折并不是截然鲜明的突然转向,其内在的连续性仍然是小说发展的深层依据。总体上说,清代小说可以分为四个时期:繁荣期、高峰期、衰退期和转型期。《红楼梦》无疑是高峰时期的作品。

清代初期,以《聊斋志异》为代表的文言志怪小说的诞生成为清代小说繁荣期的标志。从顺治元年(1644)到康熙二十二年(1683),这期间的小说作者基本上是由明入清的汉族文人。由于清初文网的相对松弛,他们继续晚明小说的格调,在恣肆逞意的书写中,或直接、或间接,不同侧面、不同程度地将战乱之苦、亡国之痛和对社会历史与人生的特殊体验反映在作品中。蒲松龄"用传奇法而以志怪"(鲁迅),即指用传奇的表现手法,来表现志怪式的题材或内容,是一部具有独特思想内涵和艺术风貌的"拟古"(拟晋唐)文言短篇小说集。由于多数小说通过奇情异想的形式谈狐说鬼,内容斑斓多姿、生动新奇,娱乐性和探逸性极强。其实,小说"志怪"而不信"怪",外"志怪"而内寓托于"怪",丰富的内容均深深扎根于现实生活的土壤之中,是所谓寄托幽深的"孤愤之书"。《聊斋》一出,即轰动天下,对思想和创作产生了深远的影响,文士们常以"千古奇书"称之。除此之外,还有《无声

戏》《清夜钟》等时事政治小说,形象鲜明地表现了作者干预时政、反思明亡的理性情感,也有《续金瓶梅》等情色小说,从侧面揭示了故国士人的灰色生活和颓废心理。另有如《玉娇梨》《平山冷燕》等才子佳人小说,通过苍白诗意的狂想,宣泄和抚慰自己爱情人生与政治人生的失意。这个时期的才子佳人小说对后代的《红楼梦》有着多面的重要影响。

从内容上说,才子佳人小说是写才子与佳人恋爱故事的小说,其情节构成,大多是郊游偶遇,一见钟情,丫鬟撮合,私订终身,小人拨弄,或变故牵连,才子遭难,佳人被逼,但几经波折,终于才子金榜题名,佳人喜得婚配,所谓"有情人终成眷属"。作品多用主人公的名字命名,一般在十六回至二十回之间,均十万字左右,属于中篇小说。才子佳人小说在明末清初的兴起与流行,有着特定的政治、经济与文化原因。

第一,明清文人的政治生活和不同人生遭际的影响。明末清初是科举制度大盛的时期,知识分子通过制艺即八股文考试,来追求自己的政治生命和理想抱负。其中有的飞黄腾达,有的则时命不偶,有的矢志科举,有的则愤世嫉俗,转借小说寄托才情,抒发孤愤。《平山冷燕》的作者天花藏主人曾在小说序言中表达了自己不得已而写小说的初衷:"奈何青云未附,彩笔并白头低垂","凡纸上之可喜可惊,皆胸中之欲歌欲哭。"在才子佳人小说中,文人们不仅用金榜题名作为自己现实失落的政治生命的虚拟补偿,而且白日梦般地幻想着自己风流倜傥的爱情生活,以求得不被社会认同的才情的披展和内心多种复杂心理的平衡。

第二,经济因素的影响加速了文人小说的市场化行为。明代末期,东南沿海城市的手工业和商业经济得到了很大的发展,并出现了有雇佣关系的大规模手工作坊,《万历实录》

记载:"家杼轴而户纂组,机户出资,机工出力,相依为命久矣。"书坊和书坊主的出现也是必然要出现的资本主义生产方式和生产关系。书坊主和小说家结成了密切的经济关系,为了实现经济利益,他们不仅注重形式上的刊刻效果,更注重聘请才子名家,吸引大批文士加入到通俗小说的创作行列里。因为章回小说经过明代的发展,清初时已经成为非常重要的文学体裁,拥有广大的读者群,是不容忽视的消费品。

第三,晚明启蒙思潮引起社会文化、思想领域的深刻变化,对作家产生了深刻影响。明代初期,统治者为了巩固其政权,仍把"存天理、灭人欲"的程朱理学作为官学,倡导"三纲五常"的封建道统。明代中后期,抑制人性、否定人欲的程朱理学,越来越失去了号召力和约束性。它既不能约束统治者自身,也不为市民阶层和商品经济时期的文人所信奉。这时候出现了以王阳明、李贽为代表的一大批杰出的思想家,对传统儒家道德体系提出了严峻的挑战。他们倡导"知行合一"、"百姓日用即道",肯定人的欲望和物质追求,认为追求物质享受,好色、好货是人的天性。这种哲学思潮对当时的文学创作产生了巨大的影响,大戏剧家汤显祖就在其《牡丹亭题词》中标榜自己"酷爱李氏之学",提出"真情"观,冯梦龙也说:"我欲立情教,教诲诸众生","借男女之真情,发名教之伪药",提出"情教"说。他们的主张既赢得了广大下层文人的响应,也迎合了广大市民的感情需求,这正是才子佳人小说崛起的思想基础。

才子佳人小说在思想意识上公然标榜爱情,与传统的道德和婚姻观念相抗衡;在价值取向上则追求市民趣味和"雅俗共赏";在情节形式上既努力出新,避免俗套,又基本是戴着脚镣跳舞,情节的过程呈现严重模式化倾向,人物和遭际

具有千人一腔、万人一面的类型特征。如《金云翘》中的女主人公王翠翘与书生金重一见钟情,王翠翘美丽多情,但命运多舛,她不得已两入倡门、四易其夫的经历,充分满足了读者猎奇猎异的心理,也满足了作者雅俗共赏的市场目的。虽然他们的爱情充满曲折、历尽坎坷,但主人翁痴情不改,最终才子金榜题名、与佳人两厢团圆。才子佳人小说不仅有对唐传奇小说"做意好奇"的继承,而且在一定意义上广泛地反映了当时的世态人情和文人的深层心理需要。其成熟的艺术创作手法和经验,对后代的世情小说,尤其是对《红楼梦》这样的巨著有着正反多面的深远影响。

从康熙二十三年(1684年)到乾隆六十年(1795年),共110多年是清朝小说的高峰时期。这时由明入清的小说家已基本退出创作舞台,"遗民"身份遂成为历史,活跃在小说创作领域里的文人既有汉人也有满人,民族矛盾渐渐向意识深处积淀和沉潜,但清政府的政治神经更加紧张,严酷的文治全面展开,在文字狱阴影下的小说创作也发生了深刻变化。这一时期的小说家把干预政治的笔墨收敛或潜藏起来,把目光投向更广泛、更深层的社会生活,不仅继续关注知识分子最核心的科举生活,也关注家庭伦理、爱情人性等方面。小说由注重故事情节的层面深入到社会生活的各个角落和人物丰富的内心世界,产生了像《儒林外史》和《红楼梦》这样的作品,取得了小说创作的历史性进步。

《儒林外史》写于清康乾时期。独特的生活际遇与时代的特殊性赋予吴敬梓独特的写作视角。在此之前,中国的小说大多是从封建社会的宗法观念、正统的伦常礼教以及鬼神迷信等思想描写社会生活,而《儒林外史》则表现出特异独立的嘲讽视角,对封建制度的种种时弊,尤其是政治文化政策

以及知识分子追求功名富贵的现实人生极尽嘲讽批判之能。为了避免不必要的灾祸,吴敬梓假托明朝故事,以古人惯用的方式借古喻今,通过对形形色色儒林人物的刻画,多角度、多层次地展现了封建社会现实生活各个方面的风貌,犹如一面历史的巨镜,映照出封建社会人生舞台上的众生相。其中有厌弃名利富贵的正人,如出淤泥而不染、视金钱如粪土,以一技之长过着诗酒悠闲生活的王冕;也有更多的热衷于追求名利富贵的俗人和小人,如范进、王仁等。作者将喜剧因素与悲剧因素熔为一炉,以含泪的滑稽引发读者痛苦的沉思,第一次塑造了一系列生动且个性鲜明的知识分子形象,第一次对封建社会末期科举制度的负面影响及其对知识分子心灵与人生的严重扭曲进行了深刻的揭露和鞭挞。鲁迅曾说,《儒林外史》诞生以后,"于是说部中乃始有足称讽刺之书"。它也是我国文学史上第一部具有世界地位的长篇讽刺小说。

相比于1749年完成的传世之作《儒林外史》,《红楼梦》的写作时间正与其相前后,只是它在读者群中大规模流行要晚50年左右。据专家考证,《红楼梦》是在曹雪芹死后30年,于乾隆五十六年(1791年),由程伟元、高鹗第一次以活字版排印出版的。在《红楼梦》的开篇,作者也说他所叙述的故事没有朝代纪年可考。这样的写法既是使小说完全脱离历史的宣言,也是小说塑造人物形象、虚拟现实故事的需要,更是当时文化专制留下的时代印记。

这个时期的作家们还创作了一些英雄传奇小说,《说岳全传》、《呼家将》等即是这个流派的代表作。主题发展为忠奸斗争,主角不再是官逼民反的江湖好汉,而演变为古代历史上忠君爱国的英雄。

《红楼梦》刊刻印刷后将近100年,是小说的衰退期。这

个时期全国各处都有白莲教、天理教的起义,清朝的盛世大厦到了岌岌可危的境地。文化方面,乾嘉学派此时成为学术主流,大批文人被吸引至其中,倾毕生精力做训诂、考据的学术工作,加之在《红楼梦》的巨大成功面前,文人的墨笔被映衬得虚弱无力。鸦片战争以后至甲午战争(1894年)近半个世纪中,小说创作在历史惯性的推动下沿着传统轨道继续运行,其面貌并未发生显著变化。

甲午战争到清朝的彻底倾颓是清代小说的第四个时期。从光绪二十一年(1895年)到宣统三年(1911年)仅仅17年,但这17年所创作的小说种数却是前250年的两倍以上。不止是数量多,更重要的是面貌大不相同。甲午战争的失败宣告了洋务运动的破产,国人意识到单单引进西方的科技和军舰大炮,是不足以富国强兵、抵御列强的,必须改变政治体制,广泛开发民智,于是小说成为宣传维新与革命,以及启迪民智的工具。而当时从事小说创作的,也不再是科举制度下的士人,一群告别科举、受西方文化影响的"新型"知识分子成为小说创作的主力军。在他们的倡导下,指摘时政,抨击时弊,揭露社会丑恶现象,鼓吹维新,倡言革命,成为当时小说的主流。伴随着小说创作主旨及主题的转移,小说叙事方式也发生了深刻变化。如前所述,西方小说的传入,报纸、期刊作为小说新载体的出现,进一步促使小说由古代向现代的转变。因此,可以称这17年是小说的转型期,以"四大谴责小说"为这个时期的代表:李伯元的《官场现形记》、吴研人的《二十年目睹之怪现状》、刘鹗的《老残游记》、曾朴的《孽海花》。鲁迅《狂人日记》等作品的发表,终于宣告了中国古典小说历史的结束,现代小说的诞生。

《红楼梦》在古典小说中的地位

在中国最后的封建盛世——康乾时期渐渐浮出水面的《红楼梦》,一经问世便引起了巨大的反响,被评为中国最具文学成就的古典小说及章回小说,占据"中国四大名著"之首的地位。作为18世纪中国最伟大的文学巨著,它不仅是中国文学之林的珍奇瑰宝,也是世界文学殿堂中一座最中国、最辉煌的建筑。这部中国文学史上最伟大而又最复杂的作品,不仅描绘的社会现实投射出封建社会的家族、官场、意识形态等诸多方面的情态,极为深广地反映了中国封建社会末期的社会生活,揭露了封建的经济、政治、宗法制度,乃至整个上层建筑的腐朽、不合理,而且描述的新鲜而凄美的爱情悲剧,也无不使二百年来无数读者为之一掬同情之泪。像世界上任何一部真正伟大的文学作品一样,《红楼梦》不仅深刻反映了它所意指的时代,表现了超前而进步的思想倾向,有力地影响了现实生活,而且表现出了整合传统又超越传统的革新精神以及令人惊叹的艺术创造才能。鲁迅先生曾评价《红楼梦》的历史地位说:"自有《红楼梦》出来以后,传统的思想和写法都打破了。"(《中国小说史略》)这绝非过誉之词,而是鲁迅先生在考察了中国小说发展的全部历程之后得出的中肯结论。对此,如果我们从中国古典小说内容和形式的视角回溯,即可以获得更清晰的认识。

一、从内容上审视

中国古典小说从孕育到发展,基本没有脱离开历史和神怪为主体的内容框架。因为小说一开始存在,即是从俗众和"小道"的角度补充和解释历史。在普通人的观念里,昨天、

今天和明天的生活都不是自己的，都受神明、帝王、英雄和鬼怪的支配，普通人的日常生活是没有意义的存在。直到魏晋隋唐时期，才有了对上流知识分子群像的关注和勾勒。《金瓶梅》开了书写普通人日常生活的先河，成为引领《红楼梦》出场的楔子性著作。《金瓶梅》在内容上对俗世社会关系和人情物态的丑的直观与暴露，虽然对现实有深刻的洞察和尖锐的批判，但不能示人以文化的理想。《红楼梦》就不同了。全书虽以贵族青年贾宝玉、林黛玉和薛宝钗等复杂的情爱关系为线索，以风花雪月的大观园故事为青春成长的生态背景，但它绝不是一部单纯的爱情小说。在爱情线索的背面，还有一个更广阔的社会线索，那即是"贾、王、史、薛"四大家族的兴衰荣枯，这使它蕴涵起更丰富的时代信息和更宽厚的社会历史内容。作品在一个以假寓真的虚拟世界里展开生活的全部，不仅写四大家族锦衣玉食、一荣俱荣的日子，豪华的排场、奢侈的用度、日常的礼法、对外的专横与盘剥，也写他们长幼的和睦与淫乱，骨肉的相亲与内讧，对下人的亲密与残忍，对朋友的忠贞与背叛等。由于它囊括了多姿多彩的世俗人情，包蕴着五千年的中华文化，终于成为封建末世百科全书式的作品。

《红楼梦》在内容上的意义还需要从人物形象的的角度予以特殊认识。其一是第一次贡献了一个丰满独特的封建社会叛逆者的形象——贾宝玉；其二是第一次提供了封建社会知性女子的美丽群像；其三是第一次塑造了一个封建社会女强人凤姐的形象。这些内容在中国古典小说发展历程中都具有某种程度的颠覆意义。以往古典小说中的男性人物主要是《三国演义》、《水浒传》中纵横捭阖、充满阳刚之气的英雄以及唐宋传奇中英俊多情却充满阴柔感的书生。贾宝

第二章 万转云山路更赊——历史承传

玉则是属于尚未进入社会的青少年。从封建大家庭的角度,他是无上的心肝至宝,而从社会和个体双重需要的角度,他却是一个封建社会的"叛逆者"。他出于对丑、对束缚、对旧的生存方式的厌恶,对美、对自由、对新的生存方式的向往,以对那个家族和社会不合作的态度出现并生活着,他以自己全部的生命力量举起了自己的爱憎之旗,并以爱情来探索人生的终极意义。贾宝玉是小说中最真实又最立体人性的普通男人。作者无不解释说他属于正邪两气交互感应而生出的奇特类型,具有亦正亦邪的特点,不能用传统的道德、政治和历史的尺度去衡量,虽然表面看来他性格乖张、女性十足,却在内在生命的探索上展示出最执著和最坚韧的男性力量。这个孤独的"情痴",仿佛宿命中摆脱不了的是对人生和命运的一种形而上的思考和体验。这是以往古典小说中从未出现过的形象,由他带来的作品的特殊价值与意义,也是《红楼梦》能比较圆满地写出人类困境的内容力点之一。

　　而从女性形象看,以往的中国古典文学尽管写出了无数美丽的女子,但是,更多是供男人玩弄蹂躏的对象,男人始乱终弃的对象,对男人充满依恋、为相思而生活的形象,其中最高的也不过是敢于大胆追求自己的爱情,为了幸福敢于与异己势力抗争的形象,如崔莺莺和杜丽娘。《红楼梦》则不同。曹雪芹自己曾说,他写作的目的就是要"使闺阁昭传",要一改古代男权制度下对妇女的态度和看法。要使天下知道"闺阁中历历有人"。曹雪芹在书中既写出了知性女子的美丽群像,也写出了虽然不在知性女子之列,却是"万人不及其一"的女中豪杰凤姐的形象,彻底颠覆了传统文化中"女子无才便是德"的封建观念。面对那些冰雪聪明、才气横溢的女子——林黛玉、薛宝钗、史湘云、贾探春们,也应包括凤姐。

曹雪芹坦言道："其行止见识皆出我之上,我堂堂须眉,诚不若彼裙钗。"作品不仅写她们在爱情上的勇敢追求,更写她们的独立人格和学养见识,还写她们特殊的管理才能和男人般的胸襟气量。所以我们在小说里第一次听到宝玉"我见了女儿便清爽,见了男子便觉浊臭逼人"这样充满作者思想的个性化呼喊。作品中的"红楼梦曲子",更是用尽比喻和形容,极尽歌颂之能事。他歌颂黛玉是"世外仙姝",歌颂宝钗是"山中高士",歌颂湘云是"英豪阔大",赞美她们是"山川日月之精英",这不啻是他"女儿"思想的宣言书,更是他对封建社会造成女性悲剧有深刻洞悉和文化批判力量的原因。这样的内容真是以往古典小说写女性时到达不了的高度了。

二、从形式上审视

《红楼梦》不仅规模宏伟,结构严谨,而且叙事生动,语言传神,有无数鲜明的艺术特点配合着内容,提升着它在中国古典小说史上难以超越的地位。我们这里主要从语言形式和鲁迅说的传统的写法等方面来重点透视。

《红楼梦》在语言上是属于文白夹杂、偏于白话的类型。文言与白话的语言选择,不只是语言本身的问题,它关涉到风格、意境、叙事、接受等诸多方面。冯梦龙在《古今小说序》中说,"唐人选言,入于文心",即诉诸深层心理为主,调动的是心灵对文学的敏感力;宋代的白话小说,则"谐于里耳";主要为通俗可听,直接对读者感观产生感染。他认为,由于天下的"文心"少,而"里耳"多,所以白话小说对读者的感染,远远超过了文言文的《孝经》、《论语》,当然文言小说也不例外。《红楼梦》采取文白夹杂、偏于白话的语言形式,则产生了多重审美意义。其一,既用白话"谐于里耳",给广大读者直接的阅读感染,又用文言"入于文心",叙述者可以挖掘语

第二章
万转云山路更赊——历史承传

言深层的文化内涵,反省或处理深邃细密的内心体验。其二,将两者的叙事方法加以整合利用。文言小说的叙事者,多半是第三方全知叙事者,叙述中既不露形迹,又无所不知;白话小说的叙事者则多由说书人自行扮演,其叙述的自由度和"修辞"效果更为突出。其三,用白话和文言各显风韵意境。白话倾向表露、表示、淋漓尽致,文言倾向雅致、暗示、简净有味。《红楼梦》则常用白话加强人物个性,尤其是尽可能使人物的言谈个性化,而文言虽做不到这一点,却可以用它来雅化、细化内心世界。应当说《红楼梦》在语言运用的水平上也达到了雅俗兼容的极致境界。

曹雪芹的《红楼梦》不仅在语言运用上有所创新,更在其他方面突破了小说传统的思想与写法。而这正是鲁迅先生强调的所谓"传统的写法都打破了"的特定意义。从鲁迅先生的意见,我们至少能从以下一些具体方面,去理解《红楼梦》如何打破了传统的写法。

其一,写实主义的创作方法。虽然《红楼梦》有象征手法、梦幻手法、神话手法甚至浪漫手法的使用,但占据作品创作手法核心地位的仍是写实主义的创作手法。鲁迅先生在《中国小说史略》中说:"叙述皆存本真,闻见悉所亲历,正因写实,转成新鲜,而世人忽略此言,每欲别求深义,揣测之说,久而遂多。"肯定了《红楼梦》敢于如实描写,并无讳饰,"正因写实,转成新鲜"的艺术成就。如果缺失了写实主义的创作手法,《红楼梦》便不能完成作者"将半生亲历目见的见闻"传达出来的任务,便不能使真实的生活和人物"历历如在目前",便不能像封建社会的百科全书般丰富而深刻地反映现实。当然,另一方面也要进一步认识到,《红楼梦》的成功从形式上讲既是其写实主义的高度成就,也是其不一味固守

写实主义的结果。作者自觉融合多种手法,使它们在写实主义为主流的方法中各司其位、各显其能,以更好地表达主旨和为故事、人物的塑造服务,为扩大作品的内容含量和意义服务,使《红楼梦》透显出深邃的思想和多重的意蕴以及浪漫的诗意。而创作方法的创新和突破是作者有意为之的。作者在作品中反复强调自己要在创作中破除陈规旧套。如第一回空空道人在大荒山无稽崖青埂峰下见到石头上的历历"编述",对石头说抄去"恐世人不爱看",石头便说,这部《石头记》与以往"皆蹈一辙"的作品大不相同,是自觉"不借此套",是所谓"新奇别致"的作品。石头还批评了"历来野史"、"风月笔墨"、"佳人才子"等书千人一面的模式化弊病,在小说中也多次借人物之口反复表示对以往俗套写法的厌恶态度。如此自觉地打破传统求新出奇,在以往的古典小说中没有能出其右者。

其二,人物塑造上完成了由类型化人物向个性化人物的飞跃。唐以前的小说人物有气韵没个性,只属于粗线条的勾勒,人物血肉还不丰满,唐宋明时期的小说注重类型化人物的塑造,小说叙好人完全是好,坏人完全是坏,只突出人物一个方面的特点,比如,诸葛亮的智、宋江的仁、西门庆的色、书生的才气和缠绵等,人物没有性格张力,显得简单而有失真实。《红楼梦》中的人物则突破了这种传统的写法。据近年专家做的最新统计,在《红楼梦》中,有名有姓的人物竟有700多个,不论男女老幼,仿佛生活中的真人,多数性情跃动,生气勃勃。而贾宝玉、林黛玉、薛宝钗、王熙凤则成为千古不朽的艺术典型。应当注意,在产生《红楼梦》的历史文化土壤中,人类对于遗传学、现代心理学和精神分析学等的研究成果尚未出现,人对人性的理解还很浅薄,人性的渊薮及其复

杂性还难以得到有力度又有深度的表现。在这样一种文化背景下,《红楼梦》能把人物的"人味"写得那么鲜明,其个性化的程度如此之高,实属天才的洞察。其中注重对人物心灵及其矛盾冲突的深层描写使《红楼梦》在艺术上显示了现代性的光辉。尤其是细腻多层的心理描写,具有以往古典小说从未达到过的数量和质量的高度。《红楼梦》是中国文化的顶级瑰宝,毛泽东称赞它是"中国的第五大发明"。《红楼梦》更是世界的文化遗产,它是永恒的、永远的世界文化之谜。所以红学家冯其庸会大唱:"大哉《红楼梦》,再论一千年。"

第三章 无数青莎绕玉阶——新旧之间

秋草颜色青青,环绕着玉阶茂盛地生长。"玉阶"在环绕中绽放着安然的光润。美的事物会使我们永远心神不宁。

《红楼梦》八十回残本问世后,其阅读传播的速度非常之快。在程伟元"程甲本"序言中,他意味深长地说:"好事者每传抄一部,置庙市中,昂其值,得数十金,可谓不胫而走者矣。"自乾隆五十六年"程甲本"刊印之后,这部书立刻风靡全国。终至清末,虽偶有罗为禁书的时期,但更是各种翻刻本、覆刻本不断出现,成为清代小说文化中的一道特殊景观,并逐渐引起文人学者的高度重视及研究兴趣。据李放《八旗画录》注记载:"光绪朝,士大夫尤喜读之,自相矜为红学云。"此后200年的时间长河中,研究和探讨《红楼梦》蔚为风气,并形成了不同的学派和不同时期的研究特征。《红楼梦》研究最终成为一种专门的学问。

旧红学的发轫及代表人物

所谓旧红学,是指从《红楼梦》诞生到"五四新文化运动"之前的《红楼梦》研究。较有代表性的红学研究流派有评点派、索隐派与题咏派。

一、评点派

从《红楼梦》诞生和私下传播之日起,它就以附带评点的样式走进大众的阅读视野。这就是最初与《红楼梦》作品一起传播的"脂评",即主要以脂砚斋名义进行的评点。脂砚斋等的点评一方面多方透露了《红楼梦》作者、家世、创作过程及脂评人与作者创作中有特殊关系的情况,比如,脂评透露了《红楼梦》是曹雪芹在悼红轩中"披阅十载,增删五次",是作者"哭成此书",以血书就的伟大作品。甲戌本第一回批语:"壬午除夕,书未成,芹为泪尽而逝"。由此我们知道曹雪芹的卒年应是在乾隆二十七年(1762年)。如"余尝哭芹,泪

第三章
无数青莎绕玉阶——新旧之间

亦待尽"。在处理秦可卿之死的情节上,第十三回批语有"故赦之,因命芹溪删去"之语,使我们了解了作者没有按照第五回画册上所示意的上吊而死来完成回目上"淫丧天香楼"内容的原因及批者与作者的特殊关系。再如第十七、十八回,写宝玉因听说贾政要进园子,赶忙逃开时,庚辰本侧批道:"余看之不觉怒焉,盖谓作者形容余幼年往事,因思彼亦自写其照,何独余哉",透露了这一情节的本身来历。另一方面对作品从宏观到微观的诸多内容进行了用力点评。如在第一回中将曹雪芹的写作方法归纳为"草蛇灰线,空谷传声,一击两鸣,明修栈道,暗度陈仓"。在书中出现"风月宝鉴"这面镜子时道士说"千万不可照正面",脂评提醒道:"观者记之!不要看这书的正面,方是会看。"在第四十二回"兰言解疑癖"中,庚辰本脂评又提出"钗黛合一"的文艺见解:"钗(黛)、玉名虽二个,人却一身,此幻笔也。书之三十八回已过三分之一有余,故写是回,使二人合而为一。"这样的评点,对于我们深入理解《红楼梦》的创作意图、方法和理解人物形象都有着重要的启发意义。

> **知识链接**
>
> 小说评点:即在赏读过程当中对小说的圈点评析。是我国一种传统的小说评论方法。始自南宋末年刘长翁的《世说新语》评点,至晚明蔚为内气。早期以注音释字为主,世对人物情节简单评论;后期发展为以评点作品内容及艺术技巧等为主。形式上有回前批、回后批、写于书头的眉批和写于行间的夹批等。其中既有随感式的心得,也有少量精辟的理性分析,成为独具特色的传统文学阐释和批评的一种特殊形式。

在脂砚斋之后,《红楼梦》评点家中还有三位因其评点版本大量流行而产生较大影响的代表人物,即护花主人王希廉、太平闲人张新之和大某山民姚燮。他们的评点作品分别是《红楼梦评注》、《妙复轩评石头记》和《读红楼梦纲领》等。《红楼梦评注》约完成于1832年,分成总批、总评、摘误与回评等部分,对《红楼梦》的创作动机、意旨、技巧等都有详尽的分析。其中较有影响的观点一是"小说不小",小说之小道通于经史之大道;二是以作品第五回为《红楼梦》的总纲领;三是打出"尊薛抑林"的旗帜,认为黛玉"德固不美,只有文墨之才"等。张新之则抱着"正人心、熄邪说"的使命感,旨在为《红楼梦》消毒。其评论用意是"使作者正面、书中反面,一齐涌现,夫然后闻者足戒,言者无罪"。在黛、钗评论方面,他则属于"拥林贬钗"派,对林的好感要远胜于对薛宝钗的好感。在第七回回末评论中,他对宝钗几乎口诛笔伐、痛下针砭:"写宝钗热是骨,冷是面,巧是本领,自郑庄、操、莽大奸雄化身。"与王希廉一样,他们都从不同文化和审美视角做个性评说,并未对《红楼梦》塑造人物的丰满性、多义性有足够的认识和领会。而姚燮在评论中则更多注入了自己的闲适与审美趣味,只为兴趣和爱好而批评,因而写出了一些能引发读者结合人生经历而思考的感受。如说"一部之书,实一僧一道始终之",仿佛存在另外一个世界,显出作品的空灵。"乌庄头货物单"与"抄没时货物单"是"前记其盛"、"后记其衰"、"世态之幻,无幻不搜;文章之法,无法不尽。但赏其昵昵儿女之情,非善读此书者"等。

由于评点式的批评本不假于系统的理论支持,多为意到笔随,纯属个人的阅读方法和阅读体认,对于红学史的发展而言,虽功在零星而缺乏实质性的推动,但也构筑了《红楼

梦》传播初期的特定意义。

二、索隐派

索隐派是20世纪初红学研究中形成的一个重要派别。由于中国古典学术一切以经史为最高,文化政治化、载道化是终极目的,所以该派认为《红楼梦》的反面或背面的历史、政治故事才是作者创作的来源和力点,并以追索隐遁于《红楼梦》文本背后所写的"真内容"、"真故事"为批评旨归。比如,《红楼梦》的本事究竟是什么,贾宝玉、林黛玉等究竟影射何人之类问题。由于根据一些野史资料和杂记、笔记来研究,索隐派只能依据作品提供的蛛丝马迹来猜测,发挥无穷的想象力来挖掘历史的影子和政治的意义。其中影响较大的观点有"清世祖与董鄂妃"说、"明珠家事说"、"和珅家事说"、"张侯家事说"以及其他"政治小说"说。代表人物及著作有王梦阮、沈瓶庵的《红楼梦索隐》,蔡元培的《石头记索隐》,邓狂言的《红楼梦释真》等。

> **知识链接**
>
> 明珠:康熙时宰相、大学士纳兰明珠,也即清代著名词人纳兰性德的父亲。纳兰性德,字容若,生于1654年,与康熙同庚。其父学识渊博、政绩不凡,得到康熙赏识,后位至大学士。但历史记载明珠其人不重德行操守,他的家里金玉山积,一派富贵气象,仿佛小说中的贾府。

《红楼梦索隐》在清末民初的红楼诠解中因其主要观点独到而轰动一时。王梦阮、沈瓶庵认为,小说《红楼梦》中的宝黛故事映射的是清世祖与董小宛的爱情故事,这是《红楼梦索隐》一书的核心论点。其主要理由是小宛名白,故黛玉名黛,粉白黛绿之意。小宛爱梅,故黛玉爱竹,中国松竹

梅兰都是高洁之物的象征。小宛善曲善病,故黛玉善琴也善病……小宛姓千里草,黛玉姓双木林……基本以偶然的巧合或必然的相似进行人物的对位研究来附会历史本事和历史人物。虽然结论和分析十分牵强,但王梦阮、沈瓶庵的《红楼梦索隐》是红学史上第一部自成体系的红学专著。

较之《红楼梦索隐》,在清末民初的索隐三派中,蔡元培因受到西方系统的美学教育,他对《红楼梦》的研究论断及研究方法更带有系统性,而且影响更大。在《石头记索隐》中,蔡元培隆重提出《红楼梦》是清代康熙王朝政治小说的论点,并认为作者有拥汉反满的民族主义思想。如他说:"贾府即伪朝(清朝)"、"贾政者,伪朝之吏部也。贾敷、贾敬,伪朝之教育也(书曰:敬敷五教)。贾赦,伪朝之刑部也。"其将作品与时代政治风云深度联系的分析和饱含政治寓意的新观点丰富了《红楼梦》的历史内涵和主旨以及人物研究,但由于忽视了小说材料来源的多样性和虚构性特点,过于注重对作品之外"微言大义"的仔细追索,所以也不免陷入猜谜的困境。在艺术创作的手法上,蔡元培提出了许多深细中肯的分析意见,如指出《红楼梦》在艺术创作上采用了"层层障幕"的处理方法,具有神奇多姿的艺术效果,这些都深刻影响了后来的批评学派。

邓狂言的《红楼梦释真》是继王、沈和蔡元培之后的又一部索隐派红学专著。这位终生未仕的狂生,对整个社会的痛斥心理极其强烈,不仅继续用索隐的方式解析《红楼梦》的主题,而且在索隐揣测的道路上走得更远,其中无不夹杂着浓厚的主观臆断和"个人恩怨"。《红楼梦释真》的基本观点也是认为《红楼梦》是以反映种族矛盾为内容的作品,书中人物无不与种族有关。如说作品中提到的大荒山是"野蛮森林部

落之现象",指满族集聚地吉林;无稽崖是"满洲之所自来,多不可考"。甄士隐是指"明亡而士隐"。甄士隐膝下无儿,"便是灭国灭种,中原无男子之义"。说作品中用绛珠草是因"朱已失色",比喻明朝已经败亡,汉人多有失节等,几乎事事与明清之际的民族纠葛相勾连。同时,热衷于寻找和分析作品中"混之""配之"的历史人物,遂变《红楼梦》为清代五朝的宫闱秘事和眼花缭乱的杂陈野史。但由于观点发挥得比较充分,引证也更加丰富,在"索隐派红学"中有一定代表性。

三、题咏派

题咏派最早兴起于乾隆年间,是以韵文形式对《红楼梦》进行聚焦透视的旧红学派别。其队伍比评点派和索隐派更加庞大和庞杂。主要代表人物有叶崇伦、唤明等,前者的代表作是《红楼梦题词》,后者的代表作是《金陵十二钗咏》。他们基本上着眼于书中人物悲欢离合的不同命运而进行诗歌题咏,不仅有诗词,还有赋、赞等。其题咏之作,字数、篇幅自由灵活,短则数十字,长则近千言,可独立、可配套。配套的如有依人咏事的,有本事题咏的,还有"绣像题咏"的,如"黛玉葬花"、"宝钗扑蝶"、"小红遗帕"、"妙玉听琴"、"晴雯补裘"、"龄官画墙"等,抒发的香艳、空幻、悲凉等情感也是多样复杂的,数量虽多,但佳作甚少。

批评派的红学研究

1904年(光绪三年),浙江海宁一个酷爱西方哲学和文学的27岁青年在《教育丛书》上刊载了题为《红楼梦评论》的论文。这篇论文以崭新的研究视角展示了《红楼梦》研究的新领域、新境界,揭开了现代红学研究的序幕,因而在《红楼

梦》研究史上占有举足轻重的地位。这位红学研究的重要人物就是后来的国学大师王国维。

王国维学贯中西,青年时代尤爱叔本华的学说。《红楼梦评论》的最大贡献是第一次将西方哲学和美学观念引入中国古典文学批评,第一次以西方美学批评理论的思路和方法观照中国古典小说,为中国文学的研究提供了崭新的思路。这不仅在红学史上,而且在中国的学术发展史上都有十分特殊的意义。

《红楼梦评论》全文约四万字,分五章。第一章概论人生美术;第二章论《红楼梦》的精神;第三章论《红楼梦》在美学上的价值;第四章论《红楼梦》在伦理学上的价值;第五章余论。王国维从探寻文学对生命本质进行揭示的意义出发,依据叔本华的生命哲学对《红楼梦》的精神与美学、伦理学价值进行分析。叔本华认为,生命的本质就是欲望,欲望通过一个个新的生命去实现它自己。一切都是相对的、暂时的,只有欲望是永恒的;欲望的生命过程就是痛苦,人生就是在痛苦和无聊这二者之间像钟摆一样摆来摆去:当你需要为生存和与生俱来的欲望而劳作时,你是痛苦的;当你的基本需求或欲望满足之后,你会感到无聊。无聊也是一种痛苦,而且是一种不亚于欲望缺欠所带来的痛苦的痛苦。所以,人生是一场噩梦。以叔本华的哲学看《红楼梦》,王国维认为,《红楼梦》是真正揭示了人生痛苦真相的作品,小说中的"玉",就代表着生活的"欲望"。所以小说中人物命运的悲剧是不可避免的。解脱悲苦之道只有一途,即否定生命意志、灭绝一切欲望,进入涅槃之境。在他看来,《红楼梦》的精神就在于它授人以此种解脱之道,即"存于出世,而不存于自杀"。在《红楼梦》的美学价值方面,王国维一方面反省中国传统戏剧小

说,将西方的"悲剧"、"喜剧"这两个概念引入中国戏曲的研究;一方面继续参照叔本华的悲剧理论明确提出了《红楼梦》是"彻头彻尾之悲剧",是"悲剧中之悲剧"的观点。叔本华认为,悲剧有三种类型,一种是来自异乎寻常的恶人,如《威尼斯商人》中的夏洛克;一种是由于盲目的命运,如《俄狄浦斯王》;还有一种是来自平常人的相互关系,如《哈姆雷特》中的哈姆雷特和奥菲莉娅。叔本华认为,最后一种尤其值得注意,因为它不是把不幸作为一个罕见的情形展现在人们面前,而是一种在道德上平平常常的人们身上会轻易发生的、从普通人的行为和性格中展现的东西。这些并无过失的平常人,为实现各自的欲望而在"意志"的驱遣下相互残杀,如此造成人生的悲剧。王国维认为,《红楼梦》正是描写了第三种悲剧,从而深刻揭示出《红楼梦》悲剧艺术的伟大。同时,王国维批评传统中国的戏剧小说,总是给人以大团圆的结局,并分析个中原因,认为是"吾国人之精神,世间的也,乐天的也,故代表其精神之戏曲、小说,无往而不着此乐天之色彩:始于悲者终于欢,始于离者终于合"。这种大团圆结尾,显示了一种模式化的庸俗倾向。后来胡适进一步发挥此种见解为这种"团圆的迷信"乃是中国人思想薄弱的铁证。

王国维此篇文章是新旧红学交接时期的著名红学论文,堪称红学美学研究的开山之作,为其后新红学的诞生起到了开山领路的重要作用。

新红学的兴起与主要流派

1921年4月至11月,顾颉刚为俞平伯《红楼梦辨》所作的序中提出:"红学研究了近一百年,没有什么成绩;适的著

作……我希望大家看着这旧红学的打倒,新红学的建立。""新红学"这一概念就此诞生。胡适的"新红学"是以考证面貌"技压群芳"、引领红学研究新方向,并逐渐成为研究主流的。就方法论而言,"考证"方法是对"旧红学""索隐"研究法的变革和淘汰,也是对旧红学主要研究内容的学术批判。

> **知识链接**
>
> 考证:也叫考据,是研究历史、语言等的一种方法。考据的方法主要是训诂、校勘和资料整理。根据事实的考核、例证的归纳和可信的材料,得出一定的结论。清代乾隆、嘉庆两朝考据之学最盛,后世称为考据学派或乾嘉学派。

一、早期考证派

20世纪以来,《红楼梦》研究出现了新转折,以胡适、俞平伯和顾颉刚为代表形成了早期考证派。胡适在推动新文化运动的过程中,不仅大力宣传其"双线文学的新观念",积极提高通俗文学的地位,而且奋勇批判传统的红学研究手段,并向学人推广新整合的治学方法。他利用新发现的有关《红楼梦》作者曹雪芹的生平资料,和著有脂砚斋批语的早期抄本,运用传统的治经学、史学的考证方法,经过扎实考证,最终证明《红楼梦》不是影射皇帝的爱情故事,不是明珠或其他官宦家庭生活的翻版,也不是明清朝廷宫廷政治斗争的隐晦记录,而是以作者身世经历为依据和素材而展开的文学作品,提出《红楼梦》"是一部自然主义的杰作","只是老老实实的描写这个'坐吃山空'、'树倒猢狲散'的自然趋势"的重大论点,也即"自传说",对索隐派红学给予了十分有力的批评和反驳。俞平伯的《红楼梦》研究成果也很多,举凡考证、校订和批评,都有涉及,从《红楼梦》研究的历史来看,他在20

年代刊发的《红楼梦辨》使他成为蜚声中外的"红学"家。他考证出《红楼梦》原书只有前八十回是曹雪芹所作,后四十回是高鹗续作,使他成为与胡适同路的新红学奠基人之一。但那时他已特别注意到不把文学研究中的考证方法绝对化的倾向。胡适在考证曹雪芹的身世和家世后,得出了一个"自叙传"说。俞平伯在《红楼梦辨》中也曾有过"自叙传"的说法,而在《红楼梦辨》出版后的第三年,即1925年,俞平伯发表《〈红楼梦辨〉的修正》一文,修正了此观点。

二、新考证派

考证派的兴起沉重打击了旧红学的研究内容,在红学研究领域引起了巨大的反响。后世的追随者众多,周汝昌、冯其庸、吴恩裕和吴世昌等都在考证方面取得了突出成绩。20世纪40年代末,周汝昌的《红楼梦新证》,是继胡适《红楼梦考辨》和俞平伯《红楼梦辨》之后出现的影响较大的红学专著。它不仅对于《红楼梦》和作者曹雪芹及其家族的材料做了更深更细的考证,而且在红学史上第一次明确提出用马列主义指导《红楼梦》研究,并对《红楼梦》的版本问题、脂批问题、文物问题等,也提出了许多很有价值的观点。1982年,周汝昌又在《河北师范大学学报》发表的一篇文章中,对红学的范围作了严肃而郑重的界定:"红学显然是关于《红楼梦》的学问,然而我说研究《红楼梦》的学问却不一定都是红学。为什么这样说呢?我的意思是,红学有它自身的独特性,不能用一般研究小说的方式、方法、眼光、态度来研究《红楼梦》。如果研究《红楼梦》同研究《三国演义》、《水浒传》、《西游记》以及《聊斋志异》、《儒林外史》等小说全然一样,那就无须红学这门学问了。比如说,某个人物性格如何,作家是如何写这个人的,语言怎样,形象怎样,等等,这都是一般小说学研究的范围。这当然也是非常必要

的。可是,在我看来这些并不是红学研究的范围。红学研究应该有它自己的特定的意义。如果我的这种提法并不十分荒唐的话,那么大家所接触到的相当一部分关于《红楼梦》的文章并不属于红学的范围,而是一般的小说学的范围。"在此种理论的指导下,新考证派开拓出曹学、版本学、脂学和探佚学等领域,并继续加深了研究力度。周汝昌是后期考证派红学的集大成者。后期考证派的研究为我们阅读和理解《红楼梦》这部伟大的作品提供了翔实的背景资料和大量的基础信息,使红学研究向着专门学问的方向迈进。但这也引发了新的学术思考。近几年来,随着红学的深入发展,新红学的基本观点也开始受到人们的质疑,一些学者认为,以考证方法为主流的红学研究,等于取消了《红楼梦》的文学属性和虚构特点,宣布《红楼梦》是史学和封建社会的资料,是对《红楼梦》最大的误读。而屡遭批判的索隐派中的某些合理成分,也正在为越来越多的人所重视。

三、新批评派

20世纪三四十年代,另有一批红学研究者渐渐跳出了胡适的"考证"领域,另辟蹊径,提出一系列新的红学课题,对《红楼梦》的时代背景、主题思想、艺术特点乃至人物形象加以具体探讨,如李辰冬的《红楼梦研究》、王昆仑的《红楼梦人物论》、张天翼的《贾宝玉的出家》等,为以往的红学研究又注入了新的内容,开辟了新的思路,并为其后展开的更宽广的红学研究打下了基础。

1954年9月,《文史哲》发表了青年学者李希凡、蓝翎的《关于〈红楼梦简论〉及其它》,公开质疑与批评红学宿将俞平伯的红学观点,认为他不仅未能从现实主义的原则去探讨《红楼梦》鲜明的反封建的倾向,而且否认《红楼梦》是一部

现实主义作品,同时坦率指出俞平伯红学观点中唯心论的倾向。文章受到毛泽东的关注,并从当时阶级斗争的新环境和"文化大革命"的角度出发提出了这应是"反对在古典文学领域毒害青年三十余年的胡适资产阶级唯心论的斗争"。由于领袖人物和政治思维的介入,原本的学术之争变成了一场全国性的批判胡适、俞平伯的政治运动。这是那个时代酿成的文化和学术的悲剧,远非"两个'小人物'"所能预测和左右的。此后近20年的"红学"研究,一直延续着"批判"为主的思路,新红学派的基本观点如自传说、色空说、钗黛合一论等都受到了批判,而《红楼梦》的主题思想研究则更多地归结到反封建的意义上,并在如何反封建、哪些方面反封建等层面上展开论争。其中,"文革"时期较为有影响的学说有"爱情掩盖政治斗争说"和"补天说"。"爱情掩盖政治斗争说"的基本观点是:《红楼梦》是写封建社会末期的政治斗争的,谈情只是为了打掩护。代表作主要有柏青的《封建社会末世的历史画卷》和洪广思的《阶级斗争的形象历史——评〈红楼梦〉》。而1973年重印的《红楼梦》前言则是"补天说"这种观点的代表作。《前言》认为,在封建社会即将处于崩溃的时候,曹雪芹写作《红楼梦》是哀叹自己"无才"去补封建阶级的"破天",而自己的"补天"行为又不被封建阶级所理解,就此表现了对封建制度的愤懑心情等。这时期新批评派的观点大多都是历史和政治痕迹较重、学术意识形态化倾向严重的产物。

新时期的红学研究

1976年以后,尤其是改革开放以后,文学的复苏和复兴,以及对过去30年的反思，使红学研究开始进入暖春时期，红学研究的专门刊物《红楼梦学刊》、《红楼梦研究集刊》等相继创刊，1980年，文化部文学艺术研究院《红楼梦》研究所正式成立。在此后弘扬传统文化、振兴国学、敬畏经典的新的时代环境和文化生态下，红学家们以实事求是的态度研究《红楼梦》，所研究的课题五花八门，方法、手段、内容等日益翻新，研究"红学"的国内外学术研讨会频繁召开，各个级别的《红楼梦》研究会也如雨后春笋，纷纷建立，红楼的学术大门向社会敞开，谁都能关注和研究，谁都能持一方之据而言己之理。当然也不乏借曹雪芹的威名，拉自己虎皮、写自己"小说"的人！如此热闹的红学现象最终引发出不同层级和不同阶段的突破性成果。每至"红学"、"曹学"研究的特殊年份，文人如过年一般聚会畅饮，同贺"红学"的繁荣昌盛。一些青年因红学而踏上文学或学者之路。红学研究呈现出硕果累累的繁荣景象。除了集中对20世纪30年代各种著名"红学"观点的再论证，对1954年以来的大批判运动的再批判，又廓清了四种宏观的研究畛域与方向：文献研究、文本研究、文化研究与红学史研究。

一、文献研究

在文献研究方面，先是考证派持续活跃，继续了对《红楼梦》作者及成书状况的研究。其中对曹雪芹的祖籍、家世、生卒年、故居、抄家原因等的考证尤其细致，出现了不少研究成果。如冯其庸的《曹雪芹家世新考》，周汝昌的《曹雪芹小传》，吴恩裕的《曹雪芹丛考》，戴不凡的《揭开〈红楼梦〉作者之谜》、梅挺秀的《曹雪芹卒年新考》等著作。除所谓"曹学"外，《红楼梦》的版本研究也十分活跃，版本源流的情况得到进一步梳理。如王三庆的《红楼梦版本研究》、孙逊的《红

楼梦脂评初探》,赵建忠的《红楼梦续书研究》、欧阳健的《红楼新辨》等,后者指出20世纪发现的所有脂评本皆系伪造,程甲本才是《红楼梦》的真本;另有哲学化、经济学化和趣解化的考证成果,如认为《红楼梦》中暗伏着伏羲画卦的结构等。一些考证文章已经远离了红学研究,对了解作品意义不大。

二、新索隐派

与此同时,新索隐派悄然复兴。1989年霍国玲、霍纪平的《红楼解梦》流行一时,作者以形象的分解与合并等方法曲折有致却多主观的分析认为,《红楼梦》是曹雪芹怀念昔日恋人之作,就此掀起了索隐派红学的新波澜。1994年刘心武的《秦可卿之死》出版,后又连续出版《刘心武揭秘红楼梦》系列,抓住《红楼梦》中较早退场的人物秦可卿等大做文章,提出"秦可卿身世之谜",并以她未必寒微出身,由此索隐出《红楼梦》背后隐藏着清朝宫廷内部纷繁复杂的政治斗争。索隐派红学以其偏于想象的分析和小说式的故事性、传奇性、解密性的分析内容,迎合了大众文化的猎奇心理和休闲趣味,一时间产生了较大的影响。

三、文本研究

新时期的文本研究也呈现出强劲的势头。先是学者们研究目光的回归,真正就《红楼梦》这部小说本身的内容、价值等方面提出问题并进行了广泛的探讨,再是研究形式与以往大大不同,西方文论的被引入,给红学研究带来更多新视角。如王彬的《红楼梦叙事》,用叙事学理论来系统研究《红楼梦》;20世纪90年代以来,后现代的阐述方法也被用于红学研究之中等。而运用传统方法来研究《红楼梦》仍是主要手段。如对文本的分析,品鉴,对小说人物、环境、主题、结

构、细节描写等的分析,用美学的方法对《红楼梦》的阐释,对其中诗词曲赋等的专题品鉴等。许多著作剖析深入、鞭辟入里,成果异常丰硕。如薛瑞生的《红楼采珠》、王朝闻的《论凤姐》,王志武的《红楼梦人物冲突论》、苏鸿昌的《论曹雪芹的美学思想》、蔡义江的《红楼梦诗词曲赋评注》等。

四、文化研究

新时期以来,一些学者致力于从《红楼梦》的文化范畴与文学的关系这个比较新鲜而宏阔的领域进行研究,在一种多维度、多层次的文化关照中揭示文学由表及里的深层内涵,逐渐形成热门话题,并显示了越来越强劲的研究力量。先是一些作家如王蒙的《红楼启示录》,根据自己的生活经验、创作经验来研究《红楼梦》,并对贾宝玉的形象等问题从创作和人生的角度提出自己的个性理解;后有胡文彬的《红楼梦与中国文化论稿》,集文化文献与学理建树于一体,涉及《红楼梦》涵盖的历史、习俗、艺术、园林和服饰等方方面面的文化范畴,并就其对文学的叙事功能进行多方阐释。还有梅新林的《红楼梦哲学精神》,从儒、道、释三个角度系统阐解了《红楼梦》的主题。其他如对《红楼梦》饮食文化、音乐文化、性文化、同志文化等的各种研究也纷纷出现,并各显特色。红学史研究也在其中。由于红学研究的深入和时间跨度的增长,反思红学研究的历程、梳理其中的利弊得失、进而综合分析、整理其中的重要流派、资料等的任务也越来越受到学者的重视。刘梦溪的《红学三十年》、郭豫适的《红楼梦小史稿》、韩进廉的《红学史稿》、白盾的《红楼梦研究史论》等都是其中最主要的研究成果。

红学研究从对《红楼梦》作品本身的研究起步,已发展到了学说林立的境地。为此,著名考证派红学家周汝昌提出了

要建立红学内部的分支学科的新命题,并引起了新的学术争论。刘心武"百家讲坛"的红楼梦研究又提出了"秦学"的新命题,也引起学术界的热议和争论。民间红学和戏说热潮更是一浪高过一浪。红学研究进入新的探索、论争和被关注时期。历史早已明示,红学研究的路程不可能一帆风顺,走上一些误区也不必紧张,只要红学研究的学术空间是广阔的,争论的氛围越来越浓郁,应就是红学发展之幸事。未来的研究前景一定会更加美好和辉煌。

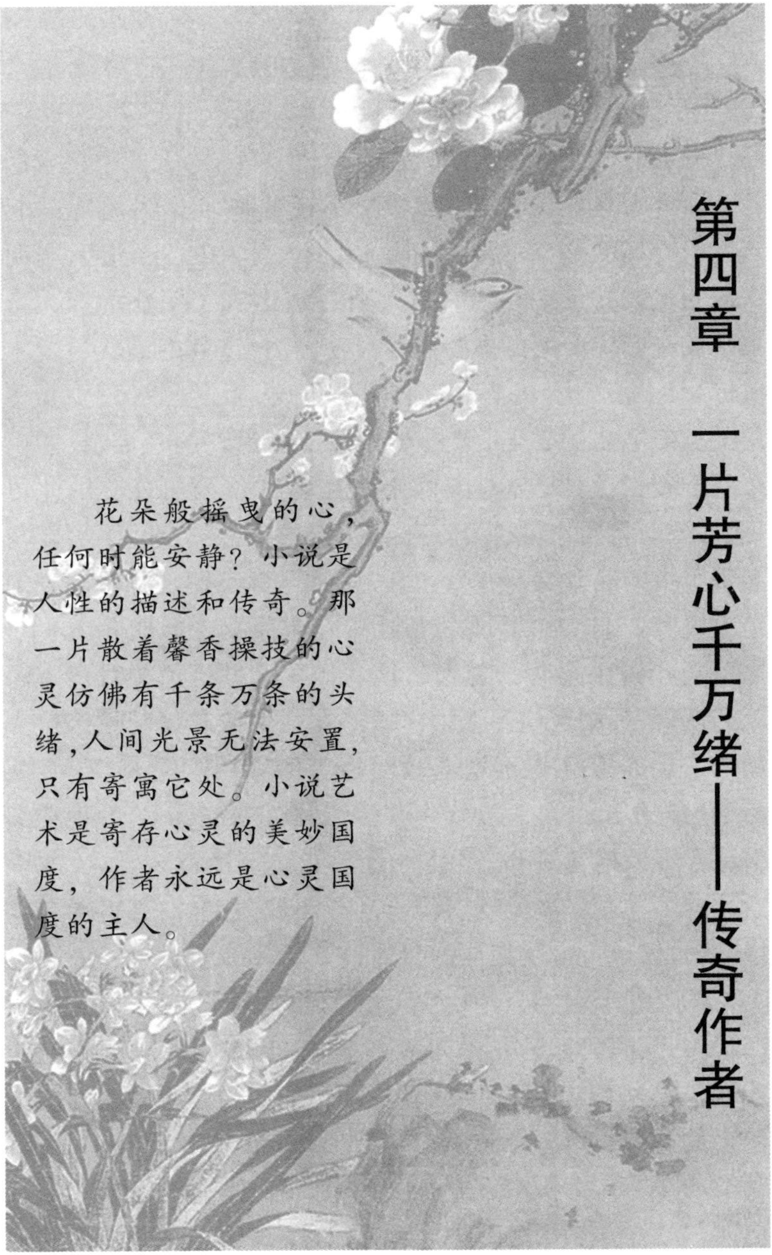

第四章 一片芳心千万绪——传奇作者

花朵般摇曳的心，任何时能安静？小说是人性的描述和传奇。那一片散着馨香操技的心灵仿佛有千条万条的头绪，人间光景无法安置，只有寄寓它处。小说艺术是寄存心灵的美妙国度，作者永远是心灵国度的主人。

曹雪芹的个性风貌

一、关于《红楼梦》的作者

研究古典小说,一般都会把小说的作者作为研究的起点。但有趣的是,小说作为中国古典文学中的"小道",至明代成为世俗文学的主流,发展到极致,出现了明代的四大奇书。关于明代四大奇书的作者,《三国演义》署的是真名,《水浒传》和《西游记》的署名存在严重争议,而《金瓶梅》更是使用了类似笔名的署名,于是对于作者究竟姓甚名谁,长期以来处于猜谜之中,曾有五六十个作者被位列可能。由此可见,古人对待写小说,由于不认为乃是经国之大业,不可能与名垂千古的庙堂文章并驾齐驱,故而把真实姓名隐藏起来的情况极其普遍。除了理念上对小说这种文艺形式介入生活之深与小说中描写的道德价值与传统道德价值的背离有深刻的认识,其中也应不无怕横遭俗众猜忌或非议与怕因背弃朝廷文化或道德甚至遭遇政治迫害的缘由。尤其像《金瓶梅》这样的作品,叙写现实市井生活,其中溢出传统的种种细节更会涉及道德评价,更使作者不能安安稳稳地做人,所以索性署了笔名。清代乾隆前期,《红楼梦》这样一部世界名著横空出世,也带来了相似的问题。

乾隆五十六年(1791年)、五十七年(1792年),当文化书商程伟元、高鹗把已在民间传播20多年的《石头记》先后两次刊印成一百二十回本《红楼梦》时,他们内心也不明确这位伟大的作者到底是谁。程伟元在其《红楼梦序中》写道:"《红楼梦》小说本名《石头记》,作者相传不一。究未知出自何人,惟书内记'雪芹曹先生删改数过'。"但也正是他们最先

请公众注意《石头记》的作者问题留有疑点,只是小说之"内"记载了曹雪芹数次删改的文字。因为在他们之前,已有人明确提出了造成广泛影响的观点:《红楼梦》的作者是曹雪芹。代表人物就是清代乾隆时期的著名诗人袁枚(1716~1797年)。他在《随园诗话卷二》有关《红楼梦》的条文中说:"康熙间,曹楝亭为江宁织造……其子雪芹撰《红楼梦》一部,备记风月繁华之盛。"可是,程高二人根据《红楼梦》流传和明清小说署名的复杂性现状,对曹雪芹只在小说中出现的点滴几句说明似认为不足为据,才又出作者"相传不一"之语。直到20世纪初,以胡适等人为代表的新红学派拿出了系列考证,学界才终于认定了《红楼梦》的作者为曹雪芹的结论。时至今日,虽然大多数人都认同《红楼梦》的作者是曹雪芹,但仍不断有人提出《红楼梦》作者的新看法。比较引人注意的有洪昇说、吴梅村说、曹頫说和楼底女子说。在没有更有力的证据证明《红楼梦》的作者不是曹雪芹之前,我们仍然相信考证派学者们的证据材料,尤其是其中袁枚等大学者对曹雪芹以及曹寅关系的说明、八十回本《石头记》脂砚斋评点文字中,多次出现曹雪芹为该书作者的说明,以及学者们考证出的敦敏、敦诚、墨香、永忠这些清代宗室喜爱《红楼梦》、谈论《红楼梦》并论及曹雪芹的诗文资料。

二、曹雪芹生平事略

曹雪芹,名霑,字梦阮,号雪芹,亦号芹圃或芹溪居士。身为曹寅之孙,曹雪芹的一生应是极有故事性和传奇性的,只是由于家族的亡落和他本人刻意的隐匿身份,致使史料匮乏和难寻,从姓名始就出现难以确证的诸多问题,以致后世红学家耗费大量心血和时间,花大量工夫和笔墨,用在考证、考察作者等诸多方面。由于曹雪芹的生平应是曹雪芹创作

《红楼梦》的生活基础与感情因素,也是深度进入作者内心世界,进而深层理解作品的前提,所以学者们对曹雪芹生平遭际的多样研究一直构筑着诸多丰富而深刻的意义。

关于曹雪芹的生地、出生与亡故,也有多种研究。其中出生地有北京和南京等几说,关于作者生年,主要有清康熙四十八年等十几种说法,而以辛卯说(康熙五十年,1711年)、甲辰说(雍正二年,1724年)和乙未说(康熙五十四年,1715年)等三说为最重要。有关作者的卒年问题,目前学界也主要有三种说法:其一是壬午(乾隆二十七年)除夕说,即1763年2月12日;其二是癸未(乾隆二十八年)除夕说,即1764年2月1日;其三是甲申(乾隆二十九年)仲春说,即1765年3月20日。

关于曹雪芹生平的具体情况,我们可以概略地分期勾勒如下:

第一时期是曹家抄家前的童年时期。此一时期,曹雪芹的家庭生活条件相当丰足。虽然这时候的曹家已经没有曹寅在世时皇亲国戚地位的耀眼和家族鼎盛时期的繁华景象,但在走下坡路的过程中也享受着祖上丰厚的物质与精神遗产积累,过着纨绔悠游的织造府的生活,并享受着良好的文化氛围和读书生活。《红楼梦》中作者的文化素养是相当综合和全面的,这是家族拥有的物质与精神文化的哺育之功。由于家族的发展呈颓衰之势,人心在强撑中不无忧惶的态势促成着多事之秋中童心的敏感和忧郁,这对曹雪芹诗人气质的养成,产生了深刻的影响。

第二时期是曹家抄家后的北京时期。这一时期曹雪芹已长大,有说此时他13岁,也有说此时他17岁。其父曹頫以"行为不端"、"骚扰驿站"和"亏空"等罪名革职,家产抄没,

第四章 一片芳心千万绪——传奇作者

"枷号"一年有余。曹家遭遇重大打击，举家迁往京都。由于京城中尚有一些皇室宗亲和贵族朋友，并有朝廷拨留的崇文门外蒜市口的十七间半的房产，所以，生活于北京城内的曹家也在小心中过着清淡的生活。曹雪芹曾于左翼宗学中边当差边学习，并有机会与一批同样沦落不遇、却极富才华的贵族子弟，比如，敦诚、敦敏兄弟和张宜泉等结识并交好为友。他们常像古代的竹林七贤一样相聚在一起，饮酒助乐、高谈阔论并唱和诗词。而雪芹在其中卓然而立，总是"高谈雄辩"，以才子、诗人的形象出现在众多皇族子弟面前。

第三时期是曹家的彻底衰亡时期。由于不能详知的原因，曹家再次被抄，有说是这次事件与更大的政治经济背景及涉嫌谋反有关，也有说是与曹家自身的因素有关。《红楼梦》中探春曾说："可知这样大族人家，若从外头杀来，一时是杀不死的……必须先从家里自杀自灭起来，才能一败涂地！"此次曹家真到了一败涂地的境地，也许正是探春说出了个中缘由。雪芹由城内外迁西山，在穷愁潦倒中创作《红楼梦》以慰藉破碎的身心，并抒发内在的忧愤。《红楼梦》中曹雪芹说自己"蓬牖茅椽，瓦灶绳床"，"满径蓬蒿"，"举家食粥"。这应是他此时生活的写实。好友敦诚《寄怀雪芹》诗中也有"劝君莫弹食客铗，劝君莫叩富儿门，残杯冷炙有德色，不如著书黄叶村"的诗句。这"残杯与冷炙，到处潜悲辛"的人生正形象凝练地描述了曹雪芹此时的生活样貌。前后十年的光阴里，雪芹不懈地创作、修改和润色着他寄予梦想、期待不朽的巨著《红楼梦》，用《红楼梦》中最经典的话语，就是"披阅十载，增删五次"，"字字看来皆是血，十年辛苦不寻常"。这正是曹雪芹呕心沥血写作、修改《红楼梦》的绝佳写照。直到40岁左右（有说是50岁）他的精神与身体状况日渐垮塌，又逢

幼子不幸夭折,曹雪芹再也禁不住命运的重拳摧残,在悲痛欲绝又缺食少药中撒手红楼,离开了人世。

三、曹雪芹个性风貌

铸就千古一梦的曹雪芹,无论如何脱不开凡胎价景。他的外形被他的朋友们描绘为"身胖,头广而色黑"。"头广"是多智者的特征,"色黑"则显得勇壮和朴实,与小说中宝玉的外形迥然而异。他的生活嗜好与竹林七贤一样是喜爱喝酒,艺术嗜好则是诗词歌赋兼画石头。他的性格属于愤世嫉俗、豪放不羁的类型。如果拿中国古典文人的个性来参照比附,曹雪芹的狂傲像阮籍,敏感像李商隐,才情像李贺,全能像苏轼。所有这些才情都在《红楼梦》的纷纭人物和其中千变万化的人物个性中透视而出。

友人敦诚写有《佩刀质酒歌》,字里行间折射着曹雪芹狂放不羁和饮酒恣纵的个性。敦诚写道:

秋晓,遇雪芹于槐园,风雨淋涔,朝寒袭袂。时主人未出,雪芹酒渴如狂。余因解佩刀沽酒而饮之,雪芹欢甚,作长歌以谢余,余亦作此答之。

我闻贺鉴湖,不惜金龟掷酒垆。

又闻阮遥集,直卸金貂作鲸吸。

嗟余本非二子狂,腰间更无黄金珰。

秋气酿寒风雨恶,满园榆柳飞苍黄。

主人未出童子睡,罂干瓮涩何可当。

相逢况是淳于辈,一石差可温枯肠。

身外长物亦何有,鸾刀昨夜磨秋霜。

且酤满眼作软饱,谁暇齐毚分低昂。

元忠两褥空作佩,岂是吕虔遗王祥。

欲耕不能买键犊,杀贼何能临边疆。

第四章 一片芳心千万绪——传奇作者

未若一斗复一斗,令此肝肺生角芒。
曹子大笑称快哉,击石作歌声琅琅。
知君诗胆昔如铁,堪与刀颖交寒光。
我有古剑尚在匣,一条秋水苍波凉。
君才抑塞倘欲拔,不妨斫地歌王郎。

这里的首段是诗歌的小序,交代了作诗的背景,勾勒了曹雪芹在风雨秋寒之际"酒渴如狂",以及与好友痛饮欢歌、如愿以偿后的快乐。诗歌本身则具体描述了敦敏为朋友以己之佩刀质酒的缘始和感慨。前部主要历数历史上几位酒国英豪以物质酒的豪饮字迹,借以引出历史上宝刀的典故以及自己以刀质酒的渊源和意义。后半部则主要描述友人雪芹的感受。其间称雪芹为"曹子",用"大笑"勾勒他豪爽,用"击石作歌"描摹了他的才情勃发与质朴襟怀,用"歌声琅琅"形容他谙熟音律和声音的美好。作为朋友的敦敏十分仰慕雪芹的诗才,说:"知君诗胆昔如铁,堪与刀颖交寒光。"称赞他的诗歌犀利有力。由于两人引为知己,故不惜用刀换酒,以与朋友欢聚,突出了朋友间的交互激赏与深挚友谊。

友人敦敏则在《题芹圃画石》中赞美其人其画说:"傲骨如君世已奇,嶙峋更见此支离。醉余奋扫如椽笔,写出胸中块垒时。"首句赞叹雪芹其人傲岸正直、世间奇绝,次句描摹其石状貌峻峭、突兀,峥嵘怪异。末两句议论雪芹之画的意义。称其画笔"如椽"有力,称其画意如醉激昂,称其画卷寄托了胸中郁积着的刚正耿介和桀骜不平之气。

乾隆二十九年(1764年),友人敦诚的挽诗留下了雪芹最后也是最具体的人生侧影:

四十萧然太瘦生,晓风昨日拂铭旌。肠回故垅孤儿泣(前数月,伊子殇,雪芹因感伤成疾),泪迸荒天寡妇声。牛鬼

73

遗文悲李贺,鹿车荷锸葬刘伶。故人欲有生刍吊,何处招魂赋楚蘅?开箧犹存冰雪文,故交零落散如云。三年下第曾怜我,一病无医竟负君。邺下才人应有恨,山阳残笛不堪闻。他时瘦马西州路,宿草寒烟对落曛。

由此诗我们看到,朋友眼中40岁上下的曹雪芹已被生活摧残得十分消瘦,加之又死了儿子,内心十分痛苦,故而凄然离世。朋友们悲悼他、安葬他、观睹他的诗文,回顾他人生的蹉跎和困窘,在残阳秋寒之中痛惜他的归去。这就是曹雪芹人生的最后镜头——脆弱而悲怆。

作者家世概述

《红楼梦》作为中国古典时期写实主义小说的巅峰之作,其与现实人生的创作关联是千丝万缕的。《红楼梦·凡例》说"是自譬石头所记之事也",即是说《石头记》所叙之事与作者所经历之事,有着比拟相似的关系,这被后世研究者称为"自譬"性长篇小说。因为与《三国演义》《水浒传》等其他著名小说相比,这些小说主要根据正史、野史和说书人话本以及民间传说等内容综合加工编撰而成,明显不是"自譬"性的,不了解作者的生平与家世,对了解作品内容关系不是很大。而像《红楼梦》这样一种写法新鲜特殊、另辟蹊径的所谓"世情"小说,了解作者生平、性格以及家世对深入理解《红楼梦》就非常必要了。

一、祖籍与曹家祖辈

目前,关于《红楼梦》作者曹雪芹主流研究的情况是:曹雪芹出生于清朝一个官宦显贵之家,祖籍辽阳(一说河北丰润),先祖原是汉人,后被满人贵族掳为正白旗包衣,成为奴

第四章 一片芳心千万绪——传奇作者

仆,入了旗籍,并成为清皇室内务府的奴隶。曹家的发迹史是从上祖曹振彦开始的。他随清兵入关,立有军功,成为清皇室的有功之臣。曹家家族逐步达到极盛,是从曹振彦的下一辈,也就是曹雪芹的曾祖父曹玺这一辈开始的。曹振彦有二子,分别是曹玺和曹尔正(有人说为尔玉。后均改为单名曹玺与曹鼎)。康熙二年(1663年),曹玺以内工部郎中的职衔出任江宁织造,来到南京。清代的织造府是专门负责提供宫中衣料的,既能与皇宫关系紧密,本身又是个肥缺,派往官员一定是皇帝的亲信,同时可以"密折奏闻",负有替皇帝监督江南地方官员、联络江南文人的使命,可以直接将搜得的情报密送皇帝。曹玺十分精明能干,康熙《上元县志·曹玺传》中说他上任之后,"积弊为之一清",深得朝廷倚重。更重要的历史事件是,他的妻子孙氏当了康熙皇帝的保姆,更拉近了曹家与至高皇权的情感关系。曹玺从康熙二年(1663年)到康熙二十三年(1681年)一直任此要职,后病死任所。其间曾被授予"三品郎中加四级"的职衔,即相当于正一品大员。此后,曹家屡袭此富要之职,并一直受到康熙皇帝的宠爱。

二、关于曹寅

曹寅是曹雪芹亲属中最值得书写的人物。作为曹雪芹的祖父(清代大诗人袁枚认为是其父。曾说:"寅……其子曹雪芹撰石头记一书,备记繁华风月之盛。"等),曹寅英俊潇洒、风流儒雅,拥有多种才干,包括拳脚武术、诗文曲赋、昆腔传奇等,最终成为清康熙年间的朝廷要臣、文坛巨擘。他青少年时曾给皇帝做保镖兼伴读,以其出色的才干与忠诚博得皇帝的情谊和信赖,担当了曹氏家族发展中一个重要角色。康熙二十九年(1690年,庚午年)四月,曹寅被康熙提拔为苏

州织造;三十一年(1692年,壬申年)十一月,调江宁织造。次年十月就任两淮巡盐御史。在任期间深受信任、善政多端。他不仅是精明强干的文官兼商人政治家,对康熙忠心不二,是康熙放在江南的眼目和代言人;同时又是优秀的文人领袖,很有人脉,就像曹玺在江南时期很受当地文人欢迎一样。因此,曹家成为当时文人的聚会中心和文化的聚焦点实属理所当然。康熙四十四年五月,曹寅奉旨总理扬州书局,负责校刊一部集唐诗之大成的卷帙浩繁的杰作《全唐诗》,次年九月刊毕试印。康熙皇帝曾于四十六年四月亲撰序文,五十年三月正式出版。五十一年三月,曹寅又奉旨刊刻大型典故、诗词辞书《佩文韵府》。曹寅平生为人风流高雅,能文善射,喜交名士,作有《楝亭诗钞》、《词钞》、《续琵琶记》等,其对我国文化事业的贡献值得特殊关注。他任职时期不仅打造了曹家鲜花著锦的鼎盛时期,而且作为《红楼梦》书香世家的主要构建者,其家有藏书数万册,是一个有极深文学修养和家族文化建设远见的人,真正成就了这个"诗礼簪缨之族",并为曹雪芹创作《红楼梦》准备了优良的人文禀赋和文化环境。

曹寅作为曹家鼎盛后期的核心人物,最值得大书特书的重要证据性事件,是历史记载的康熙6次南巡,有四次在曹寅任上,有五次以江南织造署为行宫。能与当朝皇帝如此亲近,这是一个家族的至高荣誉。其中的一些细节,更是曹家终生难忘的记忆。康熙三十八年(1699年)南巡时,康熙看到曹寅68岁的母亲孙氏十分高兴,他不无感慨地说:"此吾家老人也",并亲笔书写了"营瑞堂"的匾额。曹寅在江宁织造任上一直做到康熙五十一年(1712年)他55岁去世时为止。当时的曹寅在扬州任上由于染上风寒,转为疟疾,病情

严重起来。康熙十分关注他的病况,不仅细致地指示用药,还曾命快马从京城驰送奎宁等治疗疟疾的特效药,可惜马来药到之时曹寅已经去世。如此"烈火烹油"的历史荣耀,如果不用某种特殊方式记录而任其灰飞淹没,那真是曹家的"罪过"。曹家蒙受的"龙恩"一直延续到曹寅去世之后。康熙对失去了这样的好臂膀十分痛惜,为了表示对曹家的关心、体贴与信任,遂让曹寅年仅24岁的儿子曹颙袭职继任江宁织造。曹颙去世,康熙又命曹寅之侄曹頫(一些红学家认为是曹雪芹之父)过继给曹寅为子并继续袭职,他们祖孙三代四人担任江宁织造之职达60年之久。直至雍正五年,在皇室互相倾轧、争权夺利的政治争斗大背景下,曹頫因经济方面的巨大亏空而获罪(据张书才先生考证,当时曹家亏空银子在200万两以上),最终被革职抄家。显赫半个多世纪的曹家终于"无可奈何花落去",奏响了走向衰败的挽歌。

曹雪芹的文化贡献

《红楼梦》显然是曹雪芹为中国,也为世界创造的叹为观止的艺术作品。

一、《红楼梦》是他反思自身生命历程的艺术结晶

对于曹雪芹而言,生命是一个"过山车"般梦幻滑行的短暂过程,大地好像为了恭迎一个人间奇才的到来,特意为他铺就了这条极其起落跌宕的生命轨道。在这巨大的成长曲线里,青春和快乐、纨绔和美酒,是上苍带给他的温暖和明亮的春天般的纪念,欢宴洒脱、充盈富裕的贵族生活却因了不知名的原因而旋即滑向滞缓和暗淡,并在不断的残喘挣扎中最后冻结成冰。在遍尝纸醉金迷与贫

苦困顿的生活的同时,他终于被命运之手推向了社会更广阔的天地,结识了亲人、文人以外的三教九流的人物,如小说中柳湘莲那样的豪侠子弟;冷子兴那样的冷峻商人;刘姥姥、狗儿那样善良机智的"以务农为业"的老百姓;还有王一贴那样卖狗皮膏药的道士;倪二那样的市井泼皮,以及或显或隐、或俗或高的佛门僧人。于是,那生命屋檐上嘀嗒下落的冰珠开始奋勇思考,那和着血泪的思考,终在民族文化的绚丽光芒辉映下,凝结成无尽的诗样话语和社会生活、对历史文化的诸多解悟及全面反思。当然,曹雪芹是古代封建社会中典型的士阶层知识分子,他的生命反思中充满了人生如梦的虚无思想和佛教因果轮回、姻缘色空的宿命思想。从《红楼梦》中的《好了歌》及其注解、十二金钗的判词、《红楼梦曲》等,作者都反复渲染了这样一种对生活和生命的理解:"为官的,家业凋零,富贵的,金银散尽;有恩的,死里逃生;无情的,分明报应。欠命的,命已还;欠泪的,泪已尽。冤冤相报实非轻,分离聚合皆前定。欲知命短问前生,老来富贵也真侥幸。看破的,遁入空门;痴迷的,枉送了性命。好一似食尽飞鸟投林,落一片白茫茫大地真干净"。这些唯心主义的生命因果与"好了"思想因为有着具体的历史积淀和文化哲学的内涵,故而具备了特殊意义并显得颇有形而上的意味。

二、《红楼梦》是他反思家族命运的艺术结晶

江宁曹氏在《红楼梦》中无疑是重要而核心的小说素材。胡适率先引导学人用科学的考证方法把曹氏家族的主干关系查证清楚,用以说明《红楼梦》的素材来源和现实主义品格,把《红楼梦》从诞生以来就流行的猜谜索隐诠释中解放了出来。曹雪芹创作的千古《红楼梦》,绝不是无中生有、全凭

第四章 一片芳心千万绪——传奇作者

主观想象的笔墨,而是有感于自己家族兴衰成败的沉痛历史并以此为基本素材,吸收、加工、延展和创造写就的。《红楼梦》称贾府"自国朝定鼎以来,功名弈世,富贵流传,已历百年"。江宁曹氏位高权重,自"从龙入关",历经康熙、雍正至乾隆初年彻底败落,"已将百载"。《红楼梦》中贾府"赫赫扬扬",正是曹氏家族和其他依仗皇权为靠山的封建大家族的典型缩影。小说中具体描述了贾府与皇家的各种关系,尤其浓墨重彩地描绘了皇家贵妃的省亲经过,也逼真描绘了贵妃病逝后贾府失去皇权靠山后不断溃败的家族命运。现实中江宁曹氏家族靠曾当过康熙乳母的关系而与皇帝私人关系甚厚,几代一直袭任苏州织造,并有女儿嫁入皇家。由于康熙皇帝去世,家族自然卷入康熙、雍正交替时诸王子争权的政治风波中,于是被雍正作为政敌,成为打击的对象。雍正上台当年(元年)严惩了苏州织造李煦,雍正五年又惩处了曹頫。打击南京苏州曹、李两家的根本原因是皇帝认定他们与前朝皇帝的亲近关系定会恃宠骄奢,或形成政治势力。小说中描写皇帝亲命的钦差带领大队人马如狼似虎般冲入曹府抄家、抓人,写来阴森可怖,这不啻是曹雪芹最胆寒而深刻的历史记忆。但是,要确切地将《红楼梦》中哪些故事、情节、人物、细节与江宁曹氏家族的某某与某某、何时与何地一一"对号入座",这对于一部艺术杰作而言是不恰当的。虽然对自己家族兴衰、人事沉浮的美好记忆与沉痛悼念,使作者吸收了大量自身家族历史的丰厚资源,并将之作为他创作这部旷世奇书的不竭动力与生动源泉,但《红楼梦》又绝对不是简单的曹氏家族的自传。《红楼梦》中有很多的"真事隐去"和"假语村言",这正说明这里有作者多重的思虑与寄寓,借以进行了无尽的典型化塑造工作,真实的家族回忆和历史经历

在作者独具匠心的创造面前已经隐匿了、变化了、发展了和改装了,它被"假语"包装了、提高了、综合了,因而艺术化了。

三、《红楼梦》是他全面进行文化反思的成果

当人类进入14至15世纪,随着欧洲出现资本主义关系的萌芽,文化上兴起了肯定人性、发展个性的人文主义思潮;同样,在明朝后期和清朝前期,伴随着手工业、商业的发展和城市的繁荣、市民阶层的壮大,在哲学和文学艺术领域也兴起了肯定人性与个性解放的人文启蒙思潮。晚明时最重要的"异端"思想家李贽开讲"百姓日用即道",公然与压抑人性的程朱理学分庭抗礼,并大倡"童心说":"童心者,真心也";"绝假纯真,最初一念之本心也。"他所谓的"童心",即是指保持着生命原初状态的、心地纯然的、不曾受到"道学""义理"污染的自然人性。并由此肯定传奇、院本、杂剧的价值,进而把《西厢记》、《水浒传》列为"古今之至文",由此掀起了晚明启蒙主义的人文浪潮。汤显祖等人的文艺作品和其在启蒙思潮中倡导的思想,也对曹雪芹的文学创作产生了深刻的影响。汤显祖的"情至说",是晚明启蒙思潮中的代表学说之一。他深受李贽"童心说"的影响,进一步认为"情"是宇宙间极为重要的一种力量,他曾说"天下之至情者","不知所起,一往而深"。"生可以死,死可以生"。还说情是一种"生生之仁",可以发挥至善的强大力量,最终实现天下和谐、人人相亲的"有情之世界"。在提到"情""理"之关系时,汤显祖主张"情有者理必无,理有者情必无",把"情"与"理"放在对立地位上而达到尊情抑理的目的。其后,公安派的"性灵说",冯梦龙的"情教说"等都从不同的角度,对"情至说"进行了发挥,它们共同掀起了晚明个性解放文化的大潮。

时至清朝,由于清军入关时期长期的血腥战争,人文主

义思潮也遭到严重摧残,直到康熙盛世,人文主义思潮又在中国大地上回暖复苏,呼唤真性、解放个性、剖析人性的思想倾向继续在蒲松龄的《聊斋志异》、吴敬梓的《儒林外史》和诗人袁枚、画家郑板桥等的艺术创作中表现出来;而在哲学领域中,戴震成为主要代表人物。《红楼梦》作者曹雪芹在全面吸收前辈先进文化和先进思想的同时,用自己呕心沥血的创作来关注人和人的生命,尊重人的"自然"之性和正当的"情"与"欲",从对"人"的深切关怀的角度写封建社会摧残、扼杀人性的种种悲剧,反对酷吏以法杀人,后儒以理杀人,家族以礼杀人……应当说,启蒙思潮中的大文艺家、思想家,在明清时期以不同的艺术方式进行着文化启蒙,有的用诗,有的用画,有的用理性语言,而曹雪芹同蒲松龄等一样,是用小说语言来表达。一部《红楼梦》,正是天才、情痴、血泪和人文思想的结晶。

第五章 千金散尽还复来——传播风暴

我的手握暖你的手，仿佛听到李白说：天生我材必有用，千金散尽还复来。才子之书必然掀起阅读的热情。无论如何传播，人心的诗情比风暴更猛烈，比金子更珍贵。

《红楼梦》的版本

版本问题是古籍阅读与研究中无法绕过的知识性问题。我国的所谓古籍是编纂、写印于1912年前书籍的统称。珍贵古籍又称为善本,主要指具有较高文物价值、资料价值和艺术价值的古籍。中华古籍由于出版年代、渊源与系统不同,都会遇到版本问题。《红楼梦》的版本问题尤其突出,也呈现出特殊意义。

一、手抄时期的版本问题

《红楼梦》作为一部以手抄本开始流传的著作,版本问题从还未创作完成就被严峻地提了出来。由于作者在创作过程中多次修改,书稿改动很大,并于中途就因有巨大的吸引力而在亲友中传阅,同时被一些亲人参与批点,加之手稿未完成作者就撒手西归,没有被完整保存并有所交代,所以,多有散失。作品在当时就产生了十余部手抄本,有的应是按不同的底稿抄录过来的。可以想象,抄本因抄写者的种种个人因素是难以保证抄写质量的,这使《红楼梦》一开始就踏上了版本问题的艰难旅途。到乾隆中后期,已经形成"好事者每传抄一部,置庙市中,昂其值得数十金,可谓不胫而走者矣"(程伟元《新镌全部绣像红楼梦》序言)的状况。每抄一部,就能卖很多钱,既说明了《红楼梦》备受欢迎的程度,也反过来加速了手抄本的流行。在手抄本时期出现的基本问题是异文现象。

二、印刷时期的版本问题

其后的印刷版本也同样有此问题。其中有明显错别字的情况和词句差异的情况,此处还有回目不同的情况,更有

第五章 千金散尽还复来——传播风暴

整段文字、章节上出现差异的情况等。比如,庚辰本对黛玉眉眼的描写是"两湾半蹙鹅眉,一双多情杏眼"。其中写美女的眉毛,用的是天鹅的"鹅",根据《诗经·卫风·硕人》写美女庄姜的诗句"螓首蛾眉,巧笑倩兮,美目盼兮",美女的美眉应用"蛾眉",指美女眉毛好像蚕蛾的触须,细长而弯曲。唐元稹也有诗赞薛涛"锦江滑腻蛾眉秀,化出文君及薛涛"。后来的文学作品中则直接用"蛾眉"代指美女,进而代指人的美好或美好的人,如辛弃疾词"蛾眉曾有人妒"。"蛾"也可以写成女字旁的"娥",有美好的意思。可见将黛玉的眉毛写成"鹅眉"应属于笔误,或传抄中没文化写就的错别字。正确的应是"蛾眉"或"娥眉"。再比如,写宝黛初见的文字,作者主要抓住宝玉眼中黛玉的眉眼进行描写。程乙本作"两弯似蹙非蹙罥烟眉,一双似喜非喜含情目"。程甲本(乾隆五十六年刊本)作"两弯似蹙非蹙笼烟眉,一双似喜非喜含情目";列藏本(前苏联列宁格勒藏抄本)作"两弯似蹙非蹙罥烟眉,一双似泣非泣含露目"。其中的不同是细腻而深刻的。"罥"是挂的意思,"笼"是绕的意思,两个动词都很传神。而如果联系杜牧"烟笼寒水月笼纱"的诗句,我们便会觉得"笼"字更妙。想象中黛玉的眉毛似一缕轻烟似的缭绕眉眼之间,多么动人,多么灵秀。至于不同版本描写黛玉的眼睛在"喜"与"泣"这一对矛盾之间,则也略有效果差异。一个正面着眼于含泪美人的特征"泣",一个反过来说喜时都不像是喜,这就更加传神而独到地表现了黛玉的神态个性和情感特征。周汝昌先生在其《红楼梦真貌》一书中就其中的黛玉第一次出场而谈到异文情况时说:"写到林黛玉这位姑娘的'眉'和'目'时,竟有七种不同的文本"。可见,版本和版本之间在文字表达上的

确是可以对照出艺术效果的差异的,有的纯属抄写过程中抄错,有的是抄写过程中主观改动,虽然有的异文问题重要,有的则相对次要,但是,辨别出作者的原初用意应是其中的焦点所在。

另外,除了异文问题,还有更重要的版本源流问题。《红楼梦》的版本源流主要有两个系统,一个是八十回《石头记》抄本系统,此系统的版本被称为"脂本",其中有脂砚斋、畸笏叟等人的大量点评。另一个是百二十回《红楼梦》活字印本系统,被称为"程本"系统。如果不懂得些版本系统的重要知识,对于作品的形成背景和选择版本阅读也都会形成一些知识性屏障。

《红楼梦》抄本系统中的重要版本

在《红楼梦》两大版本系统的传播过程中,抄本系统的发现意义重大。它不仅在于为还《红楼梦》的本来面貌,并为作者的研究以及作品构思、修改、写法等的研究提供了难以查找的基本资料,也有重大的文艺美学价值,更使中国的红学成为世界性显学之一。在这个系统中,主要有以下一些重要版本十分引人关注。

一、甲戌本

甲戌是中国古代干支纪年的年号,甲戌本指乾隆十九年(1754年)的版本,是《脂砚斋甲戌抄阅再评本》的简称。因为在这个手抄本第一回有"至脂砚斋甲戌抄阅再评,仍用《石头记》"一句话,所以被称为甲戌本。此本历来为红学家所重视,主要由于从时间上推断,甲戌本所依据的底本,应是最早的。

甲戌本的特点一是全书只有十六回,即一至八回、十三至十六回、二十五至二十八回,是一部残缺严重、用乾隆竹纸抄成的抄本。二是此本一开始有别本所无的"凡例"五条,并有一诗:

> 浮生着甚苦奔忙,盛席华筵终散场。
> 悲喜千般同幻渺,古今一梦尽荒唐。
> 漫言红袖啼痕重,更有情痴抱恨长。
> 字字看来皆是血,十年辛苦不寻常。

三是此本第一回,较别本多出 429 字。经红学家对内容梳通揆夺,认为是别本漏抄所致。四是经统计,全书共有朱墨两色批语共 1 605 条,中有大量脂批,例如,在第一回中她将曹雪芹的写作方法归纳为:草蛇灰线,空谷传声,一击两鸣,明修栈道,暗度陈仓。书中出现"风月宝鉴"这面镜子时,道士说"千万不可照正面",脂批提醒道:"观者记之!不要看这书的正面,方是会看。"又如"秦可卿淫丧天香楼……因命芹溪删去";"壬午除夕,书未成,芹为泪尽而逝"等,透露了作者的一些特殊情况和此书原构思中的重要情节,被视为研究红学的重要资料。四是甲戌本上有刘铨福跋语,卷首有刘铨福的小妾马髾眉的"髾眉"小印,被认为是清末藏书家刘铨福及其家眷所藏,后被胡适购得,现藏于美国康乃尔大学图书馆,曾被上海古籍出版社多次重印。

二、庚辰本与乙卯本

同甲戌本一样,庚辰本也是《石头记》抄本系统中的一个重要版本,因上有"脂砚斋凡四阅评过"、"庚辰秋月定本"的字样,所以被称为庚辰本。庚辰年即乾隆二十五年(1760),比甲戌本晚 6 年,也用乾隆竹纸抄成。因有"定本"字样,故被研究者认为十分接近原稿,可能是作者生前最后一次改定

的稿本。庚辰本原本八十回，但缺失了六十四、六十七两回，所以共有七十八回，基本上是完整的。此本原为20世纪30年代被发现，由徐祯祥所拥有，后归燕京大学图书馆，现藏北京大学图书馆。曾被文学古籍刊行社和人民文学出版社多次补足重印。后者对此本的汇校和出版多被认为是通行本或俗称"百衲本"，学者们对此版各持己见，有所争议，多数人持认同态度。

乙卯本也是因书册上有"乙卯冬月定本"字样而称。冯其庸与吴恩裕先生认为，乙卯、庚辰两个版本有着十分紧密的关系，有许多相似的地方，比如，都避两代怡亲王允祥、弘晓的名讳。凡"祥"、"晓"字皆缺末笔，应是清怡亲王府抄本。乙卯本也是早期八十回抄本系统中的残本，现乙卯本共存中间有缺回的四十一回零两个半回。原抄本由董康收藏，现收藏于国家图书馆。它的两个半回分别是五十五回下半回和五十九回上半回，现藏于历史博物馆。

三、戚序本

戚序本是戚蓼生序本《石头记》的简称，即卷首带有戚蓼生序的版本。戚蓼生是清乾隆年间的进士，最后官至福建按察使。他的《石头记》收藏本现存八十回，线装二十册，被研究者认为是早期最通行的抄本，有很重要的研究价值。鲁迅先生的《红楼梦》研究主要依据的就是戚本。戚序本主要有张开模藏本、泽存书库藏本、有正书局石印本（又分大字本、小字本）。

戚序本最重要的一则文字贡献是其中的序言：

吾闻绛树两歌，一声在喉，一声在鼻。黄华二牍，左腕能楷，右腕能草，神乎技矣，吾未之见也。今则两歌而不分乎喉鼻，二牍而不区乎左右，一声也二歌，一手也二牍，此万万所

不能有之事,不可得之奇,而竟得于《石头记》一书。……注彼而写此,目送而手挥,似谲而正,似则而淫,如《春秋》之有微词,如史家之多曲笔。试一一读而绎之:写闺房则极其雍肃也,而艳冶已满纸矣;状阀阅则极其丰整也,而式微已盈睫矣;写宝玉之淫而痴也,而多情善悟不减历下琅郡;写黛玉之妒而尖也,而笃爱深怜不啻桑娥石女。他如摹绘玉钗金屋,刻画芗泽罗襦,靡靡焉几令读者心荡神怡矣,而欲求其一字一句之粗鄙狠亵,不可得也。盖声止一声,手止一手,而淫佚贞静,悲戚欢愉,不啻双管之齐下也。……然吾谓作者有两意,读者当具一心……如捉水月,衹把清辉,如雨天花,但闻香气。庶得此书弦外音乎?或以未窥全豹为恨,不知盛衰本是回环,万缘无非幻泡,作者慧眼婆心,正不必再作转语,而万千领悟,便具无数慈航矣……

知识链接

绛树与黄华:绛树传说是魏武时的宫女,她有超常的演唱才能,可同时演唱两支歌,一声在喉,一声在鼻,使人听之不觉乱而不清。与现今内蒙古传统的"呼麦"歌咏方式十分相似。"呼麦"原义指"喉咙",即为"喉音",一种由喉咙紧缩而唱出"双声"的泛音咏唱技法。黄华则是古代能两手同时写字的书法家。这两位的双能技艺可谓神奇!

清朝进士的文笔何其美哉。在这篇序文里,他把《石头记》奉为艺术之瑰宝,对作品的内容、手法以及写人性之辩证统一性的深度都进行了泓肆的铺陈,无论写社会之从盛中写出衰,写人物之从痴中写出悟,从妒中写出情等,《红楼梦》都

令读者"心荡神怡"。作者认为,《红楼梦》博大精深、意蕴丰厚,是有弦外之音的作品,是不容管中窥豹的作品,从美学的高度充分肯定了《红楼梦》的价值和意义。

四、郑本、靖本、列藏本、梦觉本

郑本是"郑振铎藏本"的简称。此本仅存第二十三、第二十四回,内外书名不同,书口写作《红楼梦》,内文题作"《石头记》××回"。内容与其他本在段落和细节上有所不同。靖本是"靖应鹍家藏本"的简称,是60年代初发现的一个疑点很多的抄本。列藏本为前苏联东方学研究所列宁格勒分所所藏抄本的简称,是清道光年间被俄国宗教使团人员从北京搜罗走的。研究者认为,此本约在清乾嘉年间抄成,原抄八十回,缺失第五、六两回。全书共有近三百条批语,是研究《红楼梦》早期抄本系统的重要稿本。梦觉本即"梦觉主人序本",因此序作于乾隆甲辰年,又称甲辰本。梦觉本书名为《红楼梦》,是有少量脂批的八十回抄本。由于此本在山西发现,又称为"脂晋本"。此本被认为是脂本和程本间的过渡本。

五、舒序本、梦稿本和王府本

舒序本是"舒元炜序本"的简称。舒元炜,乾隆时杭州人。舒本只存第一至第四十回,也是一个拼合本,因首页有"乾隆五十四年(1789)己酉舒元炜序"字样,也称己酉本。此本由中国社会科学院文学研究所吴晓铃收藏,也称"吴本"或"吴藏残本"。吴先生去世后遵其嘱,此本献给首都图书馆。

梦稿本是《乾隆抄本百二十回红楼梦稿》的简称,书名为《红楼梦》,不再题作《石头记》,故名。原为清代藏书家杨继振所藏,因而又称"杨藏本"。梦稿本共一百二十回,中有残

佚,研究者认为是由多个底本拼凑而成,抄手字迹不仅十分草率,且有多处改抹,同时还有偷工减料,一些文字被简化了。现为中国社科院文学研究所收藏。

王府本是"清王府旧藏本"的简称,因书中有"柒爷王爷"字样,故称王府本。王府本为百二十回本,卷首有程伟元序,据研究,程氏序及后四十回,均是后补上的,原书为八十回。五十七至六十二回,也是后补的,是后人改动较大的一个版本。此版本现藏于国家图书馆。

《红楼梦》印本系统中的重要版本

在曹雪芹故去20多年之后,当《石头记》以抄本形式迅速传播、风靡乾嘉朝野的时刻,一位慧眼独具的"诗书客"出现了,他就是江苏苏州人程伟元。程伟元虽功名无考,但工诗善画,曾做过"红梨主人",即清盛京将军晋昌的幕僚。乾隆后期,他敏锐地发现了《石头记》"字字珠玑句句春",拥有神奇的魅力和独具的影响力,便以数年之功,搜找《红楼梦》遗稿残篇,并邀友人高鹗(乾隆五十三年举人,乾隆六十年进士)共同筹谋策划,不仅"细加厘剔,截长补短,抄成全部",而且最终两印千古《红楼梦》,创造了《红楼梦》版本史上的新篇章。尽管两位"士"人有其城市经济发展时期的商业目的,他们的修补调改削弱了《红楼梦》直面血淋淋社会人生锋芒和背离儒家僵硬教义的胆识,但他们为这部古代小说的巅峰之作付出了艰辛的劳动,最终使《红楼梦》得以在全国范围内更迅速、更广泛、更精确、更美观地流传,应是功不可没的。

> **知识链接**
>
> 印刷术：印刷术是我国古代四大发明之一。公元前13世纪，我国出现了使用印章的印刷方法，这是最原始的印刷术；公元前4世纪，我国出现了石刻；公元3世纪，出现了拓本；公元7世纪初，也就是我国的隋朝时期，发明了雕版印刷术。北宋仁宗时期，毕昇发明了活字印刷术，特点是方便灵活，省时省力，是古代印刷术的重大突破，为知识的广泛传播和交流创造了条件。印刷术发明之前，文化的传播主要靠手抄。手抄费时、费事，又容易错抄、漏抄，弊端很多。所以说中国的印刷术是人类近代文明的先导。

一、程甲本

程甲本也称程高本。乾隆五十六年（1791年）冬，程伟元、高鹗在北京萃文书屋首次以木活字形式刊刻了百二十回本《红楼梦》，被称为"乾隆五十六年辛亥萃文书屋木活字本"，简称程甲本。此版封面题有"绣像红楼梦"字样，扉页则题着"新镌全部绣像红楼梦，萃文书屋"，回首、中缝也都印有"红楼"二字。全书特点一是卷首著有程高二人的新版《红楼梦》序；二是删去了所有的脂批，对原抄本文字做了较大改动；三是书中有人物、场景插图共24页，是图文并茂的通俗小说读本。四是全书一百二十回，前八十回基本上属于脂本系统，后四十回传统说法为高鹗续作，从序言看，虽然没有明言，但书籍的署名显而易见，在高鹗健在的时刻刊印《红楼梦》，非高鹗续作不会署名高鹗。目前高鹗署名问题仍在争议，人文社新版《红楼梦》署名有新举措，将之改为"无名氏"，虽有学理依据，还应特别采取慎重态度。争议很正常，在没有确切证据之前，否定高鹗的后四十回著作权则是欠妥

帖的。

《红楼梦》作为一部完整的小说正式公之于世,从奠基到后补,是曹雪芹和高鹗前后接力完成的。曹雪芹是首创者、奠基者,功不可没,高鹗则是后续者、完成者。从历史深处走来的一百二十回本《红楼梦》已经历史地成为一个有机整体。结合相关资料的发掘情况,本着尊重历史、尊重现实的原则,该书的作者署名应以维持原样为好。

应当强调的是,程高两位分作的序言有多方意义,值得一读:

程伟元序

《红楼梦》小说本名《石头记》,作者相传不一,究未知出自何人,惟书内记雪芹曹先生删改数过。好事者每传抄一部,置庙市中,昂其值得数十金,可谓不胫而走者矣。然原目一百廿卷,今所传只八十卷,殊非全本。即间称有全部者,及检阅仍只八十卷,读者颇以为憾。不佞以是书既有百廿卷之目,岂无全璧?爰为竭力收罗,自藏书家甚至故纸堆中无不留心,数年以来,仅积有廿余卷。一日偶于鼓担上得十余卷,遂重价购之,欣然翻阅(原文"翻"为绞丝旁——引者注),见其前后起伏,尚属接笋,然漶漫不可收拾。乃同友人细加厘剔,截长补短,抄成全部,复为镌板,以公同好,《红楼梦》全书示自是告成矣。书成,因并志其缘起,以告海内君子。凡我同人,或亦先睹为快者欤?

小泉程伟元识。

序言言简意赅,主要对几个重要问题进行了陈说:一是《红楼梦》的书名和作者问题;二是《红楼梦》在当时的传播和影响问题;三是自己对稿本的关注、搜集和编定、刊刻工作;四是期望自己的工作得到公众的认同。相较之下,高鹗

的序言更精简：

高鹗序

予闻《红楼梦》脍炙人口者，几二十余年，然无全璧，无定本。向曾从友人借观，窃以染指尝鼎为憾。今年春，友人程子小泉过予，以其所购全书见示，且曰："此仆数年铢积寸累之苦心，将付剞劂，公同好。子闲且惫矣，盍分任之？"予以是书虽稗官野史之流，然尚不谬于名教，欣然拜诺，正以波斯奴见宝为幸，遂襄其役。工既竣，并识端末，以告阅者。

时乾隆辛亥冬至后五日，铁岭高鹗叙并书。

此序主要言及自己最初对《红楼梦》的喜爱及参与程伟元编定工作的原委。并未提及自己参与具体续书工作。由两序看来，续书的"始作俑者"应非程、高，"成书"已存于世，只是作者为谁已不可考，而程、高是修补定稿的人却无异议。因此，《红楼梦》后四十回的续作者判定为"程伟元、高鹗等人"，似才比较合理。

程甲本作为有结局的《红楼梦》版本，其社会影响、研究价值都是其他版本不能替代的。后世刊印《红楼梦》，多以此本为底本，如乾隆末年的抱青阁、善因楼等翻刻本、道光十二年双清仙馆刊印的加上王希廉、张新之和姚燮评语的"三家评本"以及近现代以来香港中华书局出版的铅印《红楼梦》等。

二、程乙本

萃文书屋于乾隆五十六年（1791年）冬印刷《红楼梦》两个多月之后，于乾隆五十七年（1792年）春又一次印刷了《红楼梦》。胡适把前者称为程甲本，后者称为程乙本，后世便一直沿用至今。程伟元、高鹗在程乙本的《引言》中说："初印时不及细校，间有纰缪，今复聚集各原本详加校阅，改订无讹。"

明白无误地告诉我们重印程乙本的原因,也就是说程乙本就是程甲本的修订本。

程乙本在程甲本的基础上,添加了引言部分,矫正了不少细小的讹误,也继续细化了全书的编订工作,一些文字和段落做了更多更大的改动。与程甲本相比,有改得成功的,也有改成败笔的地方。如将尤三姐修改成了十分"纯洁"的形象,将王熙凤也改得更加"淫荡"等,专家们普遍认为改动成功之处较少。新中国成立后出版的《红楼梦》有一部分是使用程乙本作底本的。

《红楼梦》的铅排本及校注本、新版本

历史的翅膀穿越时空,翱翔到20世纪。跨世纪的人们对《红楼梦》这个过往世纪的故事的喜爱之情非但没有减弱,反而更加高涨。《红楼梦》开始进入现代印刷出版事业的视野,并迎来古代小说传播工程的璀璨新篇章。

> **知识链接**
>
> 铅印本:采用现代铅印技术排印的古籍。清道光二十三年(1843年),上海成立了我国最早的铅印出版机构——墨海书馆,咸丰七年(1857年)出版的《六合丛谈》,是最早的汉文铅字本。此前从石印术开始,多为西方人经营并印刷。

一、亚东本

1921年,亚东图书馆以程甲本为底本刊印《红楼梦》。六年之后的1927年,亚东改用程乙本标点重排《红楼梦》。此次重排使用的是现代铅印技术。就此,《红楼梦》的传播开

始进入以程乙本为底本的铅印时代,并完全取代了程甲本以往通行本和一统《红楼梦》版本地位的局面。该版本印行之后,产生了重大影响,致使前后印行次数有九版之多,直到新中国成立之后一段时间,通行本《红楼梦》都以亚东本为底本。

二、作家社本

新中国成立之后,在努力发展出版文化事业的新形势下,作家出版社率先于1953年12月以程乙本为底本排印《红楼梦》,此版共分上、中、下三册,为新中国首次排印的《红楼梦》版本。

三、人文社校注本

作为国内的出版大社,人民文学出版社在《红楼梦》出版方面也当仁不让,力求争先并出新。1957年,人文社邀请周汝昌、启功等参与标点和注释,以程乙本为底本排印《红楼梦》。此版一印为三册竖排繁体无图本,是新中国成立后的第一个注释本。二印加入了四十幅改琦的《红楼梦图咏》作为插图,成为图文并茂的《红楼梦》版本,很有新意。三印时改换程十发画的红楼新插图,使画面部分焕然一新。四印时则又改为简体横排,并调为四册无图本,一直延印到1981年。新版电视剧《红楼梦》以此本为依据。

四、红研所校注本

1975年到1982年,由中国艺术研究院《红楼梦》研究所主持的新校注本《红楼梦》开始策划出版。这个版本调动了空前的学术力量参与校注,其中有冯其庸、李希凡、刘梦溪、吕启祥、沈天佑等20多位专家学者,并由吴世昌、吴恩裕、吴组缃、周汝昌、启功等德高望重的老红学家担任顾问,1982年3月面世,后有过修订,2007年进行了较大规模的修订。此

版修订是在总结最新红学研究成果的基础上,大胆改动了作者的署名,由"前八十回曹雪芹著,后四十回高鹗续",改为"前八十回曹雪芹著,后四十回无名氏续,程伟元、高鹗整理"。引起学界的关注与争议。红研所校注本至今已有数十次加印并且仍在加印,发行逾400万套。

第六章 多少楼台烟雨中——叙事策略

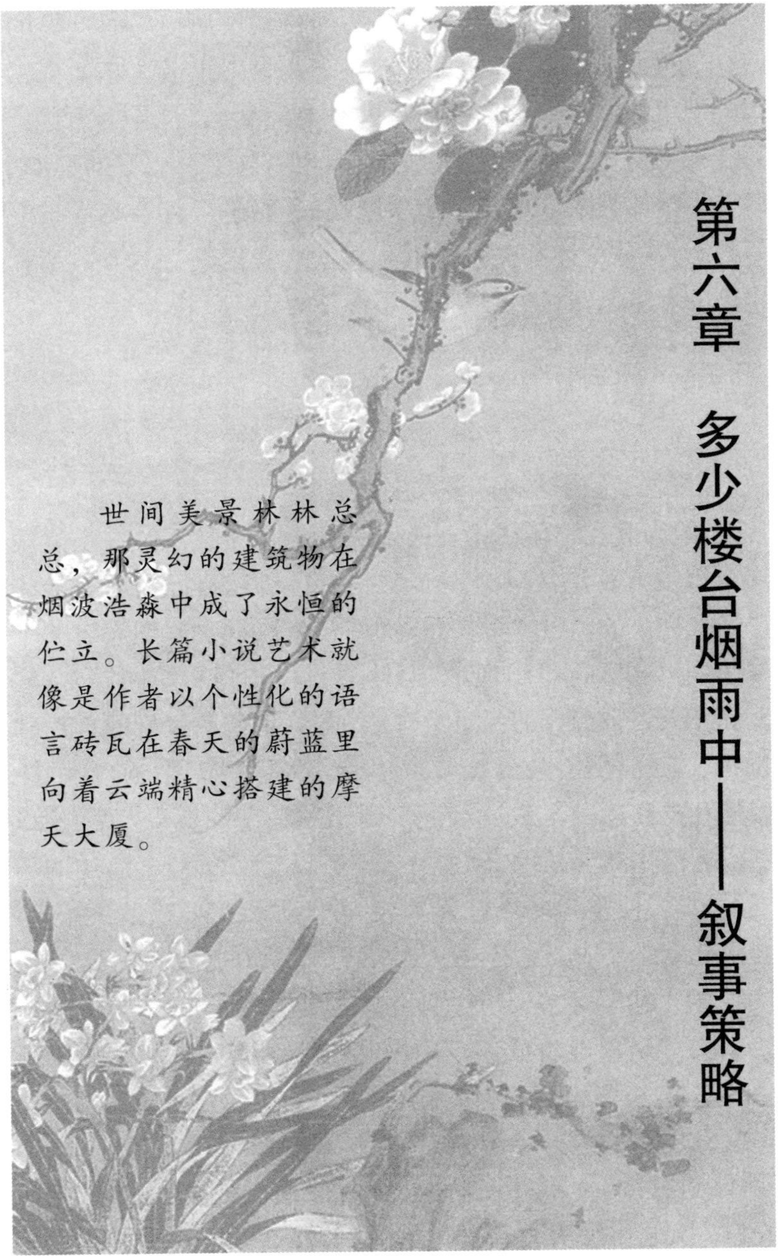

世间美景林林总总,那灵幻的建筑物在烟波浩淼中成了永恒的伫立。长篇小说艺术就像是作者以个性化的语言砖瓦在春天的蔚蓝里向着云端精心搭建的摩天大厦。

《红楼梦》的主体故事是石头的自叙性回忆。而这样的回忆又同作者自己复杂的叙述心态及企图永远遗忘而去铭记的动机纠结在一起。在作者的心灵深处,还有着全面提升人类认识历史与现实、社会与个人、生活与生命水平的愿望,以及不情愿披露家族甚至个人隐私,甚至恐惧社会政治报复等心态,这些个体和文化的因素促使作者以独特的方式选择自己的叙事策略,构建独特的小说结构。

多层叙述

《红楼梦》讲述的日常人生故事之所以扑朔迷离、诗意非常,是因为其在整体结构上的多层叙述。《红楼梦》并不是用一个第三人称讲故事或一个第一人称讲述自己经历那样的口气来完成的。虽然曹雪芹写《红楼梦》的时候,还没有关于叙述人称这样的写作理论,但他的叙述技巧却非同寻常,甚至和今天来自西方的叙事学理论,尤其是分层叙事的理论和技法有相通之处。《红楼梦》主要设置了源叙述、前叙述、主叙述和支叙述四个叙述层面。由于避免了一般以"我"的口气讲述的主观局限性,也避免了一般以"他"的口气讲述的客观局限性,使整个文本在多重视角中以天人两界互牵互通、互融互动的方式,对社会人生展开恢弘观照,形成了"他""我"视角间写实主义与抒情主义创作相结合的特殊格局,使整个文本呈现出生活本真中网状的错综立体感和生活谜团中真假虚实间探佚般的诗意。

一、源叙述

《红楼梦》文本进入叙述的第一个层次是从第一回"此开卷第一回也。作者自云"开始的一整段。此段是文本的序言

式开端。是作者直接站出来宣言式地说明创作契机、目的、方法等非情节本身的内容。此番宣言绝非可有可无。以往小说、故事以口耳相传、历史演绎居多,讲故事者没有更强烈的原创意识和更特殊的理念自觉,故而作者自己是隐藏起来,并情愿被淹没在故事之海深处的。《红楼梦》则不然,小说艺术发展至清积累了多样丰富的题材内容和艺术经验,在泥沙俱下的艺术进程中,在鱼龙混杂的作品传播中,《红楼梦》的作者站在小说舞台的高处,回望这个过程,又对照自己的创作,他不能沉没,他不愿被忽视,他的情感和思想拼力鼓动着他要站出来,他把激情呐喊的方式沉淀后搁置了,而后娓娓地、沉着地、与众不同地说明自己的艺术特色,说明自己操作艺术的缘由、动力与特殊方法。没有作者就没有作品。作者是作品的母亲。曹雪芹是《红楼梦》非同凡响的"母亲"。他在历史的这边向着以往发言,仿佛一个母亲的宣言。这就是《红楼梦》独特的、充满潜在诗意的源叙述。当然,也有简单地把"作者自云"一段文字作为回前总评,排除其正文地位的观点,无视其对后发故事叙述和接受产生的重要作用和意义的意见,而从《红楼梦》的文本流传和接受实际来看似是不合适的。

二、前叙述

这是叙述的第二个层次,是从"列位看官,你道此书从何而来"开始的,由作者自云至"出则既明,且看石上是何故事"。这一个叙述层属于小说历史发展中保留下来的叙述传统,主要是话本小说保留下来的讲故事的传统,是作为小说主体故事的交代性文字而出现的。我们把它称为前叙述,叙述者是"在下",即一位传统格局中以模式化口吻说话的第三人——说书者,其所要说明的是《石头记》的来历,即小说主

体内容的由来,是非主体叙述层,但有跟主体故事不能分割的因果关系。也有人把这一层称为超叙述,既可以不作为小说主体故事的叙述内容。这样一个叙述层也起着一定的作用。在源叙述层,作者直接站出来宣言式地剖白自己的内心,欲告诉读者"我的小说有那么多来自我生命的经历、内心的情感和属于我意志、思想的内容",在那样的时代实在是太标新立异、太直白激烈了。于是,作者不愿丢弃前叙事的传统,便把自己的一腔表白再拉向并纳入传统之中,在曲折含蓄中把自己的故事以自己的方式讲述。这不是作者的低头,而是作者的智慧。直白、激烈是诗,含蓄、委婉也是诗。

三、主叙述

这是叙述的第三层次,是从"按那石上书云"开始至于书尾。整个小说的主体故事就是石头自己讲解的如何幻形入世、如何经历尘世爱恨情愁、风风雨雨,也就是叙述宝玉的人生经历和贾府盛衰的故事。叙述人从传统中的说书者转为"石头",是由空空道人完成转接的。青埂峰的那块补天余石被一僧一道变成佩玉,成了神瑛侍者投胎的宝玉胎中之物,后被佩戴在宝玉的脖子上。由于僧道把他拿在手中诵持,更赋予了它非同一般的灵性,使它成了红尘中悲欢离合故事的见证者,无论是说不尽的太平气象、富贵风流,还是赶尽杀绝、一地干净。它最后回到了青埂峰下,被空空道人发现。那时它已恢复了巨石形态,并在上面写满了对人间游历故事的文字,这就是《石头记》。空空道人经过与"石兄"讨论,进一步了解了故事的意义,便把它抄录下来,传布人间。这一层是主叙述层。作者要表明,"石头记"不是别人或作者"记石头",而是"石头之所记"。其中,神瑛侍者转世成了宝玉的肉身,石头则作为宝玉的魂灵存在。石头和宝玉之间存在着

第六章 多少楼台烟雨中——叙事策略

微妙的约等于关系。故而我们看到,主叙述层成为石头所记的故事,较之前叙述,则进一步加强了故事的神秘气息和神话、象征性质。《红楼梦》焉得不充满离奇的诗性呢!

四、支叙述

最后的支叙述层是从主叙述层中的人物所讲的故事,如葫芦庙小沙弥向贾雨村讲述英莲的身世遭际;平儿向薛宝钗讲述贾赦强夺石呆子扇子的经过;贾政向清客和贾宝玉讲述林四娘的故事等,这些叙事属于支脉叙述层次,是从主叙述层里衍展而出的。从传统的角度,这是故事的插叙,但因为《红楼梦》不是一个叙述的层次和角度,故以支叙述称更能描述其位置和功能。无数的支叙述使《红楼梦》中的大千世界更呈变化万千之貌,使其中的人物虽然以数百计,人物与人物之间的关系却有条不紊、各有作用和意义。在故事与故事、人物与人物的交叉、套叠之中,《红楼梦》成了与生活一样的活的时空。

叙事分层使整个巨大的文本在时近时远、时左时右、时前时后、时虚时实中拓开人们的想象世界,其中特别值得注意的是作品的叙事分层总有一个层与层之间最巧妙的链接点,即以主叙述层中的宝玉来巧妙地提示创作主体与叙述者和叙述对象的内在联系,即作品总有某种宝玉"自况"的意味。原因就是这种特殊的叙事设计是跟《红楼梦》的"自况"式思维特征和创作目的分不开的。小说的创作动因起于作者的特殊人生遭际,创作目的是为了浓缩自我人生经历,抒写浓烈的生命体验,以文化反思的力量反省个人人生体验,整合获得的思想认识,并在创设作品的人物情事时,总体上按照与作者经历的人生的相似性去进行,由此投寄了作者强烈的主观情怀,奠定了作品诗性氛围的形式基础。后人有言

103

说:"他书皆后人传前人之事,或他人传本传之人,《红楼梦》则为宝玉自撰,尤创古今未有之格。"此言不虚。

顺倒整合

一、时间结构

如果说分层叙述主要作用于空间叙述角度,那么,《红楼梦》文本的时间结构可用顺倒整合来描述。全篇以前叙述部分中的情节为整合全部文本的叙述平台。石头与空空道人谈及的内容在百二十回本的故事结局中得到衔接,是在虚拟神话时间中完成的因果链条。清人洪秋蕃在其《红楼梦抉隐》中曾说,所谓"开卷叙述已将结局倒摄一百二十回之前,末后一结,更将本传结到数千百年之后,是红楼结构奇妙处。"这也即故事中的神话顺叙部分。但主叙述内容却是现实时间中的另一个时间系列,是石头下历凡尘的特殊回忆,是所谓倒叙的内容。而全篇以倒叙的内容的顺叙性为故事情节的主体,如此跌宕波澜,比起《三国演义》来表现出更恢弘、更完整、更严密、更细腻的特点。尤其在倒叙部分即石头回忆部分为叙述主体的故事情节中,作者特殊用心、竭尽全力,把众多人物和复杂、纷繁的事件组织在一起,这些人物、事件交错发展,彼此制约,内部百面贯通,筋络相连,纵横交错,但又主次分明,有条不紊,使我们感到生活的河流在那里时而波澜壮阔、汹涌澎湃地前进,时而涓涓细水、偶起微澜地流淌。笔锋在纵横变化的情韵节奏之中有生动酣畅的描绘,仿佛还原生活一般,且比生活更集中更凝练,因而更诗意传神。

二、回目安排

首先是前五十四回从倒叙内容的开篇景象进入倒叙回忆

第六章
多少楼台烟雨中——叙事策略

的部分,重点情节是"贾元春才选凤藻宫","大观园试才题对额"以及海棠社题菊花诗、老太太两宴大观园等大场面的描写,还有宝玉参禅、袭人娇嗔、平儿软语、晴雯撕扇和龄官画蔷等小情节的刻画。这些回目内容都透显着生活中的繁茂和生长、热烈和壮大的气象。从人物看,形象的发展也非常明显。前四十回宝玉还在童稚未褪的时期,不仅在第九回里闹学堂,还与秦可卿、花袭人、秦钟等纠葛苟且,流露着未省世事的天真。他与黛玉的关系尚在初萌和"自在"阶段,无数的感觉、无数的清新都潜在地孕育与萌动着。王熙凤已经崭露头角,第十三回里协理宁国府,第十五回弄权铁槛寺,光焰耀眼、无可阻挡。

虽然这五十四回里也穿插着一些严肃而苦痛的内容,如甄士隐女儿的失散、黛玉父亲的撒手、秦可卿的死、秦钟的死等,但都是线索性的、相对概念的,远远没有蓄足感人的情愫。甚至以秦可卿死的悲情作为曲笔,仍然炫耀的是贾家"烈火烹油,鲜花着锦"之盛,极度渲染了丧事的排场及宝玉路谒北静王的宠遇。只有第三十三回的金钏之死构成了具有扭动力的重要情节,并使宝玉挨打,成为前四十回的高潮。一则金钏之死终于造成对贾府形象的破坏性内容,它如晴空霹雳,令人惊骇于贾府往常雍容平和光环下司空见惯的残酷。二则恰恰是这一事件构成了宝玉被贾环所诬,透露出贾府族人亲属之间关系的冷峻与错综的真样。宝玉事出有因地成为贾政惩戒的罪人,成为贾政维护正统礼教的理所当然的靶子,并成为贾政回天无力、贾府后继无人的一个斩钉截铁的结论。三则充分暗示了宝黛钗三角关系中的特殊情愫与主要人物的内在规定性性格。

其次是此后五十四回,按照前五回的思路,写贾府生活的矛盾、衰微乃至败落的部分。大观园修建起来不久,就逐

渐地走向了衰残与破败。贾府深层人际关系的纠结与内讧及家族内部不可告人的种种阴冷和破败的真样不断浮出水面,各种矛盾纷至沓来——贾赦碰壁,薛蟠遭打,婆媳嫌隙,茉莉蔷薇、玫瑰茯苓混战,加上"红楼二尤"楔入和先后香消玉殒,故事情节一个比一个具体而冷峻。宝黛爱情在严峻冷酷的社会环境中渐渐长大并走向坚强,同时也预示着将被无情地摧残和毁灭。这其中的其他情节如凤姐泼醋混战宁国府,又仿效戏彩斑衣,虽然次次皆胜,却付出了代价。晴雯补裘、平儿掩镯,虽勇而尽力,却是善而未功。虽然姑娘们也努力着争联即景诗,遇寿日便群芳开夜宴,但强弩之中总有悲音,"创世"的神话早已完结了。终于,在第七十四回出现了抄检大观园这一不可思议的凶险事件,它既是各种矛盾的大汇集,又是八十回曹著《红楼梦》事实上的结局,并成为全书的高潮。七十五回"异兆悲音",七十六回"凄清""寂寞",七十七回晴雯夭亡,七十八回"杜撰芙蓉诔",都是抄检大观园的余波。七十九、八十两回虽仍属十二钗的故事,写夏金桂、香菱、迎春诸事,却是另表一枝的情节路径,而且内容上没有分量,不见血肉了。可见在倒叙的部分里总体上又是一个大对比,大反衬,一个大对称,大章法。总体而言,虽然书中承载着千头万绪、参差错综的生活事件,却有着一贯的脉络。所有的情节和人物,好似朝着一个总的方向运行,在继续扩展、丰富和深化着。这个总方向就是在前叙述中交代的写作目的与情节预设,它不断暗示着"红楼梦"的宿命,使小说即便在花团锦簇的景象中也始终透显着幽凄的气息。而这正是作者总体顺倒整合之功。此种设置的确更长于抒情。

叙事是文学情节的展开方式。文学情节通过叙事而使真在时空的生活流程有了线性化呈现。在鸿篇巨制的线性

第六章 多少楼台烟雨中——叙事策略

叙事中,《红楼梦》成为既是与生活构成间离效果的文本,又是努力生活化的文本典范。作为博大精深的百万巨著,《红楼梦》以贾府为代表的四大家族的衰亡过程和宝、黛爱情悲剧的发展始末互相穿插交织,作为构建这座艺术大厦的栋梁。其中有像生活本身一样繁复多样的主体情节内容、人物和场景,尤其是主要人物又几乎都有自成起讫的故事线索,使整体故事线索繁多、参差错落,形成多面、立体,千孔万目的网状结构,就像生活本身一样丰富和生动。

特殊情节与角色

一、神话情节

在分层叙述和顺倒整合的结构中,《红楼梦》安置了无数非人间性特殊情节。所谓非人间性情节主要来自神话、童话、鬼话和巫话等。其中神话是占据作品结构意义的部分,是作品叙事笼罩全篇的特殊枢机。

神话是人类众多文化现象之一,是人们出于对超自然现象的关注而产生的非人间性的传说、故事。由于各民族文化体系的不同,有些文化强调超自然,有些文化强调现实,各民族神话在其文化体系中的地位和功能自然是不尽相同的。在中国古代这种忽略超自然、强调现实的文化体系中,描写超自然的神话当然不可能处于主流地位,而只能是边缘性和民俗性的。古代志怪小说是神话影响最大的领域,可是它在全部小说中只占一小部分。可见它对中国文学的影响力是有限的。但在由此延展出的文学隐喻的层面以及在探寻宗教和政治领域的时候,神话能以遥远隐晦的方式触及生活的焦点区域,并给作品带来更浓郁深沉的想象空间。《红楼梦》

叙事使用神话介入结构的作用也在于此。

《红楼梦》中的神话情节主要有三个：女娲补天、还泪神话和太虚幻境。

女娲补天讲盘古开天辟地，女娲攒黄土造人，天地祥和、四海平安。后来共工与颛顼争帝位，导致天倾西北，地陷东南，洪水泛滥，大火蔓延。女娲看到她的子民们陷入巨大灾难之中，便周游四海，遍涉群山，最后选择了东海天台山，这是炼补天石的绝佳之地。女娲取五色土为料，又借来太阳神火，历时九天九夜，炼就了五色巨石 36 501 块。又历时九天九夜，用 36 500 块五彩石将天补好。剩下的一块遗留在天台山中汤谷的山顶上。

还泪神话讲有关仙界生物的故事。绛珠仙草是作者虚拟的神话中的仙草。它长在西方灵河岸上三生石畔。当其日见枯萎之时，得到赤霞宫神瑛侍者即后来的贾宝玉灌溉，终于获得天地灵气而修成女体。成为绛珠仙子后"终日游于离恨天外，饥则食蜜青果为膳，渴则饮灌愁海水为汤"，这种生活方式不仅形成了日后林黛玉个性中特别多愁善感、重情有义的特点，而且也奠定了她喜欢自由自在，不愿受到束缚，具有独立的人格意识和善于面对某种特殊生命形态，以葬花、赋诗等抒发情感等的特点。绛珠仙草只因尚未酬报灌溉之恩，故在五内之中便郁结了一段缠绵不尽之意。恰逢神瑛侍者意欲下凡游结尘缘，绛珠仙子便道："他是甘露之惠，我并无此水可还。他既下世为人，我也去下世为人，但把我一生所有的眼泪还他，也偿还得过他了。"这个"既……也……"句式，生动地表明了绛珠的行为虽然受到神瑛的影响，却是她自己的一种出于情义的主动选择。绛珠仙草下世降生为巡盐御史林如海之女，是为林黛玉。绛珠仙草为木，神

第六章
多少楼台烟雨中——叙事策略

瑛侍者为石,木石前盟就此奠定。所以全书把她和贾宝玉的关系称为"木石前盟"。

太虚幻境则是作者结合文化典故进行的艺术创造。"太虚"是古代道家的哲学理念。老子《道德经》认为,道大而虚静。谓空寂玄奥之境。所以,这里的"太虚"实际上就是指老子、庄子所说的"道"。《道德经》又言:"道生一,一生二,二生三,三生万物。""天下之物生于有,有生于无。"道家认为,世界的本源是道。因此,"太虚幻境"之意即谓世间万物(包括人)之有皆由太虚之处幻化而来。太虚幻境即是无。

作者在前五回中以非人间性情节统领和渗透整篇故事,不仅体现了曹雪芹的总体构思、人物关系、命运结局,还深刻暗示了《红楼梦》的立意和主题。共同体现了作者深刻的思想。

二、非人间角色

顽石是神话中的重要角色,由它引来了与神话故事本身无关的一僧一道等都是作品中的非人间角色。神秘莫测、贯穿作品始终的一僧一道被作者巧妙塑造、多方勾连。是他们把顽石由石而玉,又由玉而石,宗教角色因而也成为神话中的非人间人物。在《红楼梦》前五回之后的漫长情节中,他们成了非现实与现实情节中互相回应的能够穿越时空的重要线索,并在其后给作品内容以深刻的结构意义和宗教影响。顽石是通灵宝玉的原身。此石已有灵性,成为故事的记录者,就像贾宝玉身上携带的摄像头,把男主公的所见所闻,及其经历一一展现在读者的面前,是写实主义和浪漫主义的精巧结合点。一僧一道也是如此。虽然情节中他们零星出现,但都别有意味。第二十五回中"贾政听说,便向宝玉项上取下那玉来递与他二人。那和尚接了过来,擎在掌上,长叹一

声道:'青埂峰一别,展眼已过十三载矣!'"既使人了解到此时宝玉13岁了,也使前后内容互相照应,不觉支离。再后面的故事中,则只要一有人出家,他们就会出现,如甄士隐和柳湘莲出家他们都出现了。可见,它们在结构上的意义十分具体。其一是置于开端,有总叙说因的功效,是一切时间链条上的起源;其二是绅绎出线索人物,帮助梳理、回应起源及不断归因。恢弘的故事在人界与仙界两界互通的基础上,结构更加繁复、内容更加生动。

　　将非人间角色信守拈来,与神话故事一道进入情节,并赋予结构意义,还有更深刻的文化功效。虽然小说中非人间角色不多,非人间性情节相对支离零星,因为实在的人间情节才是重点叙事和描写的对象。但《红楼梦》中的非人间角色与非人间情节一道都能作用于作品的文化意义,具体而言是导致了小说故事性中无尽的象征意义和神秘色彩,就像中国传统诗歌中的虚地,有某种驾简寓繁、因虚富实的功用。唐代诗僧皎然在《诗式》中说:"夫诗人之思,初发取境偏高,则一首举体便高;初发取境偏逸,一首举体便逸。"这里说的"取境",虽是指对诗歌创作中虚境的提炼和设想,但对小说创作而言仍可辩证比照。皎然认为,虚境在意境中处于核心统帅的地位。但是,虚境不能凭空而生,核心并不等于艺术表现的重心。在意境创造中,一切还必须落实到实境的具体描绘上。清人许印芳对此曾有很好的阐释。他说:"功候深时,精义内含,淡语亦浓;宝光外溢,朴语亦华。既臻斯境,韵外之致,可得而言,而其妙处皆自现前实境而来。"从宗教超脱的视野反观人生,非人间角色聚焦人生,一切则尽在眼中,一切更在缘中。因为如此,《红楼梦》的创作才有了记忆、遗忘、耽溺、解脱的双重取向以及反省人生的超越力量。

第六章
多少楼台烟雨中——叙事策略

《红楼梦》中的"实者逼肖,虚者统摄",道出了其结构上富于诗性的奥秘。这也如同诗歌的"虚生相生"原理,诗性的营构最终使《红楼梦》文学虚构的艺术旨归得以实现。

第七章 桐花万里丹山路——开场文阵

漫长的丹山道上,美丽的桐花像片片梦的翅膀覆盖了无尽的行路。道路为此兴奋起来,听着凤凰遥远的天音,展开吧,向那永无止境的不朽。

元代戏曲家乔梦符在《南村辍耕录》(卷8)中说:"作乐府亦有法,曰:凤头、猪肚、豹尾六字是也。""凤头"之喻成为经典的开篇标准。作为弘篇巨制的《红楼梦》,其开篇文阵起伏连环、气宇轩昂,共五回的章节使此一"凤"之头不是语约意丰之小巧,而是占尽风流之富美。其富美在自然,在紧凑,在凝练,在神秘。

《红楼梦》开场的新意

和世界上一切伟大的作品一样,《红楼梦》一开场就与以往的中国古典名著不同,摆出了庞大的开场文阵,显示出与众不同的小说意境——神秘含蓄、悠远古雅与缜密细腻、有条不紊相结合,揭开了以滂沱古朴为作品神韵的序幕。作为描绘现实生活的小说,《红楼梦》没有在一开场就把人物置于主干情节的特殊起点中,把人们领进历史或现实的真在氛围,而是另辟蹊径,从一个十分经典的上古神话开始进入。这个悠远的中华神话故事不具有直接的趣味性,却被作者写来调动了文化的内涵、融入了个性的情感、构成了影响全局的象征性局面。作为整部作品一个相当有韵奥的引子,它直接持续了前五回,间接影响了全书,从而使小说在弥漫着高古、空灵之思的同时引领我们进入浩渺难及的宇宙空间和亘古恒在的人生追问之中。当然,这样的写法是在承传和创造的兼容中进行的。

一、对传统开场的超越

中国古典小说的开场一般总喜欢使用开场词。开场词也叫做"引首",是古代文人展示文采的定势写法,同时,也总是特定情感的集中、凝练和浓缩,它使小说能更含蓄、蕴藉地

第七章 桐花万里丹山路——开场文阵

表达情感定位和引导情感进入。历史小说《三国演义》的开场词引用了明代杨慎的《临江仙》,所谓"滚滚长江东逝水,浪花淘尽英雄。是非成败转头空。青山依旧在,几度夕阳红。白发渔樵江渚上,惯看秋月春风。一壶浊酒喜相逢。古今多少事,都付笑谈中"。这首《临江仙》总结性地回顾历史,遥望未来,把历史中的英雄人物在时间历程中的淘洗,把远观历史筑就、评价英雄是非功过的视野推向一个与自然、与过去和未来无限对话的格局中,突出了作品对历史成败的宏大思量,与小说正文综说天下分合的战争十分协调地链接起来,从而引出了张角起义的乱世中刘关张桃园三结义的焦点情节。

《金瓶梅》作为古典时期第一个把作品聚焦在描写现实日常生活的人际关系和家庭内部纷纭复杂的纠结争斗上的作品,开场引用的是北宋文人卓田写的一首有关楚汉历史内容的词,目的是拈出一个陷溺到女色的迷惑之中就"豪杰都休"的结论,然后引入对《水浒传》中有关武松杀嫂的过场戏,并开始进行颠覆性地重构故事。武松杀嫂在《水浒传》里不是很重要的情节。在《金瓶梅》里,一开场就进入作者的演绎世界,成为奠基性的开场戏:武松出差回来哥哥死了。经调查发现是嫂子干的,他去杀那对狗男女但没杀成,反倒被逮住,拉到官衙,严刑拷打和流放,所以才引出《金瓶梅》的故事。直到第八十七回才最终报了仇,就此进入了情色和生命的主题。

其他如《西游记》,这部小说本身就是神话传奇,所以从石猴蹦出的故事开始十分自然。

从《水浒传》开始,中国的古典作者才开始有了自觉运用神话故事作为开场的意识。其中讲张天师驱邪捕妖的故事,

115

寓意虽然与主旨貌合神离,但隐喻是十分鲜明的。可见这种以神话开头的写作手法已经形成。

  作为一部极富创新性的作品,作者没有使用开场词,而是安置了高伟恢弘、重重叠叠的前五回作为开场文阵。其中自觉运用并发展了以往小说运用神话故事的传统,并构建了非同小可的意义。起篇神话从古代女娲补天神话演绎而成。引用这个故事作为开端,不仅为说明石头乃至核心人物宝玉的来历和木石前盟的因果关系,最重要的是其含蓄的文化韵奥把作品的内容提升到一个拥有形而上视域的诗意境界。

  补天传说来源于远古先民烧瓦(无色石)补屋顶以抵抗风雨侵袭的举动;又说是治理古代水患或远古陨石撞击地球后在神话维度的记录。巨大的灾害给人民身心带来了巨大的创伤,历经了一代又一代心灵的积淀,这个美丽的神话便诞生了。补天神话作为创世或人类抵抗自然力的创生神话,本身就具有浓郁的原始诗意,当其诞生之后,又经历了历史与文化的双重成长,增加了层层文化内涵,并形成中国古代文人独有的政治情怀,终于成为一个富有诗意的文化意象:补象征政治的朝廷庙堂之天、封建制度之天。所以,在古典小说中不仅有"以智慧"为补天石的《三国演义》,也出现了"以忠义"甚至以"佛教"为补天石的《水浒传》和《西游记》。这一艺术化的政治情结无不与当时社会毁乱的实际和人们的信仰与焦灼的理想期待密切相关,透露了作者欲"以至情"补天的情结及补天不得的生命痛苦与寻求解脱的心理困窘。

  原始诗意、文化意蕴与大旨谈情的文化创意相关联,成为《红楼梦》创设的文化大背景,也成为《红楼梦》拥有形而上意蕴和诗性意境的起点。而这正是《红楼梦》开场的新意所在。

二、神话部署的特殊效果

使用神话作为开场文阵的主要内容,除了有文化的新意,还达到了一些特殊效果:

首先是时空间距中的关联。《红楼梦》从女娲补天的神话神圣揭幕,叙述女娲在炼五色石补苍天的奋勇中不小心遗漏下一块晶莹的石头,被弃置的石头有了灵性,陷于无限的孤独和焦虑中。于是有了青埂峰下与一僧一道的对话和由此引出的凡界故事。此空间下的时间非特定历史进程中的具体时间,由于它发生于史前时期,又是神话传说的记载,本身就是无法圈定的,所以时空两个维度的结合呈现出模糊的间距和想象的弹性。加上作者借空空道人宣称故事"无朝代纪年可考",从叙事者也讲述"不知过了几世几劫"等,遮蔽了时间的具体进程,只显示了一条通向主体故事的特殊通道:混沌的荒古时空、灵性的石头在浩渺时空中的特殊时间性存在。它们成为发生其后具体故事的三维动力。这样的叙述不是为了单纯追溯久远的历史,造成事件的历史苍茫感,而是由于同时设置了一个可以随故事展开的神话化、寓意化的特殊动态时空预期,所以叙述的线索摆脱了单纯的线性逻辑,在立体透视式和套叠连环式的场景中,鼓动想象,造成文化磁场的多方激荡,使其后即时的、当下感的故事也有着既往的、历史的苍茫感,因而无限沾染上混沌、灵性和神秘,并充满了苍茫和寓意的意味。

其次是人神间距中的关联。在缥缈而浪漫的时空中,人的活动却是清晰而具体的。先是充满了神性与人性的石头的活动。他"自怨自愧,日夜悲哀",后又在游玩中于境幻仙子处做了神瑛侍者,与绛珠仙子有了灌溉之恩。后是远远而来的一僧一道。从身份上看,他们只是中国宗教俗众中不同

117

行列里的两位,但作者写他们既有"骨骼不凡,丰神迥异"的外在形神,又有欲携石头去温柔富贵乡走一遭的不凡本领,更有"飘然而去",不知所往的奇诡行踪。他们不仅携顽石进入红尘,还从远古出现,并从远古飘到尘世,与俗人交接叙话,音容笑貌,无不人化与俗化,使文本增加了神话的传奇属性;接着又有了从头至尾抄录《石头记》的所谓空空道人以及他的有关色空的宗教彻悟,使开篇又增添了浓郁的有着宗教神秘色彩的所谓哲理意味。

最后是话语与诗语间距中的关联。《红楼梦》开篇不仅由神话始,用小说家言叙说着在不同时空层面套叠着的人物故事,还不时间入一些充满诗情的意象性情节,如神瑛侍者与绛珠仙子间别致动人的"以水灌溉"与"还泪"情节,以及警幻仙处灵河岸、三生石、秘情果、灌愁水等隐喻性地名、物名,令人产生无尽遐思,更有文间不时穿插的纯粹诗语——于是,小说开始进入充满意蕴、意味和理思的诗性背景——诗境之中。其后,作者通过各种渠道和细节之流不断强化着小说的诗性营构,终于汇聚成小说的一片诗意之海。

理思浓郁的"正邪两赋"论

一、剧情依据与本论内容

在进入现实故事之后,开场文阵中一个个闪光而点睛的焦点性章节纷至沓来。其中,与情节关系十分疏离,却与主要角色的性格与文化评价密切相关的一段人物对话极其重要,它常被一般读者忽略或跳过,这就是作品在第二回借贾雨村之口说出的充满理思的"正邪两赋论"。

第七章 桐花万里丹山路——开场文阵

> **知识链接**
>
> 赋:特指禀赋、天生给予的。赋还有更通常的用法,是与诗、词、曲、骈文一样,属于古代文体的一种,是由楚辞衍化而来、铺张着描绘客观事物的古代体物散文。关于诗和赋的区别,晋代文学家陆机在《文赋》里曾说:"诗缘情而绮靡,赋体物而浏亮。"即是说诗歌要抒情,故而要写得华丽而细腻;赋是用来外现事物的,故而要写得明亮而通畅。

此论的前提剧情是,古董商人冷子兴是贾雨村的好友,两人相见于酒馆中谈论荣宁两府旧事新闻,其中说到贾宝玉时,冷子兴反映的意见是新出世的宝宝衔玉而生,很不寻常,但抓周时却只抓女孩子用的胭脂唇膏,很不成器,也很不争气,仿佛先给他戴上了坏人的帽子。不料贾雨村却"罕然厉色",把他的话顶了回去。

雨村道:"天地生人,除大仁大恶两种,馀者皆无大异。若大仁者则应运而生,大恶者则应劫而生;运生世治,劫生世危;尧、舜、禹、汤、文、武、周、召、孔、孟、董、韩、周、程、张、朱,皆应运而生者,蚩尤、共工、桀、纣、始皇、王莽、曹操、桓温、安禄山、秦桧等,皆应劫而生者;大仁者,修治天下;大恶者,挠乱天下。清明灵秀,天地之正气,仁者之所秉也;残忍乖僻,天地之邪气,恶者之所秉也。今当运隆祚永之朝,太平无为之世,清明灵秀之气所秉者,上至朝廷,下至草野,比比皆是。所馀之秀气,漫无所归,遂为甘露、为和风,洽然溉及四海。彼残忍乖僻之邪气,不能荡溢于光天化日之中,遂凝结充塞于深沟大壑之内,偶因风荡,或被云摧,略有摇动感发之意,一丝半缕误而泄出者,偶值灵秀之气适过,正不容邪,邪复妒正,两不相下,亦如风水雷电,地中既遇,既不能消,又不能

让,必至搏击掀发后始尽。故其气亦必赋人,发泄一尽始散。使男女偶秉此气而生者,在上则不能成仁人君子,下亦不能为大凶大恶。置之于万万人中,其聪俊灵秀之气,则在万万人之上。其乖僻邪谬不近人情之态,又在万万人之下。若生于公侯富贵之家,则为情痴情种;若生于诗书清贫之族,则为逸士高人;纵再偶生于薄祚寒门,断不能为走卒健仆,甘遭庸人驱制驾驭,必为奇优名娼。如前代之许由、陶潜、阮籍、嵇康、刘伶、王谢二族、顾虎头、陈后主、唐明皇、宋徽宗、刘庭芝、温飞卿、米南宫、石曼卿、柳耆卿、秦少游,近日之倪云林、唐伯虎、祝枝山,再如李龟年、黄幡绰、敬新磨、卓文君、红拂、薛涛、崔莺、朝云之流,此皆异地则同之人也。"

这段文字第一层说天地有大仁和大恶两种人。大仁者应正气而生,在历史上都有谁;大恶者应邪气而生,在历史上又以谁为代表。大仁者和大恶者都有什么作为。从"今当运隆祚永之朝"始,进入第二层,言说在太平盛世,正邪两气正气浩荡,邪气藏匿,偶有邪气泄而游荡,与正气相持而搏击,赋人之后始尽,成为非大仁亦非大恶者。再往下是分析这类人的禀赋才情及其代表人物:"其聪俊灵秀之气则在万万人之上,其乖僻邪谬、不近人情之态,又在万万人之下;若生于公侯富贵之家,则为情痴情种,若生于诗书清贫之族,则为逸士高人……"

在人物鸿篇议论之后,子兴、雨村二人继续评介两府人物。须知二人评介两府人物是以宝玉和凤姐为两大中心的。二人说完宝玉,在转说凤姐时,作者思路顺延而下,使冷子兴说:"谁知(那琏爷)自从娶了他令夫人之后,倒上下无一人不称颂他夫人的,琏爷倒退了一射之地:说模样又极标致,言谈又爽利,心机又极深细,竟是个男人万不及一

的。"说到此句,雨村又立即打断,接舌道:"可知我前言不谬。你我方才所说的这几个人,都只怕是那正邪两赋而来,一路之人,未可知也。"在此又一次把凤姐列举出来,进一步强调了书中主要人物的性质和意义,让读者在一开篇,对宇宙群生,人性物理有了一个颠覆性的"认识准备"。从此论,我们首先体认到的正是作者的这种异乎寻常、超越往古的思想与情感境界。

此段议论的中心意旨是人秉气而生,气有正邪,人有仁恶。然另有一类介乎二者之间者,"着于清淑之气,则为上智;着于顽浊之气,则为下愚;着于驳杂之气,则有美有恶……"(吕坤:《去伪斋文集》),与明中叶思想家吕坤的哲学思想一脉相通。

二、"正邪两赋论"的蕴涵分析

贾雨村是《红楼梦》中宝玉最不喜欢的人之一。而雨村却是宝玉的第一个"知音",同时,还是黛玉和甄宝玉的"业师"!按照曹雪芹对人性的深度理解,天底下的人事都是复杂的,都不能简单化视之。对于贾雨村其人其言,同样需要辩证对待。作者并不把他写成一个不学无术、简单浅薄的坏人,也不以其人而废其言,所以借贾雨村言,发出了惊世骇俗、吓倒腐儒的"正邪两赋论",要说要写的正是"正邪两赋而来"之一流人物。此一观点是曹雪芹宇宙观、人生观、社会观的综合体现,更是其人性思想的凝练表达。其中,贾雨村不但有抽象理论,还举出了历史上的典型人物作为例证,强调他们的时代、地位、身份虽悬殊不同,但其禀赋的本质是一样的。

知识链接

业师：古人称受业的教师，也称塾师。私塾是我国古代家族、社会或个人设立的教学场所。在我国两千多年的历史进程中，对于传播中华文化、促进教育事业的发展，尤其是在儿童启蒙教育方面起过重要的作用。私塾的学生多6岁启蒙。学生入学不必经过入学考试，只需征得先生同意，并在孔子的牌位或圣像前向孔子和先生磕头或作揖即可。

他列举的人物如下：

许由、陶潜、阮籍、嵇康、刘伶、王谢二族、顾虎头、陈后主、唐明皇、宋徽宗、刘庭芝、温飞卿、米南宫、石曼卿、柳耆卿、秦少游、倪云林、唐伯虎、祝枝山、李龟年、黄幡绰、敬新磨、卓文君、红拂、薛涛、崔莺、朝云。

在列举这类人的名单中我们分明看到，这些人都是历史上最独标高格、风流倜傥、巨才多情、艺技高博的文人雅士和优伶艺妓。其中除了"王谢二族"是一个族群例证，作者共举出了26位历史人物。细加辨析，可分为几类：

高人逸士类：许由，庄子《逍遥游》中讲到尧让许由的故事，晋皇甫谧所撰《高士传》也开辟《许由传》。其中"箕山洗耳"的典故十分著名，说许由一听劝他做官的话就怕被玷污而忙去"洗耳"。许由是古代传说中一个极厌恶功名禄位的人，被世俗视为"乖僻"的奇人。

狂放狷介类：嵇康、阮籍、刘伶，这三位是魏晋六朝时"放浪形骸"，不守世俗礼法的名士。他们不仅是魏晋文学的领军人物，更是超凡脱俗的魏晋风骨的卓越代表。

贵胄大族类：魏晋时代是门阀世族的时代。当时的王谢

第七章 桐花万里丹山路——开场文阵

世家为我们民族奉献出了如王羲之、王献之、谢安、谢灵运等最为风流倜傥、才气豪宕的大艺术家、大文学家。二王为伟大的书法家,二谢则是著名政治家和诗人。

痴绝奇人类:顾虎头,倪云林(瓒)、唐伯虎(寅)、祝枝山(允明)。顾虎头即顾恺之。魏晋六朝时期的大画家,谢安曾惊叹他的艺术是"苍生以来未之有也!"曾被时人称为"才绝、画绝、痴绝"。后三位是元、明两代红极当世的著名书画艺术家。倪云林,金元时代大画家,其绘画艺术是中国文人画史中的典范与巅峰;祝允明,是明代著名书法家;至于唐伯虎,则因其点秋香的故事使众人皆知。他们都是个性十足、怪才冲天的人。

君王艺术家类:陈后主、唐明皇、宋徽宗,虽都是亡国之君,却都是一流艺术家,他们或擅歌舞、音乐,或长书画、诗词,不通政治却才情奔溢。

风流词人类:柳耆卿(永)、秦少游(观),宋代著名词人,其词脍炙人口、天下传唱,其人流连风月、倜傥风流,事迹百出。

乐工宠伶类:李龟年、黄幡绰、敬新磨,唐代乐工名伶。李龟年是唐玄宗时著名音乐家,擅长歌唱,又会演奏琵琶、羯鼓等多种乐器。作为梨园弟子,多年受到唐玄宗的恩宠。黄繙绰又写作黄幡绰。唐代戏剧家,因擅长参军戏、为人忠贞耿介得到玄宗赏识。敬新磨,生卒年不详,五代后唐时著名伶人,深得庄宗宠爱。

才女艺妓类:卓文君、红拂、薛涛、崔莺、朝云。皆为自汉及宋的历代才人奇女。汉代卓文君为爱司马相如而"私奔";唐代红拂女身为歌妓却慧眼识李靖为英雄,薛涛为唐代才貌性灵一流的风流女诗人;崔莺则为文学作品《西厢记》中敢爱

123

敢恨的女子；朝云是苏东坡由歌女纳进的侍妾，不仅歌艺非凡，还学诗词、佛法，作为东坡千古知音，终生相伴。

以上众辈人物，论知书见识，皆在世俗之上，论才情节操，皆超众轶伦，而世常歧视之，并以恶名相加。然而，这类奇才异品，在曹雪芹看来却是中华文化大背景中所产生的瑰宝，并不为世人所认识，这正是雪芹所要挖掘并借小说人物形象提出的一个重大的认识问题。所以作者所写之情痴情种，与以往之高人逸士、风流君王、奇优名倡、艺伎才女，虽贫富贵贱不同，上下等级有异，而本质则同，俱为英华俊秀、个性超逸、抗俗离尘、怪诞乖僻之奇人，他们也皆是不为人解、不为世容的悲剧性人物。此种特异人才，不为人识，不被世知，这也是作者一生的"惭恨"（"脂批"说："无才补天，幻形入世"八个字"便是作者一生惭恨"，见第一回），也是为自己定位"作奇传"的意义阐扬和价值诠释。

"葫芦案"的枢纽意义

一、"葫芦案"与贾氏家族

《红楼梦》第四回下半回就是《红楼梦》中著名章节"葫芦僧乱判葫芦案"。小说从贾雨村在黛玉之父林如海的引荐之下与荣国府联宗，并得其内兄贾政帮忙，接任金陵应天府起笔。

知识链接

葫芦提：也作"葫芦蹄"、"葫芦题"，意即糊涂。宋、元时口语，元曲中常用。关汉卿《窦娥冤》第三折有："念窦娥葫芦提当罪愆，念窦娥身首不完全。"马致远《秋思夜·行船套》有"莫笑巢鸠计拙，葫芦提一向装呆"句。

第七章
桐花万里丹山路——开场文阵

这之前的重大事件是贾雨村在与冷子兴闲谈荣宁两府时勾画出的贾史王薛四大家族的关系图和他们至高无上的权势、地位。所谓"护官符"即"贾不假,白玉为堂金做马。阿房宫,三百里,住不下金陵一个史。东海缺少白玉床,龙王来请金陵王。丰年好大雪,珍珠如土金如铁"喻指贾史王薛四大家族的富贵气焰与阔绰奢侈。而且在第四回中用那门子的说道进一步解释何为"护官符":"这四家皆连络有亲,一损皆损,一荣皆荣,扶持遮饰,俱有照应的。"所以,若读懂《红楼梦》,不能不读懂四大家族的关系。中国封建社会的基本社会关系是伦理文化关系,更是政治和经济关系。

《红楼梦》中四大家族的主干是荣宁二府的贾家。贾家第一代是荣国公贾演和宁国公贾源两人。一荣一宁,说到底,还是一张一弛,一荣一枯。第一代的名字预示着四大家族故事的曲演源头。第二代男丁贾代化、贾代善。两府从此一代开始从武向文转化。第三代男丁贾敷、贾敬、贾赦、贾政。此一代人物仕途文路各个不同。贾敷早夭,贾敬且胡乱以敬神乐道为事;贾赦袭了一等将军,不务政事;贾政则正好反之,以勤勉儒业为好。《红楼梦》故事主要在这一代和他们的下一代展开。第四代男丁五人:贾珠、贾宝玉、贾环、贾珍和贾琏。这是一群地地道道的纨绔子弟,他们生长在锦衣玉器、钟鸣鼎食之家,像各种珠宝一样养在深宅高院,过着骄奢淫逸、追求享乐的生活。只有宝玉是其中的文化学习者、参悟者,并由此走向了对自己这一代生活的叛逆道路。

《红楼梦》中贾府里最重要的女丁是第四代的元迎探惜四春及黛玉、宝钗和湘云。元春是宝玉的亲姐,迎春是贾琏的同父异母妹妹,探春是宝玉同父异母的妹妹,惜春则是贾珍的妹妹。宝玉与黛玉是姑表关系的兄妹,即宝玉的父亲是

黛玉母亲的兄弟;宝玉与宝钗是姨表关系的姐弟,即宝玉的母亲是宝钗母亲的姐姐。湘云则是贾母娘家的侄孙女。

贾府的子孙们在与其他家族的联姻方式中集体壮大、发展起来:贾代善娶的是史侯(保龄侯尚书令)之女,即小说中的贾母;贾政娶的是王公(都太尉统制县伯)之女,即小说中的王夫人;薛公(紫薇舍人)之孙娶的是王夫人的妹妹,即小说中的薛姨妈;贾琏娶的是王夫人的侄女凤姐;宝玉娶的是薛姨妈之女薛宝钗等。

古代的中国是封建制度下的中国。封建制的本质是嫡长子继承制,在千百年政治制度的绵延中,以儒家伦理道德思想为核心的意识形态构成了中国文化独特的伦理系统,维系着中国封建社会特殊关系的正是儒家视野下在血缘关系基础上建立起来的父子关系、兄弟关系、夫妻关系、朋友关系和君臣关系。而家与家族构成了中国社会的小细胞与大细胞。只有深入到家之中,才能深入到中华民族的深层文化之中,也才能参透中国封建制度下的裙带政治和司法黑暗。

二、"葫芦案"的案情与意义

"葫芦案"是在四大家族显赫非常、耀武扬威的背景下浮出水面的。在贾府扶助下上任应天府的贾雨村,正遇到四大家族之一薛家公子犯了命案。"葫芦案"的主要案情很清楚,就是地方乡绅冯渊和甄士隐之女英莲两情相悦,花花公子薛蟠也看上了英莲,他依仗权势,硬是将英莲抢走,并打死了冯渊。光天化日之下抢人杀人,这是明显的伤天害理之事,理应严惩歹徒、为冤死者讨公道。但此一件简单案件却因牵惹上四大家族的关系而迷离复杂起来。在断案者贾雨村的心理天平上,一边是在落难中帮助、救济自己,为自己开拓人生道路的恩人的女儿;一边是在仕途道路上辅助自己发达的不

第七章
桐花万里丹山路——开场文阵

可一世的贾家的亲戚。贾雨村原本想伸张正义,但公平断案之心在涉世较深的门子的提醒和教唆下开始变化,贾家是自己的政治靠山,也是自己未来发达的依靠,利益之心和现实私欲战胜了良知和法律准绳。原来,案子是可以糊涂着了断的。贾雨村在社会大染缸里终于一步步向着异于本性和良知的自我走去,他听从了门子的策划,终于徇情枉法、胡乱判结了冯渊、英莲和薛蟠一案,并一不做二不休,事后将门子也远远发配了事。

此回书的重要意义在于:

首先,通过糊涂僧乱判葫芦案,显示了四大家族在社会上的特殊地位和权势。这可以从两个角度看到:其一,通过"护官符"揭穿了此案长期无人做主的秘密和贾雨村徇情枉法的背景,介绍了他们显赫的财富和权势,以及一荣俱荣、一损俱损的政治经济联盟关系。其二,通过薛蟠这个人物,也可以鲜明感受到四大家族人物的气焰和嚣张。薛蟠是经济上的贵族血统、文化上的市井无赖。他之所以敢于胡作非为,不过是有三个原因,第一是自己家属于皇亲国戚;第二是家中拥有百万财富;第三是母亲从小溺爱娇纵,所以他既染上上流社会的种种霸王恶端,又吸收着下流市井中如贪婪无赖、好色淫荡等地痞习气,成为封建社会中人格极端丑陋的豪门纨绔代表,故而人称"呆霸王"。

其次,通过贾雨村徇情枉法,具体揭露了封建社会种种黑暗内幕。现实世界中那个有着魁伟身材的贾雨村是作者以真实主义精神和批判现实的态度刻意关照的重要人物,作者不仅写他的淹蹇困窘,也剥茧抽丝般地紧紧跟随着他命运的客观机遇和主观抉择,写他不得不如此挣扎的黑色政治人生。不仅科考仕途上现出光芒、还顺便走了桃花运,迎娶了

娇杏作妾,在官场的恩威面前权衡,忘却了责任和义务,胡乱了结英莲一案。作者把这些一一冷峻记录在案,对人性的流变洞察、对世事的洞明剖析,可以说入木三分、笔椽尖厉,直指封建社会人治裙带带来的司法腐败,不仅揭露了封建社会中的权权交易,如贾家与贾雨村;也揭露了其中的权钱交易,如贾雨村与薛蟠、贾雨村与冯家;更揭露了其中权情交易的具体内幕:贾雨村与贾家的举荐之情、与甄家的雪炭恩情、与门子的旧交情等。对封建社会的暴力、法权、人情与金钱做了一次集中而形象的揭露。

再次,嘲讽了儒家教义下封建知识分子的仕途之路,显示了封建末世的世态炎凉和污浊风气,对封建社会的无可救药有一种力透纸背的嘲弄,并对封建社会上层建筑表达着根本怀疑和否定的情感。贾雨村的故事便是典型说明。雨村姓贾名化,字雨村,号时飞,作者特意让雨村在开场中身份窘迫,却心怀壮志,在一首中秋诗中,便吟出飞腾之望的"天上一轮才捧出,人间万姓仰头看"的诗句,在一首对联里也说:"玉在匮中求善价,钗于奁内待时飞",雨村以玉钗等珍物自比,抒发的也是一腔抱负和胸襟远志。这就是古代知识分子的人生价值。在如此价值目标下,贾雨村违背了读书人"不义而富且贵,于我如浮云"的道德准则,开始不遗余力、不择手段地前进。此一回作者把宝黛按下不说,表面提起葫芦案,为接回英莲、引出宝钗等情节进行铺垫,实际上是将故事的神话仙界视野重重地拉回到现实世界,由此枢纽出发,构建起荣宁两府枝叶繁盛的人物关系和绵延不绝的人生故事,并由此确立和强化了《红楼梦》对现实深浓锐利的批判态度,拓深了它打开的社会人生厚度,丰富了《红楼梦》的深远大旨。

第七章 桐花万里丹山路——开场文阵

"太虚幻境"的指迷

一、"太虚幻境"的特点

翻开《红楼梦》,便有曹雪芹写的:"满纸荒唐言,一把辛酸泪。都云作者痴,谁解其中味!"之语。《红楼梦》中的故事不全陷落在真实社会里,作者的想象之笔像庄子般无涯际地飘舞,借着那些荒唐之言,把人心灵之中的万千世界勾勒刻画着。放春山遣香洞内的太虚幻境和警幻仙姑,就是作者在《红楼梦》中想象出的荒唐世界与人物之一。作者带着庄子般对这个世界的冷眼与热肠,在无限纠结中鼓舞着、想象着,悲伤着又超越着。"太虚幻境"就是作者安插的笼罩全局、并凌驾于具体情节之上的总谶语。全书及人物的总纲就潜隐浓缩在其中。这个超现实世界有四个特点:

其一,这是一个幽眇清静的女儿之境,生活着一群超凡脱俗的仙子,而以警幻仙姑为其首。其二,这是一个重情司情的世界,警幻仙姑的职责就是司管人间风情月债,她的属下有四位:一为痴梦仙姑,一为钟情大士,一为引愁金女,一为度恨菩提,司理着人间情爱的四个重要阶段:幻想、钟情、情愁和超越。其三,太虚幻境有着浓郁的悲剧氛围,宫门上大书"孽海情天",幻境中有六司:薄命司、结怨司、朝啼司、夜怨司等。就连警幻仙子请宝玉喝的茶、酒都透着悲情:千红一窟、万艳同杯。这是作者对情爱世界审美特征的理性概括与感性悲叹。其四,太虚幻境中拥有毓帘秀木和奇草芳香的环境,这其实是现实世界大观园先在宝玉梦境中的预设景观,或者说太虚幻境是为《红楼梦》设置大谶语与大悲情的先在环境,更是《红楼梦》中大观园的一个直接的象征物,它是

129

仙界中的大观园,大观园是人间的太虚幻境、理想空间。

> **知识链接**
>
> 荒唐:广大而不着边际、怪诞而无理的意思。昔庄子曾言:"以谬悠之说,荒唐之言,无端崖之辞,时恣纵而不傥,不以觭见之也。"(《庄子·天下》)成玄英疏:"荒唐,广大也。"郭庆藩集释:"荒唐,广大无域畔者也。"

二、警幻仙姑对宝玉的启蒙

在太虚幻境中,警幻仙姑是暗示《红楼梦》故事悲剧结局的焦点人物。警幻者,警醒人生幻梦之意。作者借用神话手法虚构了这个人物,让她手中握有对红楼人物进行情智启迪和命运开展的钥匙。

警幻仙姑之于主要人物贾宝玉,主要在灵肉两面进行了构塑。其一是用"意淫观"完成了对宝玉灵人世界的理性启蒙。仙姑说:"淫虽一理,意则有别。如世之好淫者,不过悦容貌,喜歌舞,调笑无厌,云雨无时,恨不能尽天下之美女供我片时之趣兴:此皆皮肤滥淫之蠢物耳。如尔则天分中生成一段痴情,吾辈推之为'意淫'。'意淫'二字,惟心会而不可口传,可神通而不可语达。汝今独得此二字……"仙姑还说:"吾所爱汝者,乃天下古今第一淫人也。"警幻认为,男女之会的终极形式即身体的结合是一样的,但在内容上却有着天壤之别。有情之人叫"淫人"(意淫之人),他重在情意、灵性上的交融,而不以男女身体的交接为目的;无情之人叫"蠢物",在意的只是女人妖冶的容貌和性感的身体,他们所追求的也只是一时一地的感官刺激,女性只是尤物,只是工具。在警幻的情观中,还特殊提出了"好色即淫,痴情更淫"的观点,把淫之一字注入了情观上的学理意义。淫,《说文》解作:"侵淫

随理也。"徐锴则注:"随其脉理而浸渍也。"是随情理耽溺沉迷之意。男女生而两性有别,孔子曰,食色,性也。以为人在本性上都会随两性有别而耽溺性事。痴于情者则不然,其更加耽溺沉迷的是其中的情理。作者唯真唯实地表达了对尘世间男女两性情爱关系的理解,并表明自己对宝玉意淫人格的态度是"吾之所爱",对男女授受不亲的虚伪道学理念进行了直逼式的反驳。

警幻仙姑构塑宝玉的另一件业绩则是对宝玉肉身世界的实践启蒙。她钟爱宝玉,优而待之,即将宝玉推荐于其妹可卿的眠床。仙姑"密授以云雨之事,推宝玉入房中,将门掩上自去"。其中"密授"内容应是一些性启蒙和性技术之类的普通知识和特殊解释。贾宝玉即便像常人一样也可以无师自通,但在仙姑的密授中,他则收益更多。刹那之间,他没有辜负仙姑的教诲,终于将情爱任务完成到"难解难分"之境。这种进入实践技术层面的描写,进一步表明了作者的情观,即意淫又并非单纯的精神恋爱,它是一种由感性的激起和感动向着灵肉深处无限升华的一种情爱境界,对男人而言,对女性对象的感性感受带动着自己精神世界的沉迷,从悦其颜色、品其灵味,最终要走向恋其情身。作为宝玉情观的启蒙者,警幻不仅警示了他对待女性和感情应有的态度和理念,而且从爱情而不是滥情的意义上提出了性问题的严肃性、复杂性,以及性不是罪恶的人文主义立场。从中我们分明感受到作者对明清以来肉欲泛滥的滥情主义的批判和对重视人的价值,重视人性的探索,重视爱情力量思想的延续并对爱情中灵肉关系的问题进行了深刻而超前的思考。

作者在太虚幻境中只是把这个问题的思考作为发端和领起。在其后对贾宝玉人性和个性的成长与觉悟进行关照

与叙写的绵长故事中,我们到处感受着这种思考围绕着宝玉的形象深细地弥漫与深刻地展开。

怀揣美玉万般嗟叹地降临尘世的宝玉,在正邪之间仿佛亦神亦魔,亦男孩亦男人。他和"世之好淫者"(即"蠢物")有着深刻的区别,他并不"云雨无时,恨不天下之美女供我片时之趣兴"。虽然他同样既充满性的意识,频频亲近女儿家,又绝无淫言秽行地咀嚼着青春的味道。他同样"悦容貌,喜歌舞,调笑无厌",同样觊觎"天下美女",又不随意地侵犯她们,且只想把蠢物们在乎的"片时"之快保留成尘世间仅有的永恒之爱。作者让《红楼梦》中贾宝玉触及肉身的性交故事只有两处。除了和警幻仙姑之妹秦可卿梦交,接着写与丫头袭人的真试。这两次之后,书中不再涉写宝玉的成年男女之事,使得这仅有的两次涉性描写具有了某种象征意味。也就是说,作者要向人们形象地申明,宝玉今后绵绵不绝的泛爱和深刻而非肉体的爱情并非一个男孩的无知或一个残障者的无奈,而是一个生理和心理都十分健全的男人的文化、情感和心理要求。否则,贾宝玉由邪而正,又将由正而不正了。

三、太虚幻境与众钗命运

幽深缥缈的太虚幻境,除了宝玉的梦,就是女儿们的梦。而且,尤其是女儿们的梦。关于太虚幻境中所谓的众女儿,以书中提及的"金陵十二钗正册"为主轴,她们是:林黛玉、薛宝钗、贾元春、贾探春、史湘云、妙玉、贾迎春、贾惜春、王熙凤、贾巧姐、李纨和秦可卿。书中还提及"金陵十二钗副册"和"金陵十二钗又副册"。副册里只提了香菱一人,又副册提了晴雯和袭人两人。细心的读者不难发现,正册中人并不是以与宝玉的亲密程度和角色的情节多少而定夺的,比如,妙玉、惜春和巧姐的情节明显要少于晴雯、袭人和平儿,其与宝

第七章 桐花万里丹山路——开场文阵

玉的亲密程度也不及后面的几人深。作者划分正、副及又副的标准主要是个人的身份和地位,正册里的成员都是小姐级的,包括贾府的嫡系小姐、媳妇和亲属,只有一个妙玉属于方外也是族外之人,却也是贵族血统。从正到副到又副,女儿们在身份上是逐级递减的。毕竟,那是个等级森严的社会。作者用判词即韵诗配画的形式浓缩勾描了她们各自不同的命运。画不仅通过奇妙贴切的想象形象化着她们的姓名或身世,也暗示着她们的命运。判词则更浓缩着女儿们的个性与不同的悲剧命运。判词从晴雯开判,到秦可卿结尾:一扇红楼之门,大写一个情字,用这满纸"情文",把读者领进门来,又用一个"可清",道出最终要空那情字。真是千红一哭,万艳同悲!

晴雯判词:

霁月难逢,彩云易散。

心比天高,身为下贱。

风流灵巧招人怨。

寿夭多因毁谤生,

多情公子空牵念。

"霁月难逢"、"彩云易散"是晴雯名字的隐语。"霁"是天放晴的意思,晴字总跟日字相逢,所以是霁月难逢。雯,则是成花纹的云彩之意,云彩没有不散的,彩云更是如此。在晴雯的名字里点出了其人的悲剧结局。接下是她个性与命运的点睛描述:心高身却下贱。风流灵巧以至招人诽谤,终至短命,这样一个人使宝玉空怀牵念。这真是:"一切都走向反面,一切都是梦幻",这也是作者判词及曲演的总原则。

袭人判词:

枉自温柔和顺,空云似桂如兰;

堪羡优伶有福,谁知公子无缘。

袭人性情温柔和顺,相貌似桂如兰。本应嫁给宝玉,却转嫁了优伶蒋玉菡。好的性情和容颜成为枉自空云,也是走向反面。

香菱判词:

根并荷花一茎香,平生遭际实堪伤。

自从两地生孤木,致使香魂返故乡。

香菱即英莲。莲即是荷花。自幼长在书香之家,所以根并荷花一茎香。"两地生孤木"合成一个桂字,即自从薛蟠娶了夏金桂,从此致使香菱走上受尽凌辱后又福中藏祸的死路。结局也是走向悲剧,真是"平生遭际实堪伤"。

黛玉、宝钗判词:

可叹停机德,堪怜咏絮才。

玉带林中挂,金簪雪里埋。

"停机德"是用典赞宝钗的。汉代乐羊子的妻子,在乐羊子中断学业回家时,她停机断布,劝导丈夫不要半途而废,必须继续求学。"咏絮才"是用典赞黛玉的。晋相谢安雪天吟诗:"白雪纷纷何所似?"其侄谢郎说:"撒盐空中差可拟"。其侄女谢道韫说:"未若柳絮因风起"。虽然一个有德,一个多才,但作者用"可叹"和"堪怜"来表达对她们人性特征的悲观态度。无论有德有才,她们最终的命运是相同的,一个金簪雪里埋,生命的光辉被冰雪般冷酷的现实掩埋;一个玉带林中挂,如玉的灵魂被搁置荒野,没有归宿。

元春判词:

二十年来辨是非,榴花开处照宫闱。

三春争及初春景,虎兕相逢大梦归。

"二十年来辨是非",是说元春进宫非同小可,旁人不辨

其中利弊得失,只看到"榴花开","照宫闱"。"榴花开"指女子出嫁,是说元春因嫁到宫中而使家门光耀,并不知其在宫廷深处的苦难,用她自己的话,"那是个见不得人的去处"。"三春争及初春景",是说都是贾家女儿,迎、探、惜三春都羡慕元春的富贵显赫,结果如何呢?还是元春归去得最早:"虎兕相逢大梦归"。第九十五回,元妃在虎兔相交之年死去。

探春判词:

才自精明志自高,生于末世运偏消。

清明涕送江边望,千里东风一梦遥。

"才自精明志自高",说探春才志堪比男子,连凤姐也不敢小瞧。这样的巾帼英雄偏偏生于末世贾家,面对远嫁到海边的命运无能为力,只得于清明涕泣江边望,故园春天的美好遂变成遥远的幻梦,可望而不可即,真所谓"千里东风一梦遥"了。

湘云判词:

富贵又何为,襁褓之间父母违。

展眼吊斜辉,湘江水逝楚云飞。

"富贵又何为",说湘云生在富贵之家,但富贵对寿夭无能为力,故而"襁褓之间父母违",湘云自幼父母双亡,成为富贵孤女,遭逢寄人篱下的命运。"展眼吊斜辉,湘江水逝楚云飞"是说由于湘云性情好,人豪宕,虽然孤单无依,却也能享受到青春快乐的时光,但转眼之间,"斜晖脉脉水悠悠",夕阳在山,湘水奔流,楚云四散,好景不长,只剩得断肠人空自伤叹。

妙玉判词:

欲洁何曾洁,云空未必空。

可怜金玉质,终陷淖泥中。

妙玉是一个带发修行的尼姑,欲求得生命的清净洁白,结果却不能如愿;遁入空门的她口中念着空,内心却未必空。身为官宦人家的小姐,拥有圣洁高傲的品质,却终遭凌辱,身陷淖泥。人活在世间,总是事与愿违,苦难重重。红颜更命薄,自古亦如此。

迎春判词:

子系中山狼,得志便猖狂。

金闺花柳质,一载赴黄粱。

迎春是贾家二小姐,虽然本性懦弱,却是金闺花柳之身。嫁给饿狼孙绍祖,贾家对他家有恩,他家资饶富,袭职提升后便得意忘形,猖狂胡为,忘恩负义,虐待迎春。不足一载,迎春被折磨而死,结束了惨痛的人生。

惜春判词:

堪破三春景不长,缁衣顿改昔年妆。

可怜绣户侯门女,独卧青灯古佛旁。

惜春是贾家四小姐,身为绣户侯门之女,亲眼见证三个姐姐无常之苦,终于觉悟,穿上缁衣,也就是黑衣(古代僧人是穿黑色僧袍的),一生陪伴青灯古佛出家去了。

凤姐判词:

凡鸟偏从末世来,都知爱慕此生才。

一从二令三人木,哭向金陵事更哀。

凤是百鸟之王,也是凡鸟的隐语。身为贵鸟,却生于末世,浑身才能,男人不及,虽人人爱慕,却终如降落冰山,是遇无常也。一从,是说从上,能讨贾母欢心;二令,是说向下能使令行权,掌管贾府家政。凤姐一生争强好胜,是贾府红颜领袖,上下都有能力,却仍没有好收场。"人木"即是一个"休"字。封建社会的已婚女子,最悲莫过于被休。凤姐强了

第七章 桐花万里丹山路——开场文阵

一生,也强不过男权社会的权柄。可悲可叹。

巧姐判词:

事败休云贵,家亡莫论亲。

偶因济刘氏,巧得遇恩人。

贾家的权势终于败落了,富贵成了过眼烟云。家族没落了就没有了亲情。可人世间的事情总是事出有因、辩证相关。恶故有恶报,善也有善报。凤姐偶然接济的刘姥姥,却成了日后巧姐的恩人。结合画中含意,是说巧姐被救村野之中;将来嫁到乡贵人家,纺纱织布,成为家庭主妇。

李纨判词:

桃李春风结子完,到头谁似一盆兰。

如冰水好空相妒,枉与他人作笑谈。

"桃李春风结子完",其中藏着李纨的谐音。"到头谁似一盆兰",说李纨拥有其子贾兰,无人能及,最后终于母以子贵。李纨性情温良静心守寡,仿佛冰心柔水,当时被人嫉妒并成为谈笑的内容,结果也终于像冰水二字获得空枉的下场。冰水是佛家常用的一个比喻。冰不常在,能化成水;水不常在,能蒸成气,一切都是无常,无常便是空枉,便是幻梦。

秦可卿判词:

情天情海幻情身,情既相逢必主淫。

漫言不肖皆荣出,造衅开端实在宁。

判词说,秦可卿是情天情海中情字的幻身,她妩媚似宝钗,袅娜如黛玉,也是警幻仙姑的妹妹。男人与女人生情相逢定会恣意耽溺。更何况遇到情字幻身的秦可卿的事件。所以别说不肖的事件全是从荣府中生出的,那些违逆不堪实在是从宁府就开始了的。可卿最终落得红楼悬梁的结局,这就是不肖和不能空情的代价。如何能"看破凡情,超出情海,归入情天",秦可卿应是最早也是最后的镜鉴。

　　红楼一梦,是宝玉与众女儿们的青春之梦、爱情之梦与生命之梦。梦就要开场了,在冥冥之中,走向判词中不同轨迹的结局,那是关于女儿们无尽的后话。没有她们的存在,宝玉的存在就毫无意义和价值。男人和女人组构的世界,是互为意义的世界,尤其对文学形象的贾宝玉而言。其实,梦还没开始,结局已经有了。红楼女儿们名册的配画与判词就是她们命运的谶语。

第八章 十里楼台倚翠微——浪漫空间

什么时候，把绿色砌进宝石般的台阶，翠微掩映中蜿蜒高耸的楼台有一种天堂的味道。一门一窗仿佛染着春天的香味,在空中像森林般生长,真令人憧憬……

《红楼梦》问世以来,大观园的艺术描绘,便成为其最具诗意和魅力的部分之一。曹雪芹把大观园作为一个艺术形象展现在作品中,使其成为《红楼梦》一个不可或缺的组成部分,不只在园林艺术的追求和描绘上,在精妙的文学意蕴、人文精神和社会理想的寄寓等方面更给人们带来了想象的美感和无尽的情思。

作者的园林理想

一、现实启迪

"天上人间诸景备"的大观园是曹雪芹把园林艺术在文学艺术中进行极致创造的结晶。作者并非机械地描绘实际生活中南方或北方的某处园林,如果那样,曹雪芹便不能称其为伟大。艺术不等同于生活,文学艺术的大观园,并不等于园林艺术的大观园。但艺术绝对源于生活并高于生活。曹雪芹创造了属于他的梦想乐土,也属于自己小说中浪漫环境的大观园。大观园的构写不仅是花木亭台的园林艺术的创造,更是文学语言的艺术创造。曹雪芹能用生动、精准的语言描绘出古典园林建筑美的形象绝不是偶然的。如果没有当时社会历史诸条件的积累,没有当时客观现实的园林做素材和启发,他纵有生花妙笔,也难逞其才。

《红楼梦》创作于满清封建帝国的最后一段兴盛时期——所谓康乾盛世时期。盛世的气象显示在方方面面。此时的王朝经过一百余年的统治,不仅打败了汉族的强力抵抗,而且征服了全国其他少数民族区域。一个稳定昌盛的政治王朝开始在经济和文化方面进行更为辉煌的建设。统治阶级尤其在文化生活上开始了更加奢豪、骄纵的追求。康熙两度南巡,游览

江南山水美景;乾隆更是诗酒风流,多次南下,遍访江南名园。苏州宅第园林在明清时期发展到历史的最高水平,成为对园林文化的总结。那里不仅有元代文化的结晶——狮子林,明代园林东园的发展——留园,还有文徵明的拙政园等。苏州园林艺术不仅集山林情趣为一体,更集住宅、祠堂、家庵和园林等于一身;既透显了园林文化中雅俗文化的交流与融合,更逐渐关注了人,主要是园主的意志——价值观和时代美感对园林建筑、风格的要求。人在园林文化创造中的作用越来越被重视起来。帝王们对这些园林文化的成果赏心悦目后,又在北方大兴土木,吸收江南建筑风格,筑造皇家行宫园林。避暑山庄行宫和北京西郊的圆明园、畅春园等都是这一时期集合北南园林成就,并进一步创新和发展了的我国园林文化的结晶。正是在曹雪芹创作《红楼梦》的前后,中国的园林建筑艺术进入了历史的极盛时期。客观的社会条件开阔了他的眼界,丰富了他的知识。加之早年的南方贵族生活环境给他留下深刻印象,而且他移居北京以后,曾有皇族亲戚互相来往,也有好友郭敏、郭城与之诗酒唱和,不论是皇家御苑,还是私家花园,都有机会接触并观览。同时,古代画家也流下了为数不少的园林图画可供想象等。这些都使作者焕发了园林建筑的想象灵感,积淀了高深的园林艺术修养,使其可以不受各种客观条件的制约,按照个人理想的意愿和作品逻辑的要求,用小说语言的砖瓦塑造"诸景完备"的纸上园林。

二、梦想成"文"

《红楼梦》通过作品的客观描述、人物对话和议论等,终于完成了小说中理想园林的建筑,并热情透露了作者倾心向往的园林理想——天人合一。"天"即是自然,当然是人化的自然。自然的部分包括山水树木之景、景与景的关联和组合等。

"景",并没有确定的所指,一脉山、一湖水,可以称"景",几棵树、几丛花,也可以称"景",都是自然中的事物构成的美丽图景而已。"景"多"景"好是好的人化自然,景与周边景物在关联中形成参差错落、交互生辉的景区更是好的人化自然。"人"即以人为主体存在并寄寓主观精神的事物,所谓休闲建筑和人居建筑是其主体,前者如廊、亭、榭、馆、堂、坞、桥等,后者如怡红苑、潇湘馆、蘅芜院、稻香村、秋爽斋、蓼风轩等。一架桥梁,一个亭子、一方阁榭和一座庭院,都是人活动的空间。这其间既通过建筑风格显示着人的精神和园林的气韵,更通过一些特殊文化方式寄寓着人的理想。对联、匾额就是透显人的精神和气韵的特殊事物。对联、匾额是文学艺术和书法艺术在建筑中的应用。对建筑的思想、风格、类型等有着画龙点睛的意义,已经成为与中国传统建筑融为一体的特殊要素。《红楼梦》中大观园里的对联是凸显大观园风格和精神的标志。第十七回中贾政说:"偌大景致,若干亭榭,无字标题,也觉得寥落无趣,任有花柳山水,也断不能生色。"大观园的灵魂人物是贾宝玉,他鬼使神差地撞到贾政并在题对额中唱上主角。在宝玉看来,大观园应与外边世界疏离和隔绝,让姐姐妹妹们、丫鬟戏子们,在大观园里吟诗作画、斗草簪花、自由自在、无忧无虑,女儿们永远不出嫁,永远保持清纯,永远不变成"鱼眼睛"老女人。贾宝玉想把大观园变成保护女儿们的真正的乌托邦,并永远陪伴着她们,所以他的对联灵动、飘逸:"绕堤柳借三篙翠,隔岸花分一脉香。"描绘了大观园宁静芬芳、优雅脱俗的景致。再比如黛玉题:"名园筑何处,仙境别红尘。"也寄寓了黛玉对大观园的理想。而"凸碧山庄"、"凹晶溪馆"则是黛玉分别为大观园两处园林建筑的题名,两座建筑位置一高一低,位于山之高脊的称"凸",位于山脚池畔的则称"凹"。"碧"与"晶"二字

也很传神,这两个馆名很传神地描述了建筑的地形特征、周边绿色清澈的环境以及建筑类型,在对仗工整、意境悠远中对于强化建筑的性格特征起到很好的作用。其他如元春题:"天上人间诸景备,芳园应锡大观名。"迎春题:"谁信世间有此境,游来宁不畅神思?"李纨题:"名园一自邀游赏,未许凡人到此来。"宝钗题:"芳园筑向帝城西,华日祥云笼罩奇"等。宝玉和大观园的姐妹共同完成了题额,体现了大观园不同的精神内涵和文化特征。室内陈设也是人为塑造建筑性格的一种手段,包括家具、字画和古玩等,一方面满足日常生活的功能需求,另一方面也反映主人的审美情趣和建筑的性格特征。比如,宝玉就坚决不住在一间贴有:"世事洞明皆学问,人情练达即文章"对联的房间,因为这副对联与他的人生观和个性气质不搭调。

大观园作为作者在现实园林的基础上想象加工的人化自然物,我们无不看到其中的山水理念和人文精神,其核心就是人园合一、人景互用。自然之景中有人的精神,人文建筑中点缀着自然的气韵。应当说,《红楼梦》中大观园的艺术价值不逊于任何一座现存的园林。它是园林文化在艺术想象和文学创作的结合中开出的最奇幻、最璀璨的美丽花朵。

知识链接

园林艺术:园林是人们为了游览、娱乐而创造风景的一种艺术。由于各民族、各地区人们对风景的不同理解和偏爱,园林风格多种多样。归纳而言,世界上的园林可分为三大系统——欧洲园林、西亚园林和中国园林。我国的园林艺术历史悠久,有着熔传统建筑、雕刻、文学、书画和工艺等艺术于一炉的综合特性,在世界上享有盛誉。

园林气象

一、整体神韵

大观园是贾府为元妃建造的省亲别墅,也是贾政等人根据元春诗中一句话为出处命名的私家园林。小说交代完建园原委,并做了接驾事等相关铺垫,省去了造园过程的冗繁叙写,突出了大观园的四样信息:其一,它是会芳园的扩建;其二,与贾府一墙之隔;其三,占了三里半大的面积;其四,贾政令宝玉题对额,内部景观各有神韵特征。之后才正面转写天上人间诸景备的大观园的整体视觉形象。从动态平视的角度看,若一路行来,或一块,或一组的石山,如秀峰,如峭壁,如危岩,如冈峦;或一左,或一右的屋宇,在路旁,在水边,在深处,在眼前。用作者原话,顺着贾政视察的队伍,"或清堂茅舍,或堆石为垣,或编花为牖,或山下得幽尼佛寺,或林中藏女道丹房,或长廊曲洞,或方厦圆亭,……"若是游览完怡红院,出后门,只见:"院中满架蔷薇、宝相。转过花障,则见清溪前阻。……忽见大山阻路。……直由山脚边忽一转,便是平坦宽阔大路,豁然大门前见。"(第十七回)园中景致忽而温婉、忽而滂沱,移步换形、变化万千。从静态俯视的角度看,这是座衔山抱水、佳木葱茏、亭台林立、楼阁交错的园林。楼宇顶着无数飞檐、架着参差之势,在依山而立、房庑连属中,丹楹炫日,气韵凝邃。园中则草木花石、林翳谷深;泉瀑长流、水塘曲径;傲松奇石、满眼苍翠;枝藤缠蔓、幽幽静默,都是独具匠心的美丽景致。从细节景区的分布看,有花团锦簇的园前区,清幽淡雅的葬花区,恬静淳朴的稻香区,苍凉凄楚的寒塘区,还有大观园里的后花园——花圃区等。它们结

合着人物独特的生活故事,成为能生长意义的美的场景。除此之外,还有宗教建筑,如庙、庵等。一切都是作者匠心独运的产物。整个园林不仅神仪祥肃,而且仪态妩媚;不仅有苏州园林之温静纤细之美,也有北方园林大气富贵之姿。不仅有气韵生动的自然美,更有凝练隽永的人文美;不仅有天界仙宫的梦幻美,更有人间园林的温馨美,的确堪称"天上人间诸景备"。

二、特殊布局

大观园仿佛梦中的花园,让我们有人在画中的感受。作者的特殊布局不能不懂。

布局之一是遮掩。当我们步入美丽的画卷,映入眼帘的先是"桶瓦泥鳅脊",门栏窗槅"细雕新鲜花样"、"一色水磨群墙,下面白石台矶",接下一开门,"只见迎面一带翠嶂挡在前面",由此打开了进入大观园的视野。"贾政道:'非此一山,一进来园中所有之景悉入目中,则有何趣。'众人道:'极是。非胸中大有丘壑,焉想及此。'说毕,往前一望,见白石崚嶒,或如鬼怪,或如猛兽,纵横拱立;上面苔藓成斑,藤萝掩映,其中微露羊肠小径。"由此处可见,步入园子时,观者并非一览无余,造园者先将全园景色置于"犹抱琵琶半遮面"的神秘境界,利用一片翠嶂将主景遮掩起来,等绕过翠嶂,沿小径走进深处去,眼前才露出万千景观,尽显幽园之美。这一藏一露之间,的确增加了园林的层次感,并令观者在心理跌宕中有"山重水复疑无路,柳暗花明又一村"的满足。

错落也是作者着意的讲究。深入而进看到的沿途景物恍如仙苑佳境,令人目不暇接。园中若有奇花异草,就会配以清溪泻玉;若有翠竹顽石,便会傍着耸山茂林;若有亭台小榭,旁就临有一片水景,水榭因水的倒影而旖旎,水则因水榭

的划分而层次分明。桥则成为景物与景物之间的中介物,而一个个独立的景观串联、点缀其间,有荼蘼架、木香棚,有牡丹亭、蔷薇院,还有芍药圃、芭蕉坞等,它们各有特色,左牵右绕,令人们的步伐有张弛变化,有左突右转。人们徜徉其间,如同泛舟于溪河之上,有起伏飘荡之感,没有心理疲倦,使人尽享景致的错落变化之美,认识到"大观园"的景观具有高度的艺术性和丰富的审美价值,令人赞叹不已。

　　突出主景是布局之要。园中主景有大青山及其主建筑。从沁芳闸大桥过来不远,便是以山景取胜的风景区。它的主体建筑就是在中轴线上,处于制高点位置的大观楼。整个园子借着山势,以这个高大建筑物作为主景突出出来,雄伟壮观,俯视全园,它成为大观园众景观的灵魂。作者描写它是"崇阁巍峨,层楼高起,面面琳宫合抱,条条复道萦纡,青松拂檐,玉兰绕砌,金辉兽面,彩焕螭头"。用36个字,极写高楼的庄重威严、辉煌华丽。连同其下的顾恩思义正殿,体现了园林为贵妃娘娘停銮驻舆、省亲团聚的主功能。

　　以水辅园是园林神韵的焦点。首先,水是园林的"血液",曹雪芹的造园思想中对水极其重视,因为水景能与其他园林要素产生动静协调的对比,水又以生动的湖光倒影使周围的空间景色更加立体生动。《红楼梦》第十七回中写道:"(贾政)引客行来,至一大桥前,见水如晶帘一般奔入。原来这桥便是通外河之闸,引泉而入者。……宝玉道:'此乃沁芳泉之正源。'"此句旁有脂批:"写出水源,要紧之极。近之画家着意山水。若不讲水又造园囿者,惟知弄莽憨顽石壅笨冢,辄谓之景,皆不知水为先着。此园大概一描,处处未尝离水,盖又未写明水之从来,今终补出,精细之至。"山不在高,

第八章
十里楼台倚翠微——浪漫空间

有水则灵,的确是作者的匠心所在。园内有各种池沼,有的水面开阔,有的格局窄小,但都互相连属。怡红院后面"石梁卧波,池清见鱼",芭蕉坞后山山下有水池,迎春住的紫菱洲、惜春住的蓼风轩都是池边建筑,藕香榭、荷叶渚也都在水边,滴翠亭、芦雪亭则与水景互为映衬。园中之水还有"从花木深处曲折泻于石隙之下"的,有"潺湲泻出石洞"的,有"如晶帘一般奔入"的,有"溶溶荡荡曲折萦迂"引入院内的,有到闸前"宛如瀑布银练倒悬"的……这一幅幅有水的画面多么引人入胜,多么动静相宜。其次,水还能在位置、角度等方面与园中景物构成对比,突出变化之美。如第七十六回,史湘云在中秋节赏月时对林黛玉说:"当日盖这园子时就有学问。这山之高处,就叫凸碧;山之低洼近水处就叫凹晶。"而这两处"一上一下,一明一暗,一高一矮,一山一水,竟是特因玩月而设此处。有爱那山高月小的,便往这里来;有爱那皓月清波的,便往那里去。"湘云的阐述道出了作者的布局匠心之所在。无论山是"碧"水是"晶",高是"凸"低是"凹",都凝聚着作者对比用意的智慧和情思。既新鲜有趣、不落窠臼,又有整体上的统一协调之美。

好的园林布局,给人以画意之美,也是诗意之美、神韵之美,反之,不过是景物的堆砌。在大观园中,人们享受着山绕水萦的自然美,无论是山水花卉,亭台楼馆,疏密、错落、主次、高低、上下、明暗、虚实、真假,穿插布置,一片苦心,只为造就"天然"二字,点点滴滴,都是作者造园理念的结晶——所谓"有自然之理,得自然之气"。可以说作者对大观园浪漫的、幻想的、田园的、自然的、净土的想象和描写达到了天人合一的极高审美境界。

人居空间

一、境为情设

大观园的山水园林自然美不是一个孤立的、孤独的存在,也不只是一种单纯的形式美、艺术美。作为小说主人公活动和成长的特殊环境,园林中的意境无不与人物的思想性格、情感意趣有关。这种意境美,是情与景、意与景的交融统一,是为刻画人物、渲染气氛和深化主题服务的。追求园林的意境美是对园林景观更高层次的美学要求。为此,大观园设计了一般园林没有的人居空间,少男少女们都搬到园子里住,这才使这里成为青春绽放、爱情成长和美好被戕害、被摧残的特殊环境和悲剧土壤。最重要的是,作者把大观园的这些园中园写出了人性与诗情。每个人都是风格不同的诗,他们的个性渗透进他们主宰的环境深处,使他们的环境也成了一首首动人的诗。

仅从葬花区发生的主要故事,我们就能深刻感受到境为人设、人景融合的特征。在花冢的山坡那边,是黛玉吟葬花词处;在沁芳闸桥旁石头上,是宝玉、黛玉共读《西厢记》处;在沁芳池岸边,是宝玉祭晴雯处;在滴翠亭内,是红玉、坠儿说私房话处;在滴翠亭外,是宝钗扑蝴蝶处;在滴翠亭附近的山坡上,是凤姐等春游处,在怡红院后门外蔷薇架下,是龄官画"蔷"、翠缕拾金麒麟处;梨香院墙角那里,是黛玉闻艳曲处;在沁芳亭背后,是紫鹃情辞试忙玉处;在大门、前角门附近的石山背后,是司棋幽会、傻大姐拾绣春囊处等。

大观园在有限的空间内尽情展示了环境与人物的和谐之美——人物个性的美好、心灵的高洁、青春的魅力和智慧

的卓越,充分显示了作者"境为情设","景为人造","景如其人"、"人如其景"的创作思想,并更加深刻地揭示出美好事物被毁灭的悲剧内涵。

二、人居建筑

大观园除了有美丽的观游景致,更重要的是还有一座座园中园,即人居建筑物,如潇湘馆、怡红院、蘅芜苑、稻香村和秋爽斋等。潇湘馆是林黛玉的住处。贾政刚看了潇湘馆后,便说"若能月夜坐此窗下读书,不枉虚生一世。"黛玉说:"我心里想着潇湘馆好,爱那几竿竹子隐着一道曲栏,比别处更觉幽静。"由此看来,清幽、洁净、有节操是潇湘馆的基本格调。清西园主人为说明林黛玉的洁净美好,曾说她"园居潇湘馆内,花处姊妹丛中,宝钗有其艳而不能得其娇,探春有其香而不能得其清,湘云有其俊而不能得其韵,宝琴有其美而不能得其幽,可卿有其媚而不能得其秀,香菱有其逸而不能得其文,凤姐有其丽而不能得其雅,洵仙草为前身,群芳所低首者也。……此身干净,抱璞自完,又古今名媛所仅有,情史丽姝所罕见者也。"(西园主人:《红楼梦论辩·林黛玉》)黛玉在大观园诸姐妹里,正是这样最脱俗的一位。以她的个性气质、身世遭际、文学素养,选中这一脱俗的环境,是符合她的性格的。她孤僻好静、多愁善感,清高直率、执著洁净,正如亭亭玉立、忠贞有节的竹子。她经常内心惆怅、以泪洗面,在竹林清幽的氛围中让人想到"斑竹点点湘妃泪"的诗句。一种湘文化的浪费悲苦氛围与主人公的情思相得益彰,黛玉抑郁的情调也由此得到了淋漓尽致的表现。潇湘馆已不单是园中一处翠竹掩映的美丽庭院,一处女主人公饮食起居的栖身之所,作者把这个诗意盎然的小巧馆舍赋予了生命,可以说这里的一花一鸟,一草一木,都是主人公的知己和伴侣,

它们时刻伴随着黛玉的心灵,目睹着她、陪伴着她在大观园里度过美好和凄冷的日子。这样的景与主人公的悲苦命运已经融成一体,潇湘馆仿佛成了黛玉的代名词,这充分说明黛玉与她的典型环境已经成为意与境和谐统一的艺术典范。

与黛玉住在潇湘馆一样,怡红院则是怡红公子宝玉的居所。作为贾府最受宠爱和重视的男丁,作为大观园的中枢和纽带,怡红院的建筑更应与众不同。作者写道:"原来四面皆是雕空玲珑木板,或'流云白蝠',或'岁寒三友',或山水人物,或翎毛花卉,或集锦,或博古,或万福万寿,各种花样,皆是名手雕镂,五彩销金嵌宝的。一槅一槅,或有贮书处,或有设鼎处,或安置笔砚处,或供花设瓶、安放盆景处。其槅式各样,或天圆地方,或葵花蕉叶,或连环半璧。真是花团锦簇,剔透玲珑。倏尔五色纱糊就,竟系小窗;倏尔彩绫轻覆,竟系幽户。且满墙满壁,皆系随依古董玩器之形抠成的槽子,如琴、剑、悬瓶、桌屏之类,虽悬于壁,却都是与壁相平的。"可以说,这样的居室给人留下的印象是金碧辉煌、满目琳琅,即是富贵之乡,又有书卷气息;既是勇士的武库,又是花柳繁华地。所谓养尊处优、锦衣玉食的环境还不足以定位宝玉的居室风格,他不是一般的富贵闲人,他还是艺术鉴赏家,古玩、古书收藏家和园艺美术家与居室装饰家。整个居室突出了宝玉的特殊地位和特殊品位。在《红楼梦》第十八回,宝玉奉元妃命为怡红院题诗道:"深庭长日静,两两出婵娟。绿蜡春犹卷,红妆夜未眠。凭栏垂绛袖,倚石护青烟。对立东风里,主人应解怜。"这一段关于怡红院的描写则放弃掉浓郁的富贵气息,而主要张扬了一种浪漫深挚的情调,漫漫春夜,无数美女簇拥着男主人,把宝玉天生多情良善的情圣气质又做了集中的凸显。作者对环境的描写正是以烘托人物形象、刻画

第八章
十里楼台倚翠微——浪漫空间

人物个性并深化主题为目的的,怡红院的建筑也使人物主观感情与外部环境达到了高度的融合与统一。

再看蘅芜苑,名字十分朴素无华,十分符合宝钗见素抱朴的性格追求。之所以被称为"蘅芜苑",是因为里面除了大块的石头作为居室的遮盖外,不见花木,满是异草。第十七回里这样描写道:"四面群绕各式石块,竟把里面所有房屋悉皆遮住。"各样的异草"或有牵藤的,或有引蔓的,或垂山巅,或穿石隙,甚至垂檐绕柱,萦砌盘阶,或如翠带飘飘,或如金绳盘屈,或实若丹砂,或花如金桂,味芬气馥,非花香之可比"。这样的描述令我们想到了屈原《山鬼》中的仙境与在满目香草和怪石中披薜荔带女萝的仙人,只是刻意减了些许飘逸、增了几层厚重的味道。贾政见此则说:"此轩中煮茶操琴,亦不必再焚名香矣。"煮茗操琴应是道士、名士的所为,如果说潇湘馆的主调是清幽、有节,那么蘅芜苑的主调则是素静、有智,这样的环境突出了人物凝重、韬晦的性格,也构成了环境与性格的统一美。

其他如探春居住的秋爽斋,室内陈设突出一个"大"字。"三间屋子并不曾隔断。当地放着一张花梨大理石大案,案上磊着各种名人法帖,并数十方宝砚,各色笔筒,笔海内插的笔如树林一般。那一边设着斗大的一个汝窑花囊……"(第四十回)。典雅、华丽中透露着干练与大方。外景没有详细描述,只是特别提到院中种植了芭蕉、梧桐。芭蕉、梧桐都是叶宽枝大的植物,不仅体现出秋天的"爽"字,也有月夜好听雨的意境,同时衬托出探春青春浪漫与大气、豪爽的性格。李纨居住的稻香村则是一派田园风光,第十七回是这样描写稻香村的:"转过山怀中,隐

隐露出一带黄泥筑就矮墙,墙头皆用稻茎掩护。有几百株杏花,如喷火蒸霞一般。里面数楹茅屋。外面却是桑、榆、槿、柘,各色树稚新条,随其曲折,编就两溜青篱。篱外山坡之下,有一土井,旁有桔槔辘轳之属。下面分畦列亩,佳蔬菜花,漫然无际……"富贵之气一洗皆尽,体现出李纨丧偶寡居,"槁木死灰"的心境。还有迎春居住的紫菱洲,妙玉居住的栊翠庵等,这些居室建筑与其间的设计、院内的花草树木等均被作者赋予了特定的个性与文化内涵。作者之匠心、细心、艺心、情心如此,真可说是为了心目中的人物和故事,呕心沥血,终至人境和谐。

近代学者王国维认为,艺术作品应该是意与境相统一的结果。"上焉者意与境浑,其次者或以境胜,或以意胜,苟缺其一,不足以言文学"。(《人间词乙稿序》)大观园是曹雪芹在园林建筑上高深美学修养的产物,是他所追求的园林理想的结晶,既有景的画意,又具人的诗情,意与境达到和谐统一,园林成为美不胜收的永恒形象。如果园林只有景观而无意境,只有花草树木而无人物精神,那只是物质原料的堆砌,不能算真正的艺术。故此,大观园成为中国古典小说中环境描写的最高境界。

诗歌生活的乐园

一、乐园之乐

大观园是贾宝玉与青春少女们的天堂。在这里,他们不仅享受着衣食无忧的物质之乐,也享受着伦常礼仪的家庭之乐。对贾宝玉而言,最重要的快乐来自精神。

且说宝玉自进园来,心满意足,不仅陶醉在大观园亲人

的团聚和美丽风景之中,更因为中国传统的经学史学、诸子哲学、散文骈文、诗赋词曲、音乐戏文、星相医学、园林建筑、绘画书法、八股对联、灯谜酒令、佛教道教、礼节仪式、饮食服装以及各种风俗人情,都包罗万象地融化在大观园中,宝玉再无别项可生贪求之心。因为在这个乐园里,能享受无尽的文化生活是宝玉最快乐的事。曹雪芹是把女儿世界——"大观园"作为理想之境加以追求的,在长期封建社会的男权主义意识中,女人仅是生育的工具,男人的玩物,但随着中国市民阶层的兴起,新兴市民意识萌芽了,人们的自我意识觉醒了,女性也能拥有自己的精神世界。作者通过宝玉和女儿们或雅或俗,或零星或系统,或个人或集体的各种文化活动,表达了对文化世界的悉心向往、对未来世界的期盼憧憬,对人与人之个性,尤其是女性才学和人格的尊重,对人之不幸的世界的关怀。作为大观园的灵魂人物,他是一个名副其实的护花使者,是"情榜"的中心,而且是"诸艳之冠"。他的使命仿佛就是要维护和复兴繁荣昌盛的大观园文化,传承中华文化的纯洁、高妙、广博和深邃等特性。芬芳的空间充满芬芳的人物和芬芳的事物,这真是美中之美了。大观园就像是少男少女们的春野,其间生长着大观园文化的浪漫之花。

二、诗歌生活

大观园中最清雅浪漫美妙的生活莫过于园中人的诗歌生活。第三十七回"秋爽斋偶结海棠社 蘅芜苑夜拟菊花题"、第三十八回"林潇湘魁夺菊花诗 薛蘅芜讽和螃蟹咏"、第五十回"芦雪广争联即景诗 暖香坞雅制春灯谜"和第七十回"林黛玉重建桃花社 史湘云偶填柳絮词"是最典型的大观园内诗歌生活的写照。

秋爽斋是贾家四姐妹之一的老三——贾探春住的地方,

一个出自偏房却精明能干、才华横溢的聪明女子就从这里走出。她给宝玉写信要成立诗社，花笺写道：

娣探谨奉二兄文几：前夕新霁，月色如洗，因惜清景难逢，讵忍就卧，时漏已三转，犹徘徊于桐槛之下，为防风露所欺，致获采薪之患。昨蒙亲劳抚嘱，复又数遣侍儿问切，兼以鲜荔并真卿墨迹见赐，何痌瘝惠爱之深哉！今因伏几凭床处默之时，因思及历来古人中处名攻利敌之场，犹置一些山滴水之区，远招近揖，投辖攀辕，务结二三同志盘桓于其中，或竖词坛，或开吟社，虽一时之偶兴，遂成千古之佳谈。娣虽不才，窃同叨栖处于泉石之间，而兼慕薛林之技。风庭月榭，惜未宴集诗人；帘杏溪桃，或可醉飞吟盏。孰谓莲社之雄才，独许须眉；直以东山之雅会，让馀脂粉。若蒙棹雪而来，娣则扫花以待。此谨奉。（第三十七回）。

其中诸句如"窃同叨栖处于泉石之间，而兼慕薛林之技"；"帘杏溪桃，或可醉飞吟盏"，先是艳羡这么美好的环境，"泉石之间"，"风庭月榭"在望，满眼"帘杏溪桃"，后称慕薛林才气，最后才说不把大家聚在一处"醉飞吟盏"十分可惜。

> **知识链接**
>
> 古代笺文：古代人写信包括笺文和封文两部分。笺文即正文。笺文开头要有称谓、敬语、寒暄语等。正文谈正式内容。结尾要有应酬和敬语、问候和祝颂以及落款等。封文即现今的信封，写明书信的寄送人。对上辈常用的敬语有谨上、敬上、拜上、谨启、谨肃等；对晚辈的敬语有手谕、字、示等。

探春发起的诗社因园中刚刚盛开了海棠，故定名为海棠社。结社后的第一次活动即是咏白海棠,其实是小诗人们对园中景物的托物言志之作。宝钗、黛玉、探春、宝玉各依所限韵脚做七言律诗一首,次日湘云也来到大观园,和诗两首。这组咏海棠诗共六首,写得都很精雅含蓄,言在此而意在彼。表面上看都是在描写白海棠,实际上借物抒情,托花言志。同时,还进一步关合着园内诗人们各自的环境,作者称名为园中之物或干脆就用住处代称。这里,园中景物、人居建筑与人物形象及他们的诗作已然融为一体。

探春自名"蕉下客",因她院内有她最喜欢的植物芭蕉。芭蕉高舒垂荫、枝叶阔大,与秋爽斋透显的风格相同。她的《白海棠》写道:"斜阳寒草带重门,苔翠盈铺雨后盆。玉是精神难比洁,雪为肌骨易销魂。芳心一点娇无力,倩影三更月有痕。莫谓缟仙能羽化,多情伴我咏黄昏。"

探春这首诗表面咏海棠,实则既是她本人的写照,也是她居所环境的写照。前两句描写秋天景色和秋海棠的生长环境,并以"寒草"暗点"秋",以"雨后"暗和"爽"。三、四句是探春自己的写照,玉为精神雪为肌骨,也与判词"才自精明志自高"同义。探春是一个精明果断又志趣不凡的人,从此句透视最佳,故而王昆仑认为:"大观园中唯一具备政治风度的女性是探春",坚毅明敏,有胆有识①。但她毕竟是女儿之身,所以又同白海棠一样,"芳心一点娇无力,倩影三更月有痕",有柔婉柔弱而美丽的另面。最后两句结合探春判词中断线风筝的画面,透露出探春最后远嫁,悲伤无靠的命运结局。

---

① 姜楠南,汤庚国:"中国海棠花文化初探",《南京林业大学学报(人文社科版)》,2007 年第 1 期,第 56 - 60 页。

探春也为黛玉起了雅号。她笑向众人道:"当日娥皇女英洒泪在竹上成斑,故今斑竹又名湘妃竹。如今他住的是潇湘馆,他又爱哭,将来他想林姐夫,那竹子也是要变成斑竹的。以后都叫他做'潇湘妃子'就完了。"黛玉的《咏白海棠》也是海棠与潇湘之竹和她自己人格交互融会的产物。

"蘅芜"则成了宝钗的代名,也与宝钗的身份和性格协调一致,所谓"奇花异草",品格不凡。她的《咏白海棠》道:"珍重芳姿昼掩门,自携手瓮灌苔盆。胭脂洗出秋阶影,冰雪招来露砌魂。淡极始知花更艳,愁多焉得玉无痕。欲偿白帝凭清洁,不语婷婷日又昏。"

全诗写得矜持华贵。首联写白天掩门独处,自提手瓮浇灌,揭示其自珍自重之德;颔联写洗去胭脂,冰露为魂,具有"蘅芜"的高洁;颔联以花草蕴哲理,此"花"既是海棠,也是"蘅芜",道出了宝钗洞明世事、藏愚守拙的处世哲学。后两句则自标清洁,自守寂寞,的确有凄冷孤寂命运的暗示。此诗被李纨评为第一。

其后的诗社组织,多提围绕园内景物的即兴创作。无论宝钗的菊花题,还是黛玉的桃花社,或湘云的柳絮词,好的诗词都是大观园完美对象的个性化和艺术化的结晶。曹雪芹笔下的大观园虽然是"天上人间诸景备",但若没有人,没有情,没有人、情与景的交融,即使大观园像仙境般美好,充其量也只能是一张图样而已。《红楼梦》的山水园林美,与它的人性美、人文美、青春美、智慧美、心灵美是糅合在一起、交融在一处的,而最具体、最集中地体现这些人性美、人文美、青春美、智慧美、心灵美的,正是少男少女们学诗、写诗和评诗、论诗的诗歌生活。没有人的在场,没有几次三番的诗社活动,美好的园子便形同虚设、成了没有灵魂的广场。因为

第八章
十里楼台倚翠微——浪漫空间

有了美好的人,清幽之境可以写诗,恬静之所可以操琴,一切景致都升华了。而从建筑环境的角度看,正是园林美学的反映。大观园是园林建筑与文学艺术互相感染,双璧流照中,构成的意与境相统一的理想乐园。

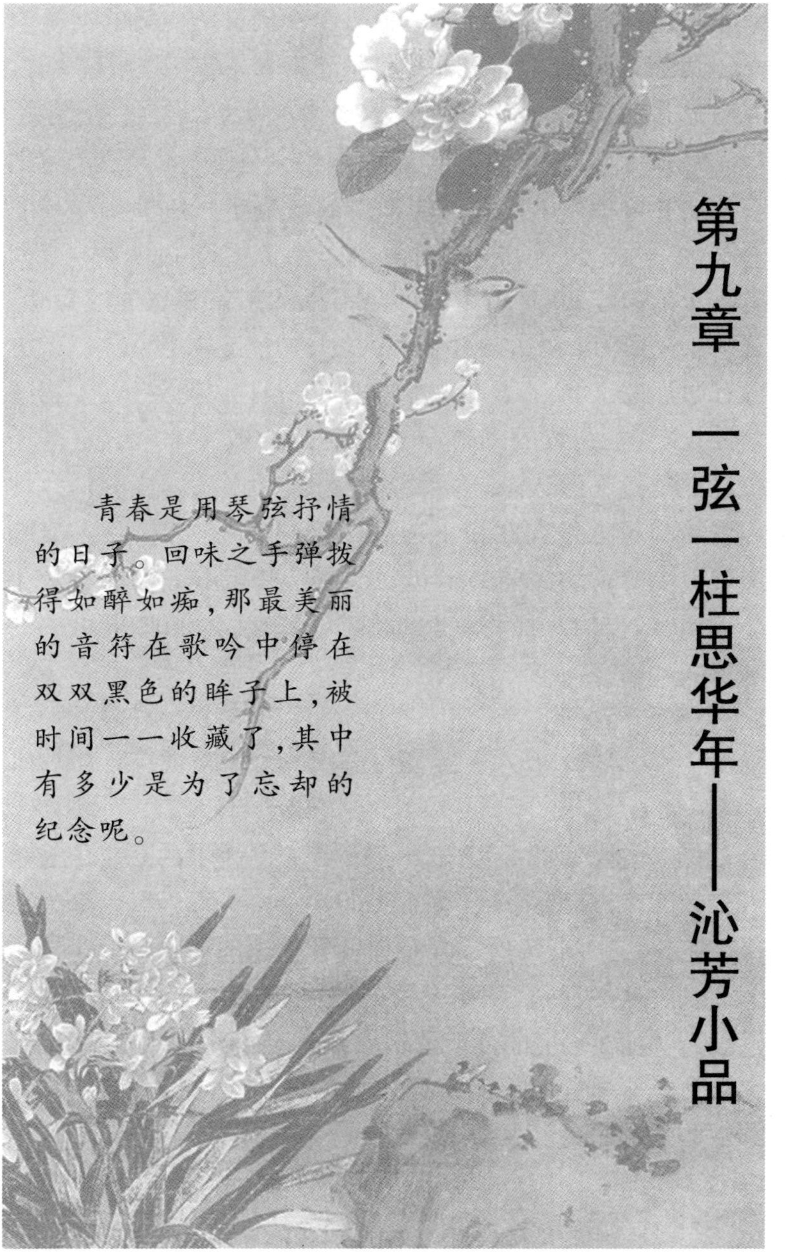

第九章 一弦一柱思华年——沁芳小品

  青春是用琴弦抒情的日子。回味之手弹拨得如醉如痴,那最美丽的音符在歌吟中停在双双黑色的眸子上,被时间一一收藏了,其中有多少是为了忘却的纪念呢。

诗性红楼撷英
SHI XING HONG LOU XIE YING

《红楼梦》中的大观园是少男少女们日常生活的浪漫空间。其中花鸟繁华、绿树成荫、亭台流水,实在是美不胜收。因园内有清流,故而园中桥、泉、亭、闸均被题为"沁芳"。"沁芳"二字浓缩了大观园青春的痴迷、浪漫的气息、超然的情趣和诗意的生活。其间发生的故事小品仿佛一片片梦的云霞,一首首抒情的诗章,起到了类似于诗歌的著一字而境界全出的作用,带给读者的是不尽的想象和悠远的美感。这些小品没有宏大的场面和相关人物一定长度的情节,更没有激烈的人物矛盾,有的只是不复杂的人物关系、人物的个性化事件、别致的细节与诗意空间的散漫交融。它既是小说中情境互渗、诗意荡漾的描写,又具小品内容的精致性与格局的相对独立性和小巧性,它们是诗性红楼巨大交响中的一个个灵动多姿的乐句。没有这些馨香夺魂的场景小品点缀,红楼的诗性将缺少细腻点睛的生动和唯美可感的画意。

写意小品

《红楼梦》写的是以贵族之家日常生活中的故事。对少男少女而言,日常生活不过是吃吃喝喝,平常小事。今天编个花篮,明天拣个手帕。但作者极其善于选择独特的生活细节,通过写意勾勒来发掘人物的慧心,点染生活的诗意。写意小品就是在环境的抒情营构中以勾勒人物或动作的细节,突出其个性神韵的小品。龄官画蔷、晴雯补裘、香菱换裙等都是如此。

> **知识链接**
>
> 写意画:中国画的一种。用简练的笔法描绘景物,较工笔画更能体现所描绘景物的神韵,不仅能直接抒发作者的感情,而且融诗、书画、印为一体。写意画多画在生宣上,有纵笔挥洒,水墨飞扬之美。著名画家王维、徐熙、董其昌、石涛、齐白石等都是写意大师。如今写意画已是影响最大、流传最广的画法。

一、龄官画蔷

龄官画蔷见于第三十回。龄官是为贵妃省亲,贾蔷从苏州采买的十二个女孩子之一,操练正旦一角。元妃省亲时被派演《游园》和《惊梦》。此原非她本角之戏,故执意要作《相约》《相骂》二出,真是个很有性格的女子,难怪眉目间有些黛玉的风骨。五月初四那天,由于第二天就是端午,学戏的女孩子放了假来大观园里玩耍。宝玉在王夫人处没趣,自己进大观园来散心。这时作品写道:"只见赤日当空,树阴合地,满耳蝉声,静无人语。"用几个词简单勾勒了雨前大观园内天气燥热,与树荫底下的凉爽形成鲜明对比的情形。宝玉"刚到了蔷薇花架,只听有人唝噎之声。宝玉心中疑惑,便站住细听,果然架下那边有人。如今五月之际,那蔷薇正是花叶茂盛之时",此处先不忘对蔷薇花景的简笔勾勒,然后描写宝玉"便悄悄的隔着篱笆洞儿一看,只见一个女孩子蹲在花下,手里拿着根绾头的簪子在地下抠土,一面悄悄的流泪"。"隔着篱笆洞儿"又著一层景深,添一层诗意。宝玉以为是哪个丫头学黛玉葬花,再细细看去,"只见这女孩子眉蹙春山,眼颦秋水,面薄腰纤,袅袅婷婷,大有林黛玉之态"。继写宝玉只管痴看她并不是掘土埋花,而是向土上一个接一个地画

蔷字,竟画了几千个。龄官为什么在这里画字,作者为什么要勾勒蔷薇花架,到此处便一目了然,因为龄官心里念着贾蔷。她因心里想着蔷,笔下才画着蔷了。里面的画痴了,外面的看痴了,直到一场大雨骤然而至。作者对雨景并不细加渲染,只为把两个痴人的痴迷惊醒。龄官画蔷,下雨而不知,宝玉提醒龄官下雨,自己早被大雨淋湿也不自知,这些精致的情节既突出了龄官隐秘而执著的爱情追求,也连带出宝玉的情圣品格,成就了一个非常生动的以动作和心理勾勒为主的细节小品。小品把正午的太阳、蔷薇架、篱笆洞、大雨等景物放置在情节的发展和人物的情感与心理需要之中,增强了情节的画意美感。花叶繁茂、阳光闪烁的篱笆洞是这个里外空间的诗意分界,忽至的大雨是突出两个情痴的绝妙道具。一切都在情趣盎然之中。

二、晴雯补裘

晴雯补裘见于第五十二回。晴雯是大观园中模样最俊美的丫头。她心灵手巧,有点恃才傲物,是丫头中最桀骜不驯的人物。那一日老太太、太太给了宝玉一件特殊褂子,是雀金裘的质地,属人间少有的稀罕物。由于不小心被烧了洞,宝玉十分着急,可送活出去的人回来告知外面没人能补。当时晴雯正在生病,但此特殊技能只她才会,于是关于俏晴雯之情之勇之能的故事终于得以被精致地编织和呈现。作品白描她的动作道:"一面说,一面坐起来,挽了一挽头发,披了衣裳"又"命麝月只帮着拈线",然后开始"界线"。"补两针,又看看,织补两针,又端详端详。"病中的一针一线都出自那灵秀之心,再难的活计在她的手中也能织出如初的鲜艳和美丽。最后作品写道:"一时只听自鸣钟已敲了四下,刚刚补完。"这里并不浓墨重彩,只是淡淡的一笔,把夜深人静、金钟

鸣响的意境勾勒出来,悠悠的钟鸣成为晴雯深夜勇补裘衣的绝响。此段以人物动作为主的情节与夜深钟鸣的场景交融一体,绝好突出了晴雯的能勇与深情。

画意小品

《红楼梦》作为小说,有极其成功的意境化描写。作者在整部作品中成功创造了多处飘逸夺魂、盎然生机的美丽画面,如潇湘竹韵、芳园白雪、槛外红梅、菱洲残荷等,但一般来说,这还不是《红楼梦》的画意小品。画意小品的中心一定是人物,是在具体故事中,在有画面感的环境中活动的人物。作者其实是在以人物为中心的场景或具体事件中以写实手法描写故事情节,由于对情景的特殊点染,故事弥漫在画意盎然之中,此类小品的特点是几乎没有人物对话,作者在动静结合的描绘中注入了超强的空间感和色彩感,其中的写意勾勒、细腻烘托均成功达到了刻画人物神态,进而突出人物个性、推动故事情节服务的目的。

一、宝钗扑蝶

第二十七回描写宝钗一路逶迤向着潇湘馆,本想找黛玉聊天玩耍,"忽然抬头,见宝玉进去了,宝钗便站住低头想了想:宝玉和林黛玉是从小儿一处长大,他兄妹间多有不避嫌疑之处,嘲笑喜怒无常;况且林黛玉素习猜忌,好弄小性儿的,此刻自己也跟了进去,一则宝玉不便,二则黛玉嫌疑。"处事周全谨慎的宝钗想到这里便决定改变方向,避免麻烦。接着,作者写宝钗"刚要寻别的姊妹去,忽见前面一双玉色蝴蝶"。作者此时放慢了叙事脚步,构设了一个相对独立的诗意空间。前面就是飞檐耸立的滴翠亭,在它的周遭,是绿草鲜花的世界。园中忽然出现蝴蝶其实并不为怪，花香草海本就是它们的家，只是一双如此大的玉蝶就神奇而罕见了。作者几笔勾勒蝴蝶道："大如团扇，一上一下迎风翩跹"，"忽起忽落，来来往往"，十分有趣。这美妙的生灵一下吸引了宝钗，她遂向袖中取出扇子，在大观园的花丛之中跟着它追扑，以至于"香汗淋漓，娇喘微微"。作者在简洁的时空中，抓住了滴翠亭作为中景，大如团扇又飘飘荡荡的蝴蝶为近景，背后是一片绿草和山峦、屋宇，宝钗人如在画中，这个知书达理、恭谨克制的大家闺秀，其实童心未泯，终于在一片生机之中露出了少有的少女憨态与天真本性。宝钗扑蝶既适应了情节发展的需要，也抒发了浓重的诗情画意，为我们展现了一幅不可多得的"扑蝶仕女图"。其实，我国古代画家对女子扑蝶题材早有捕捉和表现。据《宣和画谱》记载，我国五代时期的画家杜霄多画仕女图，其工笔仕女画作品不仅有《扑蝶图》，还有《扑蝶仕女图一》、《扑蝶仕女图二》等。明代陈洪绶也画有《扑蝶仕女图》，图中精笔细画了两仕女一前一后扑蝶的动姿，表达出作者对女子扑蝶之美的关注和喜爱。清代画家陈字重也画有《扑蝶仕女图》，画一女子在芭蕉树下执扇扑蝶的场景，与《红楼梦》中"宝钗扑蝶"十分相似。由此观之，作者塑造人物、服务情节时的绘画意识和画意美感的确十分鲜明而自觉。

二、湘云醉卧

第六十二回写"憨湘云醉眠芍药裀"。明唐伯虎有《海棠春睡图》，画的是杨贵妃酒醉后在海棠花畔睡眠。作为中国的绝色美女，杨玉环平时美，醉时美，醉了睡时更美，她的这种美，用一个"春"字，即爱情的欲望可以概括。此回湘云醉眠，又是一幅春睡图，只不过此春非彼春，这里的春是青春的

意思。作者用"憨"字来概括。憨者,青春年少、淳朴无华之意。湘云天生丽质,隽永飘逸,醉了、睡了,又醒了的刹那,美的本来面目直露无遗。那日贾宝玉、薛宝琴、邢岫烟、平儿四人正好同一天过生日,大家在大观园里凑在一起摆酒席、行酒令,好不热闹。英豪、爽朗的史湘云见众人聚在一起,心里十分高兴,她故意嬉闹,时而在要划拳,时而在行酒令时做小动作,时而拿丫鬟们逗趣,结果被大家一次次罚酒喝。众人呼三喝四,喧哗热闹地玩了半天,等到散席时,竟发现湘云不在了。一个丫鬟跑进来说:"你们快跟我来看!"众人忙跟到院中假山后,只见湘云躺在石凳上沉沉地酣睡着。这时作者用仿佛蘸着醉意的笔轻盈地勾勒道:山石长凳边,璀璨的芍药花竞相怒放,微风阵阵吹来,湘云的头上、脸上、身上落满了馨香的花瓣。连她手中的扇子也掉在地上被落花埋住了。一群蜜蜂围绕着满身是花的她欢活地飞来飞去,像花儿一样美丽、婀娜的湘云面带微红,醉眼惺忪地嘟哝着酒令"泉香而酒冽,玉碗盛来琥珀光,直饮到梅梢月上,醉扶归,却为宜会亲友"。大家不由都笑起来,赶紧上前把喝醉的湘云推醒。史湘云是曹雪芹怀着诗情画意,浓墨重彩塑造的一个人物。她才情超逸、诗思敏锐,不拘小节、风流倜傥,在大观园女儿国中,是一个富有须眉英气、赤子情怀又极具浪漫色彩的人物形象。身为贵族少女,虽然她从小父母双亡,由叔父抚养,婶母待她并不良善,但她不把苦事萦绕于怀,每每乐观、开朗,甚至淘气、嬉闹,敢于喝醉酒后在园子里的青石板凳上睡大觉。这样的画意小品已不是一般意义上的故事情节,作品在似醉如歌的情景中以缤纷的芍药花和"一群蜜蜂蝴蝶闹嚷嚷的围着"来渲染,把作者对湘云的喜爱之情和赞美之意淋漓尽致地进行了抒发。醉眠芍药裀成为《红楼梦》的大观园

里最生动传神的画面之一。

三、宝琴立雪

《红楼梦》第五十回写贾母和凤姐说笑完毕,带着众人出了夹道东门,然后用远景白描法描述道:"一看四面粉妆银砌,忽见宝琴披着凫靥裘站在山坡上遥等,身后一个丫鬟抱着一瓶红梅。"这位才女因写完了梅花诗又来采梅花。书中营造了一片冰清玉洁的环境,以宝琴遥等的姿态为人物焦点,以身后丫鬟手中的红梅为白雪世界的色彩映衬,将此情此景点染得画味十足。梅、雪在画家笔下早就结有不解之缘。宋代以后,中国诗人又有借白雪梅花而写其意象之美,赞其精神坚贞的传统,白雪梅花是诗人、画家笔下最能表达雅逸情趣的经久不衰的题材。宝琴是《红楼梦》直到四十九回以后才出场的人物。这个既青春又知性,既美丽又大方的女性在小说里虽为虚陪,却一出现就有夺人眼球之势。薛宝琴以她在书中特殊的气质树立了一种近乎完美的人格。不仅贾母有心替她和宝玉谈婚论嫁,而且姐姐妹妹都交口称赞她的人品和文品。作者通过"宝琴立雪"的小品不仅折射出古典文人的审美趣味,而且又为红楼诗性开辟了一个新的视界。作品补充写道:贾母看到这个场景,笑着说:"你们瞧,这山坡上配上他的这个人品,又是这件衣裳,后头又是这梅花……"认为比仇十洲画里的人儿还好,隔日又叮嘱惜春:"不管冷暖,你只画去,赶到年下,十分不能便罢了。第一要紧把昨日琴儿和丫头梅花,照模照样,一笔别错,快快添上。"作者有意将这个小品情景与仇英笔下的名画对比,又借贾母之口渲染这个情景的画味,为这幅美丽的画卷做了很好的注疏。

> **知识链接**
>
> 仇十洲：名英，字实父，号十洲，太仓（今江苏太仓）人。明代有代表性的画家之一，擅人物画，尤工仕女，与沈周、文征明和唐寅被后世并称为"明四家"。存世画迹有《赤壁图》、《玉洞仙源图》、《桃村草堂图》、《剑阁图》等。

诗意小品

如果说写意小品重在勾勒情节中人物的动作细节，而以景物点染，神韵出之，那么画意小品则重在勾勒人物活动的如画环境，人物的动静之姿。诗意小品即是情节与画意两相融汇、没有侧重、浑然一体、主客交融中叙事抒情的类型。王国维曾经说，诗歌"以境界为上。有境界则自成高格，自有名句"。意境理论虽起于诗歌，但因其揭示了普遍的艺术规律而广泛适用于其他艺术门类的创作、鉴赏中，不仅散文、戏剧可以讲意境，绘画、舞蹈甚至音乐也都可以讲意境，小说创作也不例外。

一、花下读《西厢》

《红楼梦》第二十三回"西厢记妙词通戏语 牡丹亭艳曲警芳心"写道，那日正当三月中，宝玉早饭后携了一套《会真记》，走到沁芳闸桥那边桃花树下一块石上坐着细读，"正看到'落红成阵'，只见一阵风过，把树头上桃花吹下一大半来，落的满身满书满地皆是。宝玉要抖将下来，恐怕脚步践踏了，只得兜了那花瓣，来至池边，抖在池内。那花瓣浮在水面，飘飘荡荡，竟流出沁芳闸去了"。此时的宝玉读的是最美丽的书和书中最美丽的文辞，身边的情景也仿佛书中，作者

用树上和水中飘飘荡荡的花儿渲染着宝玉的心境,那既闲适又深情的态度和珍惜美好的感情轰然而出。一会儿,黛玉遥遥地、静静地来了,她"肩上担着花锄,锄上挂着花囊,手内拿着花帚",像临风绿柳伫立在"一片西飞一片东"的残红深处,这就是一幅黛玉标志图了,它为其后作品推出最成功和最动人的一幕——大型心理抒情场景"黛玉葬花"打好了前站。两人你一言我一语问答之后,宝黛开始共读《西厢记》,并用书中的妙词如"我就是个'多愁多病身',你就是那'倾国倾城貌'"相互抒情说笑。桃花树下一片生机,青春的憧憬和满园芬芳的气息交织在一起,把他们的心带进了书中,并在人文情感世界中飞翔起来,美的环境与美书、美人和美的心境融为一体,他俩既仿佛人是书中人,身边景也仿佛是书中景。他们谈笑风生、心神摇荡、情意微妙、话语缠绵、谈情说爱,诗意盎然。这一切美的描写,直让人灵魂出窍。

二、白雪红梅香

第四十九回"琉璃世界白雪红梅"也是一个晶莹曼妙的小品。其情节并不特别,却被作者用诗情和画意写得绘声绘色,充满着人情人性的美好,仿佛一首情景交融的动人诗章:那日天亮了,宝玉爬起来"掀开帐子一看,虽门窗尚掩,只见窗上光辉夺目,心内早踌躇起来,埋怨定是晴了,日光已出。一面忙起来揭起窗屉,从玻璃窗内往外一看,原来不是日光,竟是一夜大雪,下将有一尺多厚,天上仍是搓绵扯絮一般"。他出了院门,忙忙的往芦雪庵来。"四顾一望,并无二色,远远的是青松翠竹,自己却如装在玻璃盒内一般。于是走至山坡之下,顺着山脚刚转过去,已闻得一股寒香拂鼻。回头一看,恰是妙玉门前栊翠庵中有十数株红梅如胭脂一般,映着雪色,分外显得精神,好不有趣! 宝玉便立住,细细的赏玩一

回方走"。这里先是写宝玉的视觉:"出了院门,四顾一望,并无二色,远远的是青松翠竹,自己却似装在玻璃盆内一般",雪后世界的晶莹剔透仿佛"盆内的""琉璃世界",这绝妙的比喻全在这"一望"的视觉之中被捉住。然后写宝玉的嗅觉:"走至山坡之下,顺着山脚刚转过去,已闻得一股寒香拂鼻"。再回写宝玉的视觉:"回头一看,却是妙玉门前栊翠庵中有十数株红梅如胭脂一般,映着雪色,分外显得精神,好不有趣!"单纯的色彩下先突出了香味,后找到了奇色。这个红白辉映、情景交融的冰雪世界,是通过人的活动展现出来的,是通过交替写宝玉的目力所及与嗅觉所感展现出来的。天地间即使寒冬逼人、雪压大地,如此寂静萧然,也有不尽的生机处。那生机既是造化的钟情,更是人心的诗情。这里既是写景,也是写人。梅花之开,不同春之桃李,是精神独具的象征。作者明写雪里红梅,暗写像梅花一样在高洁深处一枝独放的妙玉,更是写宝玉对妙玉人格境界的钦慕,是通过视觉联想而油然生出的赞叹和抒情。雪里红梅,难道不是一种冷、热交织,高洁与热情并举的美的象征?雪里红梅,是情景交融中最美的诗境!

第十章 蓝田日暖玉生烟——玉质三角

浓浓月夜柔光把锦瑟轻轻抚摸。无论适、怨、清、和,高贵中流泻的音调皆含温丽与孤独。珠泪关联、玉烟缠绵。人生的河流难道不是在美的抉择中背谬丛生的过程吗?

宝黛钗，是《红楼梦》当然的三位主角，也是一个玉质的三角关系。最终，黛玉迎接了死，拥抱了无，然而她存在宝玉心里；宝钗直面着生，拥抱了有，然而她在宝玉内心却是无；宝玉则在有无生死之间，虽是凡胎，却终是世外人。三人各有各的玉质和悲情。

至透至莹的宝玉

贾宝玉无疑是《红楼梦》中的主角，也是作者自己思想感情的集中体现者。作者为自己，也为人类贡献出的贾宝玉这个文学典型极具新鲜性、挑战性和突破性。贾宝玉形象的塑造是作者强烈的人生体验、复杂情感与高超艺术技巧的完美结合，这一形象倾注了作者对人性、对社会的深刻理解。我们阅读《红楼梦》，走近贾宝玉，可以通过作者塑写的不同维度进行感受和思考。而宝玉的诗性是其与以往古典小说男性形象进行纵横比较中一个比较鲜明突出的新特征。这集中体现在他的玉质人格和精神生活的诗人气质上。高鹗续作中就曾点出"宝玉者宝玉也"（第一百二十回），脖子上温润剔透、高贵净洁的物质之玉与贾宝玉至透至莹、天然灵动的人性人格互为对应乃至互相重合，使小说绝对主角成为中国古典文学形象画廊中最富创意的典型形象。

一、天性与修养

天性是人生来如此的人性禀赋，修养是后天习得的产物。作为玉质的贾宝玉，他既得意于其天然本性的俊秀和聪明，更得助于其后天渊深的艺文修养，这是其诗性的内外组构。作者笔下的这个人物天然俊美风流。宝玉第一次正式出场，作者便以细腻精致的笔墨饱蘸浓情反复渲染，在诗意

第十章
蓝田日暖玉生烟——玉质三角

的刻画中表现他卓异的风姿和神韵。先是以黛玉心理活动作为铺垫,"这个宝玉,不知是怎生个惫懒人物,懵懂顽童?"(第三回)紧接着又详细描写黛玉眼中看到的宝玉:"头上戴着束发嵌宝紫金冠,齐眉勒着二龙戏珠金抹额;穿一件二色金百蝶穿花大红箭袖,束着五彩丝攒花结长穗宫绦,外罩石青起花八团倭缎排穗褂;登着青缎粉底小朝靴。"以上呈现的是一个贵族少年精致的外包装——色彩的浓烈、质地的昂贵、配搭的讲究,显示了宝玉作为贵族公子哥的奢华风采和高贵地位。接下"面若中秋之月,色如春晓之花,鬓若刀裁,眉如墨画,面如桃瓣,目若秋波。虽怒时而若笑,即瞋视而有情。项上金螭璎珞,又有一根五色丝绦,系着一块美玉"(第三回)。开始触及人物的内外气质与风神。先是用中秋之月、春晓之花、秋波这些极具诗意和女性化的词汇描绘宝玉的容貌,比描绘薛宝钗的"脸若银盆,眼如水杏"(第二十八回);描绘探春的"鸭蛋脸面,俊眼修眉"(第五回)更见女性风致。秋月春花秋波的比喻让人感受到的是宝玉的青春气息和姣好的肤色容颜,由此而生发的联想更突出了宝玉带着女性阴柔气质的神采美。虽然后有"刀裁"、"墨画"、"悬胆"这些阳刚色彩的词语在点醒他的性别和英帅伟气,却再难让读者抹去最初感受到的清丽璀璨、柔美如花的印象。"虽怒时而若笑,即瞋视而有情",则是写神之笔,从静态的容貌描绘中捕捉到动态的神采,在喜怒爱恨的神情辗转中突出了宝玉的风流眼神。在又一次亮相中,除了进一步描写他乌黑的头发和精心打理的细节:"头上周围一转的短发,都结成小辫,红丝结束,共攒至顶中胎发,总编一根大辫,黑亮如漆……"仍然以他的风流多情为落笔焦点:"天然一段风骚,全在眉梢;平生万种情思,悉堆眼角。"宝玉既是天生的俊男、

173

禀赋的情种,更是造化的宠儿、骨子里的诗人。书中有针对宝玉的概念性、总结性文字《西江月》,虽然从封建家长的视角对他诋毁二三,也不得不承认他"生得好皮囊"。

"皮囊"如此,内里如何?他的内在品性拥有着像玉一样质地天然而纯粹透明的特点。通过书中描写我们看到,宝玉不仅有着传统意义上纨绔子弟的怪癖、行为和习气,如吃胭脂、同性恋、踢丫鬟等,他更多的时候是读书、思想和听凭青春和生命的要求去爱,将自己天生的一腔感情发布出去。他不以外在物欲的享乐为意,那是猪猡的理想。他是一个天地间拥有意志和爱心的公子,他会在人的认同这个意义上像贾府中的天使那样为平儿理红妆、引香菱换裙子,替丫鬟打掩护。品格的天真、内心的良善使其人的性情总体观之不但比琏、珍、蓉、环之辈好,也比钗、黛、探、迎、惜、袭、晴等人好。宝钗城府,黛玉狭窄,探春谋略,迎春懦弱,惜春冷漠,袭人奸佞,晴雯骄躁,这几乎是人们认定的人物性格主倾向。宝玉是什么?虽然他也出轨,但你不觉得他腌臜;虽然他也纨绔,但你不觉得他腐败,一切都因为有晶莹的情,一切都是他人性透明的表达。

宝玉为人中之杰,警幻仙子曾向"众姊妹"强调过这一点。她说唯"宝玉一人,禀性乖张,生情怪谲,虽聪明灵慧,略可望成,无奈吾家运数合终,恐无人规引入正"(第五回)。言语虽在反面立论,却道出宝玉的另类与非凡。的确,在作品第二十回中,他就发表了自己关于"女儿观"的离经逆道的见解:"原来天生人为万物之灵,凡山川日月之精秀,只钟于女儿,须眉男子不过是些渣滓浊沫而已。""女儿是水作的骨肉,男人是泥作的骨肉。我见了女儿,我便清爽;见了男子,便觉得浊臭逼人。"不仅关于女儿,关于爱情,关于婚姻,关于未来

第十章
蓝田日暖玉生烟——玉质三角

等,宝玉都有自己的态度和立场,其行止和见识比之族中男人只会吃喝玩乐不知高强多少倍。

宝玉的艺文修养和悟性之深是其人中之杰的最重要的表现。他的艺文修养使他与众不同,使他儒雅飘逸、广博细腻,使他成为一个拥有自己真正精神生活的"富贵闲人",也使他成为一个文学画廊中没有的先例,是极难仿制的至性至情至忧至悲的诗性人物的典型。

首先看宝玉对待读书的态度。他先是不喜读书,这并非有意识与社会对抗,只不过是出于天性中的自由愿望。第五回梦游幻境时,宝玉一看到"朱栏白石,绿树清溪,真是人迹希逢,飞尘不到"的地方,他首先想的是"这个去处有趣,我就在这里过一生,纵然失了家也愿意,强如天天被父母师傅打呢。"看来宝玉不像其父"自幼酷爱读书",他向往的是不被别人管束的自由自在的生活。后来作品中又详细描写了宝玉第一次上学的情景,使我们能更清楚地看出他的兴趣与志向。他自己主动要求去学堂,是因为遇到了秦钟以后,"早得与他交结,也不枉生了一世"(第七回),于是想出办法,借去学堂才得日日相伴。这些描写从孩童的心理出发,表现了宝玉聪明机灵,堪称淘气的另一面。即便不爱学习和读书,宝玉还是在读书和学习,积累了正常的知识、技能和素养,最终有能力找到自己喜读的内容。

当宝玉不断意识到读书的乐趣,他便开始了爱憎分明的读书选择。他越来越怕读缺乏灵性、枯燥乏味的经济文章,怕读"除《四书》外",封建统治阶级杜撰的道德文章,对只为猎取功名利禄的八股应试之文毫无兴趣。他越来越喜读艺文杂书,喜欢庄子,喜欢怡情娱性的诗词歌赋,长世人眼里的无用之才。第十七回中"贾政近因闻得塾掌称赞宝玉专能对

对联,虽不喜读书,偏倒有些歪才情似的"即是说明之一。大观园试才题对额时,美丽的景色点燃了他心中的才情,平素积累的艺文修养使他跃跃欲试、文思灵动,在众人面前宝玉充分表现了自己独到的艺术品位。比如,面对稻香村,他竟公然否定父亲的陈腐题咏。众人都暗示他顺从父亲的心意赞好,他却脱口而出"不及有凤来仪多了",认为此处远无邻村,近不负郭,无自然之理,表达了与贾政截然不同的鉴赏个性。更可贵的是,作者并没有对这种"于国于家无望"的歪才深恶痛绝,而是饱含感情地描绘他的聪明才思,肯定他的独特文采。进得大观园后,他的生活与诗更亲和紧密,"或读书,或写字。或弹琴下棋,作画吟诗",读诗与作诗成为宝玉的最爱。他不仅自由创作了春夏秋冬四首《即事诗》,还进一步扩大了自己的阅读范围,找到了像《西厢记》、《牡丹亭》这样的通俗文学作品,并忘情地鉴赏、理解和运用。在与黛玉一起读《西厢记》时,他立刻就说出一句"我就是个'多愁多病身',你就是那'倾国倾城貌'"(第二十三回),"若与你多情小姐同鸳帐,怎舍得叫你叠被铺床"(第二十六回)。如此与艺术亲密的接触,宝玉终于实现了艺文与心灵生活的深度对接。

　　心中有了诗,生命就远离了低级和庸俗。由于喜欢读这些歪诗杂书,并深受诗的熏陶,中国古典诗歌的"养性"与"移情"作用在宝玉身上显示得越来越鲜明。他的生活变得越来越诗化起来,他的人格也因诗不断向审美和脱俗的境界升华着。第四十八回香菱学诗,宝玉发表感想道:"这正是'地灵人杰',老天生人再不虚赋情性的。我们成日叹说可惜他这么个人竟俗了,谁知到底有今日……"这里,宝玉的观点是,懂诗通诗就不俗,能读诗写诗就没有辜负老天赋予的情性,

反之就是俗。可见诗成为划分俗与非俗的标准。诗文的高超修养及对他性情的深度陶冶,使他的人性更加清澈透明,更加良善高贵起来。

二、感悟与悲情

宝玉的诗性不仅在于其读诗和写诗等,更重要的是他对生活和生命仿佛有着出自天然的诗性感悟。有时,他就像一个天生的诗人,有着超验的感悟头脑、细腻的感觉和超拔的想象。作者十分善于以诗意的笔法细腻渲染他生活中的诗意感受,如他对黛玉的爱的感受。宝黛初次相遇,黛玉大吃一惊,"好生奇怪,倒像在哪见过一般,何等眼熟到如此!"写宝玉也笑道:"这个妹妹我曾见过的。"在两人的目光流连之间把读者带到诗意的心理体验之中,同时又让我们的阅读记忆回到灵河岸边、三生石畔,想起那美丽的还泪神话……这样的描写都给宝黛爱情增添了世俗缺乏的神秘性与诗意感,强化了读者的审美体验。作者还特别重视描述他对自然,乃至生命中平俗事物的超验感受,与花鸟星月的对话也好,面对自然自说自话也好,都是他独特性灵和性格的荧光闪烁,也是他作为人类自我超越的先行者的表现——视万物为生命的不同形式,天人相和、天人同体,自觉融入人类远古思维。这样的形象生动、新鲜、深沉而意蕴盎然。

宝玉对生命的感悟则更加深刻。作品第三十三回写宝玉挨打,众钗痛心,宝玉由此慨叹:"我不过捱了几下打,他们一个个就有这些怜惜悲感之态露出,令人可玩可观,可怜可敬。假若我一时竟遭殃横死,他们还不知是何等悲感呢!既是他们这样,我便一时死了,得他们如此,一生事业纵然尽付东流,亦无足叹息……"私情所感,竟使宝玉愿回报以生命!再如第五十八回写宝玉的伤春,他见到"一株大杏树,花已全

落,叶稠阴翠,上面已结了豆子大小的许多小杏",便"仰望杏子不舍","又想起邢岫烟已择了夫婿一事……但未免又少了一个好女儿",想到"再几年,岫烟未免乌发如银,红颜似槁了","忽有一个雀儿飞来,落于枝上乱啼。宝玉又发了呆性,心下想道:'这雀儿必定是杏花正开时他曾来过,今见无花空有子叶,故也乱啼。……但不知明年再发时,这个雀儿可还记得飞到这里来与杏花一会了?'"这种由花鸟而人生的感受既有诗性的想象力,又有禅性的哲思。对光阴荏苒、青春短促的慨叹,包含着对时间无情流逝的无奈和对女子悲惨命运的惋惜,更包含着对个体生命来说不可避免的死亡结局。这些感叹实在是全人类共有的,只是宝玉的表达更灵秀更个性、更诗意罢了。

内心被无数人生命题和哲思感悟充盈着的宝玉,其独特的灵魂是无法不悲的。宝玉面对的是封建正统、封建价值观念与现实生活的截然分离。堂堂荣宁二公的名门之后,口口声声的"天恩祖德",实际上哪里有一丝一毫的真正的"朝乾夕惕"(贾政语,第十八回)、仁义道德、修齐治平的气息?除了贾政发几句于事无补的空论外,哪有什么人去认真宣讲、身体力行四书五经的封建正统道德?在贾府的重重矛盾、明争暗斗之中,贾宝玉享受着置身局外的逍遥,却也咀嚼着事事受制于人,不但做不成任何事,连建议权、发言权也没有的寂寞与孤独。封建家族要他扮演的就是这样一个消极的角色,他的人生观又如何积极得起来?

宝玉的悲情还来自他理想与现实不能调和的矛盾。宝玉不喜读书应酬,却不能不去读书与应酬;宝玉喜欢那些聪明美丽的女孩子,看到的却是一个又一个冰雪聪明的女孩残破凋零;宝玉喜"聚"不喜散,感受到的却总是聚少离多。尤

第十章
蓝田日暖玉生烟——玉质三角

其是宝玉对黛玉的爱情,受到封建家长、封建舆论、封建观念的重重压迫,也遭遇着众对手的明排暗挤,他不仅不能与黛玉明白酣畅地交流与表白,不能充分享受爱和被爱的甜美幸福,甚至也较少能得到来自各方的理解、慰藉与温暖,更难得到黛玉古典少女压抑着的纯洁爱情的明朗回报,相反,他从黛玉那里得到的十之八九是埋怨、嫉妒、怀疑与嘲弄……宝玉在感情上主要寄托于与他年龄相仿的,正处于从少年向青年转化的异性身上。他追求的正是此生此时此地的情感依偎,既是情感交流相知沉醉的瞬间,也是长久相聚永不离散的未来。可是,宝玉所追求所梦想的,没有一件是实际的或可能实现的。

  对生命的悲苦体验更加强了他的诗性气质。他不断发表着自己对人生人性的深刻感受——对于"忽喇喇大厦将倾"的预感、对生命和生死的特殊思量。如第二十八回写黛玉葬花,不想宝玉在山坡上听见,先不过点头感叹;次后听到"侬今葬花人笑痴,他年葬侬知是谁";"一朝春尽红颜老,花落人亡两不知"等句,不觉恸倒山坡之上,怀里兜的落花撒了一地。他想林黛玉的花颜月貌,将来亦到无可寻觅之时,宁不心碎肠断……推之于他人,如宝钗、香菱和袭人等,亦可到无可寻觅之时矣……则自己又安在哉……则斯处、斯园、斯花、斯柳,又不知当属谁姓矣……其想象和情思由此及彼、由人而人类,由现实而超现实,辽远,无比饱含哲理。在那个时候,宝玉完全没有感到为现实生存,为"出进"与"后手"操劳的必要。他的悟性和慧根便使他过早去思考远离衣食住行等生命本身的种种难题。生老病死,再加上福祸荣辱、聚散浮沉,使他对人生的无常与心灵的痛苦充满着超前的体验。甚至可以说,在日常生活中,宝玉饫甘

餍肥、锦衣纨绔,是个无限骄纵和率性寻求快乐的公子哥,而在感情世界与形而上的思考中,他却有无限孤独与悲哀的心灵,和黛玉以外的所有人保持着距离。他对死亡进行诗意思考的时候就奇特地希望死后化灰还不行,而要化烟,风一吹便散。到第三十六回,他进一步说:"比如我此时若果有造化……趁你们在,我就死了,再能够你们哭我的眼泪流成大河,把我的尸首漂起来,送到那鸦雀不到的幽僻之处,随风化了,自此再不要托生为人,就是我死的得时了。"贾宝玉对生死问题的思考的确特殊而另类,他不想得过且过及时行乐,也不是积德修好祈望来生,不是求仙拜佛贪望长生,更不是"文死谏、武死战"式地以个体的拼死来实现自我价值。他相当"唯物"又相当诗意,人生苦海中唯一的慰藉便是众人的或各人的真情的眼泪。陶醉在这样的"情"中,即便迎来的是人生的结束,也是快乐的。这就是宝玉的"唯情主义",这就是宝玉的宗教,或毋宁说是一种艺术熏陶下形成的艺术型的人生情调,一种诗人的人生灵感和人生态度。"冷子兴演说荣国府"的时候,贾雨村曾将宝玉归纳于"陶潜、阮籍、嵇康、刘伶、温飞卿、秦少游……"之类文人之中,的确是有道理的。与锦衣玉食的生活相比,在宝玉看来,感情——有爱的生活才是更有价值的生活,更加真实的寄托,更有意义的生的体验。

三、觉悟与了断

贾宝玉目睹晴雯等的悲剧和大观园的劫难之后,抛掉了对封建家庭的幻想,他用血泪写成的《芙蓉女儿诔》,无异于一篇悲情迸发的叛逆宣言书。生命无论高低贵贱,在宝玉看来,青春是无价的,是最当珍贵的。如此鲜艳的青春的花朵为什么顷刻之间化为乌有?在大观园春夏秋冬的流动中,一

第十章
蓝田日暖玉生烟——玉质三角

切温馨与美好都深刻地吸引着他、愉悦着他、陶醉着他、折服着他,那对立的一面也无形或有形地夹攻着他、征讨着他、折磨着他、撕裂着他。在他青春俊秀的身体内,充满着对人及人类美好愿景的期盼,他为美好生命的凋零而悲叹,为美的世界的无处寻觅而悲叹。

为了拯救家族的中衰,为了封建家族香火的延绵,家长们运用集体智慧,安排了钗黛掉包,终使黛玉生命无望、悲病至死。这其实是封建制度下青春被剥夺被践踏、个性被压制被摧残的常态延续。那的确是一个自己的生命自己做不了主的时代。看惯了风刀霜剑的故事,说不尽的世态炎凉,宝玉觉悟了,他以最后的出家,作为尘世生活的结束。他的出家与其说是出于爱情的失意和痛苦,毋宁说是出于对现世的绝望和批判。宝玉的感悟和悲情,宝玉的生之抉择与离之超脱的态度,还有宝玉那些非理性体系的精神既是独特的、"专利"的,又是普遍的、人类的,虽然他多从《庄子》、"佛书禅机"中取得某种自我体认、自我表述和自我行为上的启示,但更重要的是他直面人生,从个性的天地汲取传统文化的精华,终于实现了思考的跨越和对现实世界的超越。他的生命虽然走向宗教世界,但人物形象在精神层面更具人文深意,人物的诗性空间也得到了空前的拓展。

《红楼梦》中,宝玉并非完美之人,他是一个个性化实足的有着矛盾张力的"这一个",他的"好"和"不好"都如玉般剔透着,他的非类型化的人格绝对不能纳入中国古典文学人物塑造上的忠奸善恶模式,虽的确富有"满纸荒唐言"的意味,但又扎扎实实、呼之欲出,充满着理想性的光辉。与其他古典小说中的人物不同,那些来自宝玉形象的

神秘的、超验的、现实的、非现实的、形而下的、形而上的至透至荧的内容,有着人性—爱情—命运—人文的不可穷尽的诗意,其实就是永恒的审美性,就此他成了一个永远的谜。

至灵至仙的黛玉

在百花斗妍的大观园里,有众多如花似锦的青春女儿。有妩媚丰盈的薛宝钗,有灿烂娇艳的史湘云,有飒爽干练的贾探春,有婀娜曼妙的薛宝琴,还有风流俊俏的秦可卿以及幽眇冷艳的妙玉……独有黛玉最是引人注目的主角、牵人衷肠的花仙。二百多年来,不知有多少人为这个形象的艺术魅力心醉神迷,为她的悲剧命运流泪叹息,有人竟愿为她而死。她是与宝玉形象既相得益彰、难解难分,又互相对比、互相诠释的玉质人物。在作者饱蘸着现实与理想、哲理与诗意的激情关照下,在深刻的悲悯与同情中,林黛玉成为《红楼梦》里一位最能拨动读者心弦的典型人物。

一、西施韵态

中国古人对女性的审美不外乎两个角度。其一是从男权角度的赏玩,关注的除了对象的外形美,更主要的是她顺从满足自己需要的一面,因此更自然会欣赏她的幼化、弱化、柔化、物化之态,而排斥她的独立和成熟之美。其二是从平权的角度。从"爱女人"的立场去欣赏女人,自然会欣赏她的自然之美、健康之美、自在之美和才智之美。从体态、容貌、神采到性情、心智、才艺,都去细心品赏。曹雪芹笔下的黛玉令我们深刻感受到了作者超前的思维与平权态度下对女性的审美,而以对黛玉的审美为典型。我们第一次读到黛玉,

第十章
蓝田日暖玉生烟——玉质三角

是她初来贾府的时候。作者通过凤姐和宝玉等多个维度来凸显黛玉非同凡响的风采。先是用凤姐的惊叹来描绘她的标致:"天下竟有这样标致人儿!我今日才算看见了!"后是用宝玉的眼观,来细品黛玉的神韵。这"袅袅婷婷的女儿","神仙似的妹妹":

"两弯似蹙非蹙罥烟眉,一双似泣非泣含露目,态生两靥之愁,娇袭一身之病。泪光点点,娇喘微微。闲静时似娇花照水,行动处似弱柳扶风。心较比干多一窍,病如西子胜三分"。

在这里,曹雪芹抓住了黛玉外形体貌上的"态"进行了出神入化的勾勒。古人曾经言及,选貌选姿,总不如选态一着之为要。为什么?因为态自天生,非可强造。强造之态,不能饰美,只能愈增其陋。古人还认为,以有态者与有色者杂处,"人止为媚态所惑,而不为美色所惑,是态度之于颜色,犹不止于以少敌多,且能以无而敌有"。态从自然出,又带着独一的韵致和味道,是鲜活跃动的,所以比之只有色者更夺人情。曹雪芹笔下的黛玉不是《红楼梦》中相貌最美者,不止薛宝钗,起码秦可卿和薛宝琴都强于她的容貌,但黛玉在读者心目中却是最美的。作者把中华民族的审美经验进行了新的熔铸和发展,他把杨贵妃式的丰满美赋予了薛宝钗,而把更富有悲剧魅力的西施式的清瘦、忧愁之美给了林黛玉。作者有意将林黛玉的外貌与西施联系起来,并将西施"捧心而蹙"、袅娜风流的外形之韵赋予林黛玉,写她眉眼深处的淡淡忧愁、盈盈泪光,走路行止的娇柔娴静,还特意借宝玉之口给她取字"颦颦",突出了她与悲剧命运相协调的古典柔弱美。女人之生于传统中国,本来就是柔弱的代称,除了武则天那样的另类。

> **知识链接**
>
> 西施:本名施夷光,春秋末期出生于浙江诸暨苎萝村。父卖柴、母浣纱,西施也常浣纱于溪。她天生丽质、善良坚贞,为解救越国而以身许国,忍辱负重,蛊惑吴王夫差,功成后与谋士范蠡隐居,另有"沉海"等说法。西施与王昭君、貂蝉、杨玉环并称为中国古代四大美女,其中西施居首。西施还与南威(春秋时晋国美女)并称"威施",她们的名字均成了美女的代称。

二、诗人灵窍

黛玉的娇柔姿容是迷人的。然而,令这个西施式的人物更加动人的,是从古典娇柔形态内里冲出来的充满敏思的头脑和她拥有的丰盈细腻的精神世界,尤其是她有爱的内心世界与以爱和诗为中心的情感生活成就的智性和诗性。林黛玉有着非同常人的慧心和聪明。所谓"心较比干多一窍",天生的敏感与细心。她的蒙师贾雨村说,他这女学生"言语举止另是一样,不与凡女子相同"。因其母名贾敏,他读书凡"'敏'字皆念作'密'字,如是;写字遇着'敏'字,又减一二笔"。她到贾府时年纪尚小,却牢记母亲生前的嘱咐:"外祖母家与别家不同……要步步留心,时时在意,不肯轻易多说一句话,多行一步路,惟恐被人耻笑了他去。"与人沟通交际之处她总是留心观察、揣度分寸,言行举止讲究礼数又出于自然、充满机智。一次宝玉去看宝钗,他们正在一个"识金锁",一个"认通灵",黛玉恰巧撞进来,眼见此景便笑道:"嗳哟!我来的不巧了!"宝钗笑问:"这话怎么说?"黛玉道:"早知他来,我就不来了。"宝钗又问:"我更不解这意。"黛玉道:"要来一群都来,要不来一个也不来;今儿他来了;明儿我再来,如此间错开了来着,岂不天天有人来

第十章
蓝田日暖玉生烟——玉质三角

了?也不至于太冷落,也不至于太热闹了。"当宝玉听宝钗说吃冷酒对身体有害而放下酒杯时,正巧雪雁送手炉来,黛玉又一语双关地说:"谁叫你送来的?难为他费心,那里就冷死了我!"雪雁说是紫鹃叫送来的,她马上又说:"也亏你倒听他的话。我平日和你说的,全当耳旁风;怎么他说了你就依,比圣旨还快些!"只有黛玉,能把她的妒意表达得这么敏捷、自然,又含蓄、锋利。又一次,宝玉看着宝钗雪白的膀子发呆。这时,"只见林黛玉蹬着门槛子,嘴里咬着手帕子笑呢。宝钗道:'你又禁不得风吹,怎么又站在那风口里?'林黛玉笑道:'何曾不是在房里的。只因听见天上一声叫唤,出来瞧了瞧,原来是个呆雁。'薛宝钗道:'呆雁在哪里呢?我也瞧一瞧。'林黛玉道:'我才出来,他就忒儿一声飞了。'口里说着,将手里的帕子一甩,向宝玉脸上甩来。"读罢,我们只有感叹黛玉非同寻常的聪明机敏,这种爱情上的戏谑和较真,完美的专利权只能归黛玉莫属了。难怪薛宝钗说:"颦儿这促狭嘴,他用'春秋'的法子、把市俗的粗话、撮其要、删其繁、再加润色比方出来,一句是一句。"言为心苗,黛玉不是用言辞在说话,而是用心灵在说话,用心智在说话,用情感在说话,正所谓心慧则言巧、借机便发挥。虽然她的聪明敏感也有一些负面或病态的表现,如周瑞家的送宫花,最后送到她那里,她便疑心是别人挑剩下的才给她;一日她卧病在床,听到园子里的老婆子骂人,实则是骂她的外孙女儿,黛玉却认为是在骂自己,竟气得昏厥过去。看戏时别人开一句玩笑,说一位演员长相与她相似,她认为是对自己的轻侮便十分气恼。但我们想到她寄人篱下的身世处境,想到她极强的自尊心,便觉得这是非常自然的思维滑动。

她的诗性气质更鲜明地表现在她对人的真诚坦白、率性单纯上。她尊重自己,也尊重别人。不以自己之高而虚伪扭

捏,也不以别人之低而厌弃冷淡。无论对亲如姐妹的紫鹃,还是对情敌宝钗、湘云,她都出自真诚,要么喜爱,要么刻薄,都是没有城府地掏着自己的心。通过香菱学诗这件事,也更令我们感受到她那拳拳的诗心。香菱想学写诗,宝钗讥她"得陇望蜀",黛玉却热诚相接,并说:"既要作诗,你就拜我为师。"直率爽朗如一片阳光。她细心给香菱讲解诗的作法和要求,谁的作品应多读,还把自己的诗集珍本借给香菱,并不厌其烦地批改她的习作。她坦荡宽厚,善于自我剖析,在薛宝钗对她予以"训导"之后,便开诚布公,向薛宝钗引咎自责:"你素日待人,固然是极好的,然我最是个多心的人,只当你心里藏奸。从前日你说看杂书不好,又劝我那些好话,竟大感激你。往日竟是我错了,实在误到如今。"每次赛诗,她总是推崇别人写得好,别人写诗,总是苦思冥想,而她却"一挥而就",出类拔萃,却从不暗自嫉妒或争风吃醋。与湘云凹晶馆联句,每当湘云说出佳句,她总是"起身叫妙",甚至说:"我竟要搁笔了!"真是一片冰心在玉壶。

知识链接

得陇望蜀:陇指甘肃一带;蜀指四川一带。已经取得陇右,还想攻取西蜀。比喻得过进尺,贪心不足。语出《后汉书·岑彭传》:"人苦不知足,既平陇,复望蜀,每一发兵,头鬓为白。"也称平陇望蜀。《三国演义》中也有相关的故事:曹操已得东川,主簿司马懿劝曹操乘胜取蜀,曹操叹曰:"人苦不知足,既得陇,复望蜀耶?"

黛玉的诗人灵窍无不是她博览群书的结果,才华横溢的表现,其更因她的诗歌生活而得以外化。她知识丰富,能弹善写,诗思敏捷、文采超群。她爱读书,并能迅速理解、记忆和化用。

第十章
蓝田日暖玉生烟——玉质三角

不但读《四书》,而且更喜读杂书,《西厢记》、《牡丹亭》、《桃花扇》等无不使她心醉神迷。与宝玉一起读"杂"书时,她对贾宝玉说:"你能一目十行,我就不能过目成诵?"显示了和宝玉相同的爱好和聪明。对李、杜、王、孟以及李商隐等诗人,她由衷崇拜,并悉心学习与研究他们的作品,进而有深刻的研究心得和理性认识。她仿佛古代才女诗人的转世,能写一手好诗,一个个作诗与赛诗的故事中透显着她堪比谢道韫、薛涛、李清照、叶琼章等的才能。诗社每次赛诗,她的诗作往往艺压众芳,不断夺魁,在诗作的新颖别致、诗思的敏捷流动、情感的深细个性方面非同凡响、孤标独树。例如,她的《白海棠》诗,既写尽了海棠的高风神韵,也倾诉了她少女的心曲。"半卷湘帘半掩门,碾冰为土玉为盆"。那既是白海棠的所处,更是黛玉内心洁净和玉质品格的写照。"娇羞默默同谁诉"一句最为俏朗传神,既是对海棠神态的描摹,更是黛玉自我心灵的大胆折射。在黛玉的内心,有着那么多生之向往与爱之愿景,她的铭心刻骨之言由于环境的恶劣和传统意识的束缚,不能明白表达,只有闷在心里,自己煎熬。"倦倚西风夜已昏"句写只好在西风凋落叶的季节,寂寞地送走一个又一个冰冷的黄昏。她的《柳絮词》,也是如此语语双关、及物抒己,缠绵悱恻、别致感人。她的《菊花诗》则更是连咏三首,因写得情景交融,人菊合一而一举夺魁。此外,像她的《桃花女儿行》、《秋窗风雨夕》、《题帕诗》和《五美吟》等,都充分而深刻地表达了自己的思想感情,即使一草一木、一山一石等极平凡的事物,只要她用心灵触到,立即就能产生丰富的想象,最终通过新奇的构思和独特的感受,将自己痛苦的灵魂和对命运的嗟叹淋漓尽致地进行抒写。《葬花辞》是黛玉感叹自己身世遭遇和悲剧命运的代表作,是她玉质人生的诗谶。她以花自况,以落花自悲,在"一年三百六十日,风刀

霜剑严相逼"的愤懑和对现实的控诉中,坚守着自己的操持和理想,"质本洁来还洁去,强于污淖陷渠沟","愿奴胁下生双翼,随花飞到天尽头"。她以生命作墨,血泪为笔,抒写了自己充满痛苦、充满矛盾的悲剧心灵及与这个罪恶世界的疏离、与悲剧命运抗争到底的崇高意志。黛玉是大观园中的花魁,更是诗国中的诗仙。诗是她的空气,是她的伴侣,是她物化情操精神的利器,更是她自己。她就是诗的化身,诗魂总是附着在她的心灵深处,随时从她那柔弱又坚强的躯体内荡出沁人心脾的气质。如果没有了诗,我们也就无法抚摸到黛玉至美至纯的魂灵。

三、孤标傲世

如果说诗人气质是黛玉的品位,那么,叛逆的悲剧性格则是她生命的格调。叛逆使青春少女们上演了一出"千红一哭,万艳同悲"的共同悲剧,而黛玉成为其中演出最惨烈、最悲恸者。如果没有矛盾的强烈对抗,没有其中以生命为代价的付出,就没有惨烈的演和悲恸的情。而叛逆的性格因遭遇了无法释怀的最强烈的情,且出现在不允许叛逆的时代,以一弱女子偕同一个无力担当的挚爱对以大家族,其挣扎之状可想而知,这使黛玉的形象逐渐鲜明,并如彩虹般凸显出来。鲁迅说:"悲剧是将美毁灭给人看。"黛玉的叛逆是晚明以来个性解放新精神的发展和凸显,其透显的面向未来的精神意蕴是中国古典时期最有价值的人格内容。由于越是有价值的美的人生被毁灭,其悲剧就越动人心魄,所以,黛玉其人就越具有感染力和诗性的魅力。

为了突出黛玉的独标高格和悲剧命运,曹雪芹对她从出世之前就进行了精心的设置,他用奇特的想象和浪漫的笔调,创造了神话式的"还泪"之说,以说明黛玉的宿根和宿愿。这既是佛教文化中宿命论的影响,更是作者的艺术渲染和艺

第十章
蓝田日暖玉生烟——玉质三角

术夸张。她为爱情而生,又为爱情而死,与宝玉一样,是一个天然的"情痴"、"情种",爱情是她的生命所系,眼泪则像影子一样成了她的生命伴侣。她来到人世,就是为了"情",以"还泪"来还情。无论面前是什么样的人生道路,她都会义无反顾。这是作者为她的叛逆找到的一个可资障眼的宿命动因。她一生下来,就有"先天不足之症",会吃饭时便吃药。少年丧母,不久又丧父,命运的残酷在她幼小并本就敏感的心灵上烙下了炙热的伤痛,使她从小就有了一种理解离别丧乱的深刻气质,以及迎接命运、呼唤温暖的强烈内力。她只有以蓄满了泪水的弱小身躯迎接只身寄居在幽深复杂、甚至龌龊丑陋的贾府的宿命。她第一次见到贾宝玉,就显示了宿命之情——哭,脂砚斋说:"这是第一次还泪。"此后,"不是闷坐,就是长叹,好端端的不知为什么,常是自泪不干的。"哭,是她诗人气质的反应;哭,是她宣泄痛苦的方式;哭,是她对生活折磨的无助的抗争;哭是她表达爱情的特殊方式。哭成为她悲剧性格的重要表现形式之一。

  黛玉的独标格调最强烈地体现在她的爱情态度和对命运的抗争上。她和宝玉的爱情是中国古典时期青年男女实践过的最具有未来意味的新型爱情。这种爱情的最根本特点,是既具有心灵潜意识层面的机缘和超验性质,如宝黛初见便互相觉得心有灵犀、仿佛见过,彼此没有陌生感;同时,更有唯物的过程性和灵魂的深度吸引性。在互相了解和彼此纠结中思想走向一致,情感走向稳定。从"情切切良宵花解语"到"金兰契互剖金兰语",他们的爱情在细腻的心理活动中如风雨中的小船,在爱情海的汹涌波涛中颠簸而执著地行进,从开始的甜蜜到其间的深度试探、心理飘摇,甚至互相摧残,再到无数的情感考验,直至最后的成熟,简直是世上爱

情景观中最生动、最精彩、最传神、最夺魂的画卷。如果说宝玉的爱情经历了一个公子哥从肉的好奇，到由异性而同性的泛爱体验，再到"各人独得各人的眼泪"的爱情觉悟的探索过程，显示了深刻的真实性；黛玉的爱情则从始至终表现得那样纯真、深挚和坚贞不二，显示了生动的理想性。由于他们的爱情是在不许有爱的社会环境中发生、发展和生存的，同时，又有着获得爱情的复杂的竞争环境——金玉良缘和无数美貌如花的青春女儿，这就使得黛玉宿命中悲上加悲，心灵在爱途中步履维艰、如履薄冰般地备受折磨和煎熬。

倘若黛玉时时刻刻都为爱情而沉浸在悲思苦吟中，那她的诗性光彩就会大为减弱。作者无不让我们看到，她其实有那么阳光秀朗的性格的另面，尤其是在她的身上闪耀着明清以来女性追求个性解放、争取婚姻自由的初步民主思想的知性光辉。她对贾府的"混世魔王"、"祸胎孽根"贾宝玉引为知音，在大观园里，不劝宝玉走"仕途经济"之道，从不说这些"混账话"，从思想到行动都站在一起，并对他予以支持。面对这位异性知己，宝玉不仅在超验上亲近她，在情感上依赖她，更在精神上敬慕她。"宝玉深敬黛玉"，正是因为她有着卓越的思想和非凡的见识。在《五美吟》中，她以绿珠为石崇殉葬为不值；她赞扬红拂私奔是壮举；在酒筵上，她竟把《西厢记》、《牡丹亭》中的"淫词艳曲"引为酒令。林黛玉身上这些超越传统女性德操的闪烁着理想色彩的个性光辉和充满着新颖性的叛逆精神，使她的无数悲情有了诗性的厚度和人性的深度。当黛玉引为生命的爱情最后遭到毁灭时，她以"焚稿"、"绝粒"的柔弱壮举成就了爱情的决绝与坚贞。一生以诗和泪这样矛盾又和谐的两面紧紧相伴的林黛玉，临死之前惦念着她独一的宝玉，她挣扎着最后喊出了"宝玉，宝

第十章
蓝田日暖玉生烟——玉质三角

玉,你好……"这未完的一句话,而后香消玉殒,含恨而去!这人间素朴的一喊,将一段撼天地、泣鬼神的爱情画上了悲痛的惊叹号。它使多少人在伤害性的悲剧体验中为黛玉洒下同情、痛惜和愤懑之泪!林黛玉的悲剧精神使她的诗性美得到了完美的升华,她与贾宝玉携手诠释的至诚至坚,至真至圣的爱情,他们憧憬和实践过的爱情原则,他们所怀抱的爱情理想,都在她的悲情中获得了永恒的意义定格。

> **知识链接**
>
> 红拂:红拂女名叫张出尘,本是隋朝权臣杨素的侍妓,常执红拂立于杨素身旁。后与隋末唐初著名将领李靖患难中结为夫妻。《旧唐书》说:李靖年轻时"姿貌瑰伟",是个翩翩美少年,而红拂女更是一个倾国倾城的绝代美女。在野史与民间传说中,她还是隋末"风尘三侠"之一,她慧眼识英雄的故事成为千古佳话。唐传奇《虬髯客传》中记叙了她的故事。

至素至达的宝钗

《红楼梦》中的宝钗是与宝玉、黛玉鼎足而立的玉质人物。钗者,宝也,拆也。她的玉性与前两者同类而异质,其心灵的特征在素在朴、在达在通。素朴之美是一种内在亦内敛的本色之美,其实也是一种智慧美、境界美。庄子曾说,素朴而天下莫能与之争美。素而工,淡而雅,是生活中最具有价值的美的东西。我国古代艺术理论中反复强调的"浅中有深"、"玉丽而自然"、"极炼而不炼"、"发至纤于简古,寄至味于淡泊"等议论,也阐发了素朴之美的艺术规律。宝钗的形

象显示了中华民族传统美学视野下高超的审美水平,就此与两玉构成鲜明的审美对照与对抗。

一、以素为慧

素朴之美实乃人生的大美、大境界,而这正是宝钗生命的格调和境界。正所谓淡雅的叶,坚实的根,才能结出朴实的果。而一个解构艳丽的灵魂,更能凸显一种别具的"高贵"之美。所谓"山中高士晶莹雪",作者对她也是不吝好词,倾注赞美。

山中高士者,似是不食人间烟火而潜藏着大智慧的人。她的大智慧首先表现在她以女性灼艳的青春年纪却具有老子见素抱朴之好。宝钗不爱花儿粉儿,在第七回中,她的母亲薛姨妈要把宫里送来的十二枝堆纱假花送贾府小姐们,作者通过薛姨妈口道:"这是宫里头的新鲜样法,拿纱堆的花儿十二枝。昨儿我想起来,白放着可惜了儿的,何不给他们姊妹们戴去。昨儿要送去,偏又忘了。你今儿来的巧,就带了去罢。你家的三位姑娘,每人一对,剩下的六枝,送林姑娘两枝,那四枝给了凤哥罢。"王夫人说:"留着给宝丫头戴罢,又想着他们作什么。"薛姨妈道:"姨娘不知道,宝丫头古怪着呢,他从来不爱这些花儿粉儿的。"俗话说,哪个少女不喜俏爱美,花儿粉儿应是青春少女的生活伴侣,但宝钗除外,可见她另有眼光和慧心。再看她的打扮:头上挽着漆黑的油光的鬓儿,蜜合色棉袄,玫瑰紫二色金银鼠比肩褂,葱黄绫棉裙,一色半新不旧,看去不觉奢华。是一种素朴色调和成熟装扮。在第五十七回,又写到宝钗与岫烟的对话,宝钗对岫烟说:"这些妆饰原出于大官富贵之家的小姐,你看我从头至脚可有这些富丽闲妆?然七八年之先,我也是这样来的,如今一时比不得一时了,所以我都自己该省的就省了。将来你这

第十章
蓝田日暖玉生烟——玉质三角

一到了我们家,这些没有用的东西,只怕还有一箱子。咱们如今比不得他们了,总要一色从实守分为主,不比他们才是。"虽然此话是为提醒岫烟,但从中可以看到,宝钗的爱素并非本性,而是她在当时薛家渐渐败落的家境中懂得生活的艰辛,懂得体谅和节省、随时守分,与他哥哥薛蟠的肆意挥霍、世事不懂形成鲜明对比。她的爱素是生活给予她的一份成熟和从容爱智的结果。

衣着妆饰自不用说,连闺房也是洁素得堪比尼姑庵,家什器物比寡嫂李纨的还简约。书中写这"山中高士"的居室:"及进了房屋,雪洞一般,一色玩器全无,案上只有一个土定瓶中供着数枝菊花,并两部书,茶奁茶杯而已。床上只吊着青纱帐幔,衾褥也十分朴素。"(第四十回)雪洞者,既是主人爱素的形容、抱朴的折射,更是高洁晶莹的指代。这雪洞中的物品也因精简精致而颇具格调。数枝菊花、两部书和茶具。以菊花标榜陶潜式的清雅,以书籍来揭示自己的知性,以茗茶来表示自己好客脱俗。就连床上的帐幔衾褥也都是素色至极的,可见是极力营构一种淡然寡味、豪华落尽的平淡环境,难怪年近八旬的史太君会不住地慨叹这份极致的素雅。宝钗的日常起居更无贵族小姐的做派,仿佛寻常百姓家的寻常闺女,每夜里都要做活到三更方寝。第四十五回写她因夜复渐长,"遂至母亲房中商议打点些针线来",又因白日间不得闲,"每夜灯下女工必至三更方寝"。第四十八回等薛蟠南下,宝钗要香菱进园的理由也是"园里又空,夜长了,我每夜做活,越多一个人岂不越好?"相比之下,虽然黛玉等女儿也都要做女红,但因她体弱,贾母怕她累着不让她多做。她做的针线多是作为礼物送人,如薛姨妈生日,黛玉就送了"两色针线"。而宝钗做女工的时间既长,也不限于"礼物"。

更可贵的是,她没有抱怨,而是一派安之若素、决然世外的态度。老子说,我无欲而民自朴。宝钗的爱素既有天然生就的性情因素,其胎里带有热毒,生下便要服冷香丸,做冷美人,更是在家境渐败的人生困窘中不断自我要求、淡化欲望,并过早成熟的后天原因。庄子则总结说:"夫美配天者,唯朴素也。"可见素朴之美,乃是天地之大美。宝钗的爱素没有伪饰和造作的成分,除了本性,更多是自我的成熟与智慧的表现。

知识链接

女红:旧时指女子所做的纺织、缝纫、刺绣、拼布、剪花、编结、浆染等技工和这些技工的成品。"女红"一词最早见于《汉书·景帝纪》:"雕文刻镂,伤农事者也;锦绣纂组,害女红者也。"清代朱骏声《说文通训定声·丰部》解释:"红,假借为功,实为工。"所以"女红"亦作"女功"、"女工"。如今属于中国民间艺术的一类。材美与巧手是其基本特征。

二、德才并修

宝钗的人生充满后天的历练,为了治人和事天,她过早地积蓄着德与才的力量,所以她堪称大观园女儿中最有理性力量的人。德是她修养的首先,德与啬、俭、少私寡欲相联系,直接指向主体的内心修养。她帮助湘云并不为得名,仅为湘云解难而已。她送黛玉燕窝,不是要彰显自家的财力,是为黛玉的身体着想。她暗中资助岫烟,既是同情她也是爱惜她。她处处为他人着想,而对自己却十分苛刻。她有很浓郁的封建家长意识,是母兄眼中的乖乖女。宝钗住进贾府,是母兄的主张;搬进大观园,是元妃的旨意。进入贾府,宝钗更是知书达理、温良和善。甚至连赵姨娘也夸她厚道,下人

第十章

蓝田日暖玉生烟——玉质三角

也多与宝钗密切。她有公关艺术,知道易位思考,善于体察别人的心思。诞辰会上她揣摩贾母作为老年人"喜看热闹戏文"、"爱吃甜烂之物",便"依着意思"去说;金钏投井,她为了减轻王夫人内心的痛悔和自责,便冷酷无情地说金钏是失脚掉进井里的;酒席宴上众人调笑乡间人刘姥姥,独宝钗没有耻笑之姿,她年纪不大,却能"不干己事不启齿,一问点头三不知",为人极能从细处入手,从全局着眼,她对黛玉的调侃听若罔闻,让人认为她宽厚大气,从不记恨所谓"小惠全大要"。处处都可见到她极强的理性自控能力,处处都有其修德自持之为。难怪史湘云打心眼儿里以为"这些姐妹们,再没有一个比宝姐姐好的!"袭人也赞她:"叫人敬佩,真真是有修养,心肠广大的。"

宝钗出生在富裕的皇商家庭,她并不是生就的一个封建礼教的木偶。在"滴翠亭杨妃戏彩蝶"中,宝钗见前面一双玉色蝴蝶,大如团扇,一上一下翩跹飞舞,十分有趣,遂向袖中取出扇子,意欲扑着玩耍。平素稳重平和的宝钗,一旦执扇捕蝶,亦是童心未泯、一派情趣。只是她在饱读经书中明白了如何遵义理、切伦常,并将其作为一个封建女性的责任和义务;在皇商家庭营构的"趋吉避凶"、"趋利避害"的环境和不断的家庭事故中她懂得了生活的功利需要,她的家庭需要怎样的她;在纷纭的人际中,她体悟了如何知性生存甚至以退为进的意义。故此,她的德行迅速超越了她的年纪而成长壮大起来。而金玉良缘之配既是佛教中命运、缘分的力量,又是封建统治阶级内部阶级地位互相搭调的要求,更是宝钗随顺父母之命的结果。

可是,这不是宝钗的全部。子曰:游于艺。人生里一旦有了艺术的需要、艺术的素养和艺术的追求,人会变得高雅

脱俗而心灵丰富。宝钗也应是这样,只是对诗艺爱好的她有着封建淑女特殊的需要和理念,虽然写诗也一定会透露出她的性情,表现出她的才智。但诗歌不是她的全部人生,故而她在游于艺的道路上,显示了与黛玉不同的人格内涵和形象魅力。

闭月羞花的宝钗兼具着绝世的风华,她的相貌,丝毫不亚于黛玉,甚至还更胜一筹。她的文采怀抱也在众姐妹中堪称高绝,并与黛玉比肩。然而她首先认为写诗算不得什么,不是女子的本分。第四十二回宝钗对黛玉说:"连做诗写字等事,这也不是你我分内之事。"第四十九回宝钗对湘云说:"一个女孩儿家,只管拿着诗做正经事讲起来,叫有学问的人听了反笑话,说不守本分。"第六十四回宝钗对黛玉说:"自古道'女子无才便是德',总以贞静为主,女工还是第二件。其余诗词,不过是闺中游戏,原可以会,可以不会。"在宝钗心目中,"读书明理、辅国治民",这才是"正经"事。诗文之艺不过是行有余力的所为,是可会可不会的事情,这无不表现了宝钗的正统立场。

在妇德为先的人生宗旨下,宝钗仍然论诗有道、诗艺超群。纵览中国古代诗歌创作实践与对诗歌本质特征的主张,很自然可以概括为诗言志和诗缘情两个最重要的方向。第三十七回宝钗对湘云说:"古人的诗赋也不过都是寄兴寓情。"宝钗的诗歌既善言志,又重视缘情。同时,她还十分强调不落俗套,要有所出新。第三十七回她与湘云均反对写诗"落套",主张诗要"新鲜大方"。第六十四回她主张写诗要"善翻古人之意",要"别开生面"。第七十回她又说:"古来桃花诗最多,纵作了,必落套。"比如,她的言志之作"韶华休笑本无根,好风凭借力,送我上青云"。这是一种高旷放达的

胸襟,是一种青云有志的人生追求。与陶渊明"横素波而傍流,干青云而直上"那通达高远的性情相一致。再比如,她的咏物言情之作《咏白海棠》,"淡极始知花更艳",不但是咏白海棠的佳句,而且完全符合她的内在情感追求:喜欢素朴淡雅、高洁无华,为人谨慎寡言、顺时安分,遇到旁人会见怪的事情她能浑然不觉或高高挂起,因而博得了贾府上下赞誉。第三十八回她写的那首《螃蟹咏》,被众人推为"绝唱",是一篇"小题目""寓大意思"的作品。字里行间透显着人生的力度和识见,特似出自一个深沉冷峻的男性诗人之笔。总体而言,她的诗作雍容大气,与其妇德的修养和智慧的追求相和谐。如第十八回元妃叫众姊妹各题一匾一诗,宝钗为"凝晖钟瑞"(匾额),题的诗是:"芳园筑向帝城西,华日祥云笼罩奇。高柳喜迁莺出谷,修篁时待凤来仪。文风已著宸游夕,孝化应隆归省时。睿藻仙才盈彩笔,自惭何敢再为辞。"

这首诗开始歌咏"芳园"与"帝城"的奇姿,接着,以凤凰来仪比喻元妃的归省,讴歌元妃的"睿藻仙才",一派称颂功德的内容。全诗语言安雅、音韵稳妥,行文奥丽,气质端庄,正体现了宝钗封建德行与诗文智慧的整合之美,宝钗正是被如此塑造成封建正统教育中一个美人才女的典型形象。由于她仿佛无瑕美玉,故而缺失了人性复杂性的张力和魅力,恰如诸葛亮智得似妖,刘贤德仁得近伪,形象的完美恰恰远离了生活的真实与俗众的审美标准。

三、殉于礼教

《红楼梦》中的"万艳同悲"既是人生性的,更是宿命性的。在作者看来,人生是一个通往黑洞的大船,没有谁家女儿能脱离这样的轨迹而成为不必如此的幸运儿。古希腊哲学家塞内卡说:"何必为生命中的一件事情而哭泣?生命本

身就是可泣的。"生命是一场悲剧，只是各人有各人通往悲剧的路径。封建礼教剥夺、侵占着她的灵魂，她被渐渐"非我"化，并最终葬送了自己的幸福。她的悲剧不仅是时代的、命运性的，更是心灵的、人性扭曲的悲剧。

首先，她总在感性与封建理性的权衡之间自我苛刻。作为一个过早成熟、对自我要求过高、极其冷静和通达的宝钗，平生很少像女孩一样爱美、爱哭、感性、计较。儒家的审美准则是"温柔敦厚、怨而不怒"，她便是这样的自我要求者。她端庄雅丽、理性从容，但并不等于她没有自己的内心世界。像血液在人体的周身流动一样，她也是肉身之躯，也有通常少女的喜怒哀乐之情。除了她团扇扑蝶的童心，她还有自己天然的柔情。宝玉挨打之后，宝钗手托丸药第一个去探望他。先将丸药交给袭人，吩咐袭人晚上怎样为宝玉敷治，待到宝玉睁眼说了话，她便点头叹道："早听人一句话，也不至今日。别说老太太、太太心疼，就是我们看着，心里也……"刚说了半句又忙停住，自悔话说的急了，不自觉地红了脸，低下头来。这是封建淑女不自觉透露的真心。从宝钗的头两句话听来，她对贾政打宝玉肯定不是反对的立场，她当然只有维护封建家长的权威。"听人一句话"的"人"，显然指她自己，因为她和贾政的态度是一致的，所以有责备宝玉、规劝他改弦易辙、回归"正途"的意思。但她又是有同情心的人，尤其是对宝玉有"情"。见宝玉被打成这样确实"心疼"，所以先说老太太、太太心疼，后用"我们"代称来表达自己的心声，最后自悔失言，没有说出"心疼"二字。当王夫人后悔逼死金钏的时候，宝钗为了对自己的亲人显示有情，便对丫头之死表现了极端的无情。她哄王夫人说金钏是失脚掉进井里的。如此说法的确是她那个年纪的少女难以理出的思维

第十章 蓝田日暖玉生烟——玉质三角

头绪。可见宝钗之心在感性与理性的权衡中理性总是击败感性,终至于她除了对封建礼教下的权威和信条温情维护之外,对其他都显得苛刻和无情起来。

其次,她总在自我与超我层面委屈挣扎。由于"金玉良缘"的箴言,她十分敏感于自己与宝玉的关系。看到宫里送来的礼物独自己与宝玉的一样,她便觉得没意思。发觉出"木石盟"之深,她便跳出局外,超然静观,将自己的得志遮掩得结结实实。高鹗续书中宝钗闻宝玉失落,自是非常伤心,可她反强打精神劝慰母亲。受了哥哥的气,她"满心委屈",但"待要怎么样",又怕母亲不安,便"回到屋里哭了一晚上"。黛玉苛刻她,她也因"内心惦着母亲""并不怎么,一径自去了"。在宝钗那里,封建规范下的妇德是为女人的第一要义。行为要"发于情,止于礼仪";艺术要"思无邪"。如此的以理抑情使主体在情感要求与道德完美标准之间有了矛盾。"美"与"善"本身就是两种价值标准,它们之间必然存在着不可契合性,一定会表现为个体的自由生命与违背社会伦理纲常之间的冲突。在内心自我生命与超我道德要求的矛盾撕扯中,宝钗终于以牺牲了自我的需求而赢得了封建家长的称道。

再次,她表面与内心总有现实与理想间冲突的不和。"和"在中国传统文化中既是社会理想、人事理想,也是生活理想、审美理想。无论儒家强调人与社会的和谐即"人和",还是道家注重人与自然的和谐即"天和",根本上都是主张主体与客体的外在和谐与主体自身内在和谐的统一。宝钗的人事理想是封建家庭之和,其审美理想是超然素朴,坦然淡然。她外在的语默动静都体现着平和之美、端庄之姿,而在现实生活中,内心的理想却被一一揉碎。她的皇商家庭逐渐

走向破败,她的兄弟飞扬跋扈、胡作非为,真是谈不上家"和",婚姻上的两相"不和"更摧毁着她内心所有的理想和憧憬。一部红楼,常常被人们看做是宝玉和黛玉的恋爱悲剧,其实,换个角度看,这也是宝钗的心灵悲歌和婚姻悲剧。作为一个才情女子,宝钗也是有婚姻理想的,但封建礼教的观念使她无法自己选择如意郎君。宝玉虽然很是出色,偶尔也令宝钗泛起爱慕之心,那是在无可选择之间的情感流动,一种潜意识里对相貌俊秀的男子的好感,何况宝玉还相当有文采。但在宝钗看来美中最大的不足,是他不求上进,心神浮泛,性情独特,太过阴柔,不足托付终身。薛姨妈喜欢亲上加亲则主要是出于家庭背景的缘故。所以当薛姨妈告诉宝钗她和宝玉的婚事已定之时,"宝钗只是哭,却不语言"。她深深知道她和宝玉的内心世界并不相同,宝玉心中"终不忘世外仙姝寥寂林"。但她的教养使她只有向现实妥协,面前无他途。好风借了力,却终被雪里埋。

与黛玉的人生相比,宝钗的一生更为可悲。黛玉至少张扬了性灵、活出了自己,体验到了虽然短暂却也永恒的心心相印的幸福,最终为情而死,解脱了所有的痛苦。而宝钗一生为理念而活,为别人而活,最终任由妇德这把刀切割掉了自己如花的青春。真是封建礼教用软刀子杀人的佐证。对于她至素至达,张扬文化之美的另面,却至悲至苦的结果,作者曹雪芹一定也是扼腕叹息、难以尽笔的吧!作者的高妙之处在于,将宝钗也写成性格中蕴涵着无限矛盾意味的形象,因而引起见仁见智大不相同的结论,甚至争论上百年也说不尽其性格之谜,所以宝钗的形象也成为具有极高审美意义的典型。

第十一章 簌簌衣巾落枣花——鄙中蕴美

雷响在遥远的地方,风就在近处懒散地煽。轻盈的时间中,枣花落在衣巾上的声音是那样细小。那不是一种生活中微不足道的音响,其中蕴涵着一种大爱。爱即是自然即是最美。

诗性红楼撷英
SHI XING HONG LOU XIE YING

在万紫千红的红楼女儿花中,刘姥姥就像其中的一枝仙人掌,在富丽堂皇的红楼深院中别致地开放。与其中众多人物生动跌宕的故事相比,刘姥姥在不起眼的空间和篇幅里,以其与贵族人物巨大反差式的独特身份与个性,独具诗性地演绎着三进荣国府的传奇故事。

三进荣国府

一、两次进府

刘姥姥是一个靠两亩薄田度日的乡下人,由于女儿女婿务农为业、忙于农事,被接到女儿家照管外孙。她和贾家没有什么直接关系,因为女婿王狗儿祖上曾作过小小的京官,与王熙凤的祖父联过宗,在20年前曾和女儿见过王熙凤一次。这一年冬天,由于家中"冬事未办",手头紧张,女婿"心中烦躁,在家里闲寻气恼",刘姥姥忽然想起了与贾府王家的关系。为了生计,在女婿的催促下,刘姥姥决定带着外孙板儿,不顾老脸前去探望,于是,刘姥姥一进荣国府。此次进府动静不大,主要想见王熙凤。刘姥姥所到之处谨小慎微,生怕出了差错。在见识了贾府的高门大院和气派华贵之后,虽然受到的待遇不高,但如愿以尝见到了凤姐,并得到了王熙凤周济的二十两银子。

第二年夏秋时节,刘姥姥二进荣国府。因为这年真的"多打了两石粮食",这个知恩图报的农家老妇高兴之余没有忘记贾家危难之际的帮助,为了把头一茬摘下的新鲜瓜菜送来,于是再度进府,当然也许有再次打秋风的目的。人性在生计面前总是立体的存在。此次到来正是元妃省亲后不久,大观园里一派兴旺气象,全家上下和乐得意,于是刘

第十一章
鬖鬖衣巾落枣花——鄙中蕴美

姥姥受到了盛情的款待。更重要的是,这次她"投了贾母的缘了"。贾母是贾府的最高领导、封建大家族的家长,也是一个人之将死,其言也善的长辈。对刘姥姥的光顾,她几分新奇,几分亲近。凤姐等人细心捕捉到贾母对刘姥姥的特殊感情和兴趣,为讨贾母高兴,便利用刘姥姥扮起喜剧角色。刘姥姥则洞悉其中的大义,善良、热心的她明知大家是在拿她逗乐,却不露声色,不再拘谨,积极配合,完全进入角色,自然而然表演,演得淋漓尽致、出神入化。在刘姥姥的演出中,她的满口村话是那样形象生动、幽默有趣。当大伙儿给刘姥姥头上插满花时,她自己便打趣道:"我虽老了,年轻时也风流,爱个花儿粉儿的,今儿索性做个老风流。"惹得淑女们禁不住大笑起来。刘姥姥的故事也最生动,都是民俗气息的内容,属于即兴创作。刘姥姥的行为更是最夸张的表演。当吃饭前,她高声说道:"老刘!老刘!食量大似牛,吃一个老母猪不抬头。"说完,却鼓着腮帮子,两眼直视,一声不语。众人先还发怔,后来一想,上上下下都一起哈哈大笑起来。刘姥姥的出现和别具一格的存在,给贾府众人带来了意想不到的欢乐。作者用各人不同的笑姿来证明刘姥姥的演出效果:

"湘云撑不住,一口饭都喷了出来,林黛玉笑岔了气,伏着桌子叫'嗳哟';宝玉早滚到贾母怀里,贾母笑的搂着叫宝玉'心肝';王夫人笑的用手指着凤姐儿,只说不出话来;薛姨妈也撑不住,口里茶喷了探春一裙子;探春手里的饭碗都合在迎春身上;惜春离了座位,拉着她奶母,叫揉一揉肠子。地下的无一个不弯腰屈背,也有躲出去蹲着笑去的,也有忍着笑上来替他姊妹换衣裳的,独有凤姐鸳鸯二人撑着,还只管让刘姥姥。"

无疑,刘姥姥二进荣国府获得了空前的成功,她以自己的善良和智慧,为大家带来了快乐,因而赢得了众人的心。

二、末次进府

刘姥姥三进荣国府,是这个村妪形象在小说中最后的展露。这时宁国府已被查封,当年不可一世的王熙凤众叛亲离,已到"力诎生人怨"的地步,先前被她整治、伤害过的人们,现在都来伺机报复。凤姐见大势已去,在苟延残喘、挣扎垂死之前,她把自己的独生女巧姐托付给了刘姥姥。因为精明过人的凤姐深深知道,在荣宁二府中,只有刘姥姥才是善良可托的。也正如王熙凤所料,她死之后,巧姐的舅舅王仁和叔叔贾环等,为了谋取利益,不顾亲情,要把巧姐卖给王府的时候,刘姥姥吃尽千辛万苦,千方百计把巧姐找回来,勇敢机智地救了巧姐。之前,刘姥姥没有因为自己和贾府的点滴关系而炫耀乡里,此时,也没有因王熙凤的失势背时而过河拆桥,表现出素朴的人格、过人的智慧和高尚的情操。王熙凤当初对刘姥姥的一点炫耀,一点游戏,一点同情,一点怜悯,终于换取了一份拳拳爱心。这件事本身对她是某种深刻的教诲,极具寓言色彩。到此,刘姥姥这个艺术形象终于塑造完成,她正直善良、有情重义、聪明智慧、乐观坚韧。在这个老太太身上,体现出中华民族的传统情操和美德。

作为"说眼"的刘姥姥

苏轼曾写诗云:"天工忽向背,诗眼巧增损。"天然形成的工巧忽然有违背不定的情形,便由诗眼,也就是从炼词炼句上找到施巧之处。诗词有"眼",小说亦然。刘姥姥这个形象无不是作者曹雪芹在作品中,尤其是在《红楼梦》的艺术结构

中,精心设置的一个"说眼",其实就是文眼。

一、开拓意旨的枢纽

首先,刘姥姥是表达中心的突破口,是开拓意旨的关键人。《红楼梦》里聚焦着宝黛亘古悲壮的爱情故事,但这不是作品意义的全部。其宽广的人生面貌、深层多样的社会况味都是由作品中的爱情、政治、经济等具体故事组构生成的。豪门大宅的荣宁两府,仿佛世外桃源的大观园都是相对孤立的世界。在这个皇亲国戚的独立王国中,自说自话的故事一定有"不识庐山真面目"的狭隘。此时,作者设计了刘姥姥这个"说眼"人物,解构了这个相对封闭自观的格局。

正是由刘姥姥"一进"开始,《红楼梦》故事的正传才算正式揭开。刘姥姥用一双作者赠予的慧眼,目睹荣府一派富贵繁盛的景象,就此开始了对这个大家族代表的没落王朝的贴身式追踪,展开了对现实生活的深刻描写与对封建社会多重解剖的主旨。如果说一进是选择的、部分的审视,那么她的二进则是主要的、深细的渗入,并引出了贾府日常生活中衣、食、住、行、玩、乐、信等各个方面。这次刘姥姥所接触的人物之多,所进入的境地之深,所见的场面之广,都胜过了第一次。角色也由王家的亲戚变为众人喜欢的智者,待遇也由低三下四、打秋风的穷人,摇身为贾母的座上宾,不仅出席了贾府丰盛高贵的家宴,还游览了芳菲夺目的大观园。作者透过刘姥姥的融入、详察、评论和即兴表演,从内里写出了贾府鲜花著锦、人心腾越之鼎盛气象,又为日后贾府的腐朽败落、众人的四散悲剧埋下了伏笔。到刘姥姥三进荣国府时,贾府已在时过境迁、萧索凄凉之悲中。当往昔到处逞强的凤姐把自己的独生女儿托付给这位昔日来打秋风的穷婆子,并真正得到了体谅和帮助时,作品不仅具体体现了生活中随机存在的"无为之有",而且并不遮盖

生命仍是由有而无的规律,正所谓"无为有处有还无"。《红楼梦》中善恶美丑、有无真假的辩证思想进一步透显而出。可以说刘姥姥正是《红楼梦》表现主旨的突破口。

> **知识链接**
>
> 红楼家宴:中国是讲究饮食文化的国度。从孔子开始,就把饮食同文化,尤其是同"礼"联系在一起。《红楼梦》中的贾家作为贵族之家其餐饮之讲究,成为中国餐饮文化展示的典型橱窗。从规模上,贾家有小宴、大宴、盛宴;从时间上,有午宴、晚宴、夜宴;从内容上,有省亲宴、节日宴、生日宴、冥寿宴、诗宴、花宴、灯谜宴、螃蟹宴……觥筹酒宴之间我们不仅看到其菜肴之美、餐具之美,还看到礼仪环境等文化之美,若配以看戏,则更有视听之美了。

二、烘云托月的关键

刘姥姥在小说中对其他人物起着举足轻重的衬托作用,所谓映衬红花的绿叶式人物。作者在精心塑造刘姥姥这个小人物的同时,通过刘姥姥也勾画了全书一些重要人物的性格侧面,使这些人物形象更加丰满,更加立体。王熙凤是刘姥姥见到的第一个贾府主子,刘姥姥惊讶而谦卑地看到,王熙凤的高贵华美、颐指气使,她"端端正正坐在那里……也不接茶,也不抬头。只管拨手炉内的灰"。可谓正襟危坐,不苟言笑,颇有大管家的气派,使一点小钱不在话下。当刘姥姥二进荣国府时,王熙凤为取悦贾母,发现了刘姥姥的可用亮点,便以居高临下的优越感,把刘姥姥当成女清客,使出浑身解数进行家庭喜剧效果创意,既捉弄、戏耍,也调动、发挥刘姥姥,终于给老祖宗和大家带来了贾府从未有过的欢乐和满足。这里充分表现了凤姐的权术、人术,也无不表现了她的

冰雪聪明,是贾母眼中的花朵,是贾府上下的焦点。而刘姥姥三进荣国府时,王熙凤大势已去,又病入膏肓。与从前相比,她再也拿不出往日的高傲与威严,再也不能颐指气使、摆谱显阔,个性和内心都发生了根本的变化,无奈与慧眼中把自己的女儿巧姐托付给了刘姥姥。从中我们看到了凤姐性格的发展变化,也看到了她性格的不同色调、多重组合。

借刘姥姥这个特殊侧面,作者还入微描绘了《红楼梦》中的一个特殊人物——妙玉。第四十一回栊翠庵品茶,写刘姥姥跟随贾母游园,最主要是借游园中进入栊翠庵品茶歇息的过程描写深居简出的妙玉其人。妙玉是带发在贾府修行的姑子,她冰清玉洁、美丽多才,自称"畸人"、"槛外人"。作为出家人,她乖僻、孤傲,自有个性,是个内心叛逆的立体形象,不是概念中佛门弟子不动声色、慈悲为怀、讲究众生平等之属。从她对刘姥姥的态度就可以看到她性格的复杂性。当宝玉请求把刘姥姥喝过茶的杯子送给刘姥姥时,她却说:"这也罢了。幸而是我没吃过的,若我使过,我就砸碎了也不能给她。你要给她,我也不管你,只是给你,拿了去吧。"她是个爱恨明朗、独断专行的人,对刘姥姥有种发自内心的嫌弃和厌恶,只对翩翩公子宝玉另眼相待,并暗寄幽情。贾宝玉是红尘中人,妙玉是佛门子弟,栊翠庵品茶这个情节,因为有了刘姥姥的介入,使我们看到了两人对人的态度透显出的对佛的理解,对生命感悟的不同境界。宝玉不在形式上敬佛拜佛,内心却时刻领略着佛的真谛,如平等、慈悲等思想,并随时践行着它,与妙玉的形式上礼佛、敬佛,实质精神上和行为上居高临下、吹毛求疵、孤洁乖僻的个性形成强烈反差,终于导致世俗的不容,所谓"云空未必空,过洁世同嫌",她最终也与众艳群芳一道,拥抱了悲剧的命运。没有刘姥姥形象的深度介入,如此对比中血肉分明的形象就难以得到出神入化的描绘。

刘姥姥对其他人物的意义也是如此。在刘姥姥二进荣国府时，贾府上下都粉墨登场，在刘姥姥的周围出现并表现。这些人物当中不仅有凤姐、宝玉、黛玉、妙玉等作品中的重要角色，也有贾母等主子们，平儿、鸳鸯这些丫头们，小说通过刘姥姥这面特殊镜子的映照与烘托，反映出她们各自不同的为人与性格，这些人物形象更加生动丰富，更加复杂圆满，收到一笔多能的艺术效果。脂评本中曾说："小说中一笔作两三笔者，一事启两事者有之，未有如此恒河沙数之笔也。"细读下来，的确不是虚言。

三、推进情节的关节

刘姥姥不仅是贯穿全文的一个线索，更是作品的一个关节。每逢《红楼梦》情节发生重大转折时，刘姥姥便会在荣国府出现。作者不仅用她穿针引线、一以贯之，也用她推进情节、凝练情感，更用她翻出新意、增添情趣。《红楼梦》一书中写了有名有姓的人物四百多个，其中绝大部分是贾氏宗族之人，有的虽非贾姓，却也与贾家有远亲、同僚、师友、雇佣等关系，刘姥姥则因为与贾家完全没有关系而成为身份特殊的重要人物。如果说贾府的生活在表面诗礼簪缨、繁华富贵的气象中显得沉闷刻板、波澜不惊，刘姥姥则成为其中的新鲜因素。二进荣国府则重点写了由她带来的有乡土俗风特质的新鲜气息。书中写刘姥姥游览大观园时，大观园中的怡红院、潇湘馆、秋爽斋等居处和景物令她慨叹和惊讶，她说："我们乡下人到了年下，都上城来买画儿贴……大家都说：怎么得也到画儿上去逛逛。想着那个画儿也不过是假的……谁知我今儿进这园子里一瞧，竟比那画儿还强十倍。"她用俗眼俗话把"美景如画"的新意生动地进行了传达。在家庭筵席上，作者着意描述了更令刘姥姥惊讶的一道菜——茄鲞。凤姐介绍了这道菜的细致做法，刘姥姥听了摇头吐舌说："我的佛祖！倒得十来只鸡来配它，怪到这个

味儿!"一边已把贾府穷奢极欲的生活写得淋漓尽致,一边用刘姥姥"摇头吐舌"的激烈反应,形成反讽的戏剧效果,这样的生活简直已使贫苦的农民达到不可想象的地步,的确在增添了情趣的同时,翻出了新意和深意。

> **知识链接**
>
> 茄鲞:鲞,音 xiǎng,剖开晾干的鱼。茄鲞就是茄干。做法是把刚下的茄子剥皮切成碎丁,用鸡油炸过,再用鸡脯肉并香菌、新笋、蘑菇、五香腐干、各色水果,俱切成丁,用汤煨,用香油收完,用糟油拌过,盛在瓷罐子里封严,吃时拿来,配以炒的鸡爪凉拌。茄子属凉性,有多种营养并有活血化淤、利尿、解毒等作用。此为《红楼梦》中写得最翔实的菜肴。

刘姥姥形象的审美意义

作为《红楼梦》中成功的人物形象,刘姥姥的出色表现是多方面的,总起来说,她的形象透显出的是一种俗文化的底蕴带来的俗美的魅力。

中国文化历来有雅文化与俗文化之分,雅文化是适应以士大夫为主体的统治阶级的趣味需要而诞生的文化;俗文化则是适应以农民、市民阶层为主体的被统治阶级的爱好而诞生的文化。在《红楼梦》中,贾府代表的是源远流长的雅文化的趣味,刘姥姥代表的正是俗文化的立场。虽然形态粗鄙、简陋,但内里孕育着俗美的素质——机智、善良、朴拙。

一、机智之美

刘姥姥是机智的。她的机智首先表现在她对生活知难而进、勇于挑战和揣摩预测、乐观应对的态度上。刘姥姥是一个农家老妪,作品描写她久经世态、见多识广,当家境凄惨、走投无路,大家都无能为力时,是刘姥姥显示了她非同一般的见识。她看出"长安城遍地是钱,只可惜没人会去拿"。她说:"谋事在人,成事在天。看菩萨的保佑,有些机会也未可知。"生活教会了她很多,不是教会她气馁,更不是教会她抱怨,最重要的是教会她机智勇敢地应对一切。以后遇到的纷纭事物,是是非非,她都是以这样的勇气这样的态度去直面和挑战的。她的机智还表现在她超强的人际应对能力上。无论说话还是做事,都透显着机灵、分寸和成熟。当刘姥姥带着板儿来到荣府时,她善解人意的人际智慧得到了特殊的激发和表现。见到荣府大门外的奴仆,刘姥姥不是叫他们老爷,更不是喊他们大爷,而是称他们为太爷。说要找周瑞家的,"烦哪位太爷替我请他老出来"。封建社会管县官县令才称县太爷,这里刘姥姥为了表达自己的胆怯、卑微和对他们的高抬、讨好,就做了如此的称呼。奴仆听了这样的话很舒服,于是一个老奴带她去了后门。当她见到周瑞家的时,所打的招呼就变了口吻:"好呀,周嫂子!"一下就显得亲切近乎了,仿佛一家人一样。当周瑞家的问她来此的目的时,刘姥姥则说:"原来是特来瞧瞧嫂子的,二则也请请姑太太的安,若可以领我见一见更好,若不能便借重嫂子转致意罢了。"把看周瑞家的作为首要目的,把要看凤姐打秋风的目的放在其后,以拉近关系、表达对对方地位的看中,同时还达到了激将对方的作用,让周瑞家的一来听着受用,二来答应帮忙见凤姐,以"显弄自己的体面"。当她后来遇到贾母时,则出人意

料地喊贾母为"老寿星",既尊重、赞美,又恭维讨喜,大大赢得了贾母的欢心。她的出于经验的对人心人性的揣摩步步走得恰到好处。虽然刘姥姥的机智,是以小农式的特点表达而出的,有些还难免靠近了猾或愚的两端,没有文化的深意,宝钗就曾说:"昨儿那些笑话儿,虽然可笑,回想却是没味的",但这正是小农式机智的附带品,比如,作品写到她的拙中之"慧"。刘姥姥作为农民中的一分子,也是笃信鬼神的。她看到贾母和大姐儿病了,就建议烧纸驱邪,她给大姐儿起名字,也是按照民俗中相生相克的道理,认为能以"巧"破"巧"、逢凶化吉,大姐后来就被改名为巧姐。姥姥在拙中透显出的一份机灵和慧心,赢得了凤姐的认同。毕竟她是农民,不具备文化式的智慧,而这才更符合人物形象的身份和特点。

二、善良之美

刘姥姥的善良是这个形象俗美价值的内核。失去了这个内核,其他的特质就会变味,就会成为人物意义的解构力。她的善良美表现在她知耻重义和知恩图报的品德上。刘姥姥虽然久经生活的风雨,但良心依旧没被破坏,善恶荣辱的是非标准没有被扭曲。当刘姥姥想向凤姐求助时,她犹豫辗转,那种"忍耻"感使她欲说还休。还是在周瑞家的暗示下,才把话说了一半,最后借板儿掩饰自己的尴尬,并达到了目的,"你那爹在家怎么教你来?打发咱们作煞事来?只顾吃果子咧"。当刘姥姥得到二十两银子后,见到周瑞家的时,还特地要留下一块银子与周瑞家的孩子们买果子吃。这个细节也表明刘姥姥很厚道、很会做人,明知周瑞家的看不上也要这样做,一是表明自己的谢意;二也说明自己并不是个过河拆桥的人。

刘姥姥知恩图报的品行在作品中被不断放大,甚至成了后来情节推进的关节。如果没有她内心善良的想法,就不会有她其后的两进贾府,也就没有了许多互相关联的故事。二进贾府正是出于她淳朴的品格和报恩的愿望。当她依靠贾府的资助经济状况有所改善之后,便立即想来告之和报恩,丝毫不忘昔日接济之助。她见到平儿时说:"家里都问好。早要来请姑奶奶的安看姑娘来的,因为庄家忙。好容易今年多打了两石粮食,瓜果蔬菜也丰盛。这是头一起摘下来的,并没敢卖呢,留的尖儿,孝敬姑奶奶姑娘们尝尝。姑娘们天天山珍海味的也吃腻了,这个吃个野意儿,也算是我们的穷心。"如此出自肺腑朴实真挚地表白了自己的目的。更可贵的是,刘姥姥三进荣国府时,贾府家破人亡,凤姐也奄奄一息。刘姥姥没有见利忘义,更没有落井下石,而是一片热心、责无旁贷地承担了凤姐托孤的重任。在巧姐面临被卖的厄运时毅然搭救了她。其高尚的品行闪耀着美的光辉,这和贾府昔日那些所谓的上层贵族和他们的重重机心与贪婪险恶相比,人性呈现出多么截然不同的境界。

三、朴拙之美

刘姥姥的俗美魅力最集中表现在她朴拙的行为和本色的语言上。刘姥姥是地地道道的农民出身,与贾府里老爷太太公子小姐们完全不同,她用底层人民朴素的动作行事,本色的语言说话,尤其善于使用一些富有乡土气息的俗语、说一些市井笑话,打一些民俗性的比方,而在雅文化的圈子中,这一切无不显示了生动、新鲜、活脱与本真的魅力,故在贾府众人心目中一跃成为俗艺明星的角色。在刘姥姥一进荣国府时,当听到凤姐给她二十两银子做接济时,刘姥姥喜不自胜,笑道:"我也是知道艰难的。但俗话说的:'瘦死的骆驼比

马大',凭他怎样,你老拔根寒毛比我们的腰还粗呢!"周瑞家的认为刘姥姥的话说得粗鄙,只管使眼色制止她。再如,吃饭时刘姥姥故意把鸽子蛋说成是鸡蛋,并用拟人的方式说道:"这里的鸡儿也俊,下的这蛋也小巧,怪俊的。我且食攮一个儿。"一会儿又高声说道:"老刘,老刘,食量大似牛,吃一个老母猪不抬头。"说完却鼓着腮帮子,一声不吭。她的语言和动作直把众人逗乐。作品用众人不同的笑态来衬托刘姥姥辞令的效果。如果她不如此逗趣说话,她的魅力何在?于贾府的意义何在?其实,正是这粗鄙、简陋的语言写出了刘姥姥的个性,透露出俗文化的新鲜气息。刘姥姥二进大观园时为应对应接不暇的酒令,顺口说出了更通俗、更精彩的话:"大火烧了毛毛虫"、"一个萝卜一头蒜"、"花儿落了结个大倭瓜"等。每句酒令对词,都是刘姥姥熟悉的农村生活、农村事物的写照,在农务生活的习染中,刘姥姥出口成对,对对精彩。这些本色气质的对话因在贵族文化的习惯和氛围里格外悖谬、另类,有着夸张到既不着调又都在韵上的喜剧效果,因而显示出风趣幽默的特点,它们进一步细化了刘姥姥小农式的机智和朴拙,凝练了她的俗美气质、写活了她的俗美神情,使刘姥姥这一典型形象获得了不朽的生命力。

总体而言,刘姥姥与众多红楼人物一样,是一个即对立又融合的人物。她也骂人撒泼,但那不是恶意;她也滑稽可鄙,但那不是品性主调。作为一个乡野老妪,她浑身有无尽的俗美因子,这些因子此中有彼,彼此连贯,形成互相说明、互相补充的一个个性的整体,在这个系统中的人物形象,无不具有朴中见智、拙中藏慧、粗中有细、鄙中蕴美的特点,这个既对照互补又重点突出的立体个性构架,终于成就了刘姥姥这个极其生动饱满、风格独具而富有戏剧魅力的红楼人物形象。

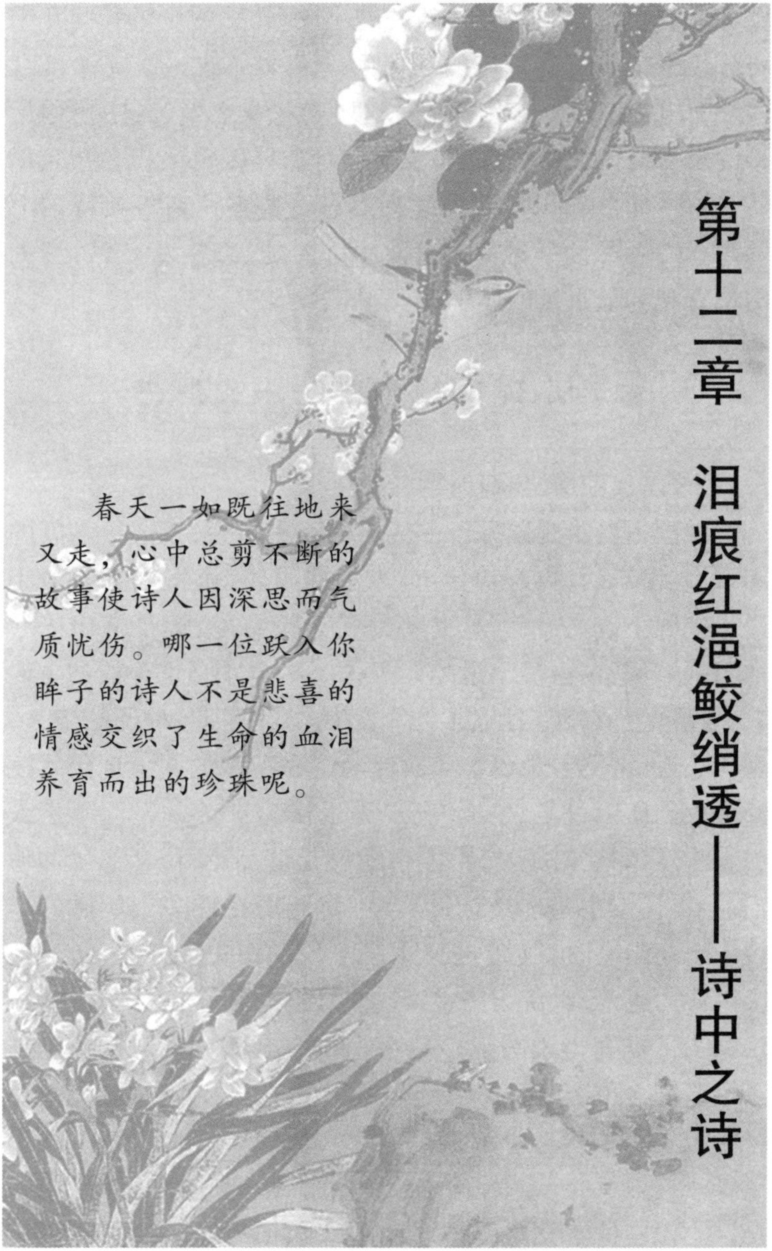

第十二章 泪痕红浥鲛绡透——诗中之诗

春天一如既往地来又走,心中总剪不断的故事使诗人因深思而气质忧伤。哪一位跃入你眸子的诗人不是悲喜的情感交织了生命的血泪养育而出的珍珠呢。

　　《红楼梦》被称为众体兼备的小说，几乎使用了我国几千年流传下来的所有传统的和民间的韵文形式。据统计，《红楼梦》中的韵文作品有22种、238篇（首）之多，其中使用最多的是传统体裁中的诗歌，涉及的诗歌体裁也最广，绝句、律诗、歌行、怀古、即事、词等应有尽有。曹雪芹在古典诗词上的高深造诣可见一斑。大量使用诗词是《红楼梦》有诗性美的最直观和最直接的体现。

古典小说使用诗歌的历史溯源

一、唐代变文、传奇时期

　　中国古典小说渊源于古代的神话和传说，近成于六朝的志人、志怪小说，再经唐传奇、宋元话本，一直发展到明清小说。中国小说夹有诗词，并不是初始具有的，而是从唐以后才出现端倪，至白话小说的始祖——话本才真正开始的。但它一经产生就一直延续了几个朝代，直至西方小说的传入，现代小说的产生，小说中穿插诗词这一特殊的文学现象才逐渐消失。原因是复杂的。鲁迅先生认为："大约是受了唐人的影响：因为唐时很重诗，能诗者就是清品；而说话想攀仰他们，所以话本中每多诗词，而且一直到现在许多人所做的小说中也还没有改。"（鲁迅：《中国小说的历史变迁》）封建社会以诗为正统，以诗为庄雅，有把小说称为"小道"的传统，小说家为了提高小说的地位就在小说中夹上诗词。这当然是一个原因。再者，唐以后，诗歌无论在文人层还是在民间都极为流行，在小说中加进诗词，也是为了标榜文采、吸引读者。

　　小说中的诗词最早应脱胎于唐代的变文。变文是唐代

第十二章
泪痕红浥鲛绡透——诗中之诗

讲唱伎艺"转变"的底本,其最大的特点是说唱故事:以散文讲述、以韵文歌唱,说说唱唱、说唱交织。其中的韵文唱词,有五言、六言、七言以至杂言,而以七言为主;每段唱词少则两句,多则十句;每个唱段可以通压一韵,也可以转若干韵,一般在偶句用韵,个别唱段也有不用韵的情况。如《伍子胥变文》通篇皆为七言唱词,只有一首五言,《孟姜女变文》中唱词皆为十句以上。

唐代变文中的韵文唱词,虽说是古典小说中穿插诗词的前身,但还不能算是真正意义上的诗词。时至传奇登场,创作传奇小说的文人及时吸收了变文散韵结合的特点,而且在唐宋诗词发展的时代,也是科举发展的时代,诗词越来越为文人所重视,不仅作为科举考试的主要内容,也为应考文人"温卷"(扬名)之用,即在考试之前借以扬名,由于文人也都是诗人,在传奇小说中随时展示自己的文才文采便是情理中事。诸多因素使诗词在传奇之中放出异彩。元稹的《莺莺传》便是其中代表。书生张拱与莺莺在爱情交往的过程中以诗词互赠,表达心曲,已经代表着小说中夹杂诗词这种形式初具雏形。

二、话本文学时期

随着传奇的日益衰微,话本文学渐趋成熟并流行。话本原是"说话"艺人的底本,到宋词鼎盛的时代,也是当时艺人在"瓦肆"中说唱表演流行的时代,为了等待和吸引观众,艺人往往在正式开场道念几首当时流行作家的诗词,中途或结束时为了满足听众的娱乐或使听众重振注意力,又会念上几首诗词,那些著名人物的诗词既蕴涵着高雅的胸襟怀抱,又透显着文人的智慧情感,的确为话本增色不少。话本的出现使小说中穿插诗词这种形式得到更广泛、更普遍的运用,而

小说中夹插诗词的写法也就更加普遍并深入人心。

明清之后,文人开始介入小说,并逐渐成为独立创作者。小说中出现的诗词形式更加多样,内容也更加丰富,作者不只是拿来名家的诗词作品用以调剂,也用诗词开场、总结、抒情和点缀等。小说中穿插诗词这一雅与俗的特殊结合终于走向成熟,并成为一种小说创作的固定模式。

古典小说中诗歌的作用

中国古典小说穿插诗词的漫长历史中,从唐宋元初不自觉地穿插到明清两代文人成为小说创作的主体,自觉将诗词植入小说,小说中诗词主要起到以下的作用。

一、引领情绪

小说中穿插诗词之初,作者多数的情况是用前人所作或模仿前人所作诗词来起到一种类似《诗经》起兴手法的作用。它或用来领起一个话题,或用来引起一种情绪,奠定一种基调、指引一个内容的大方向。如古典名著《西游记》的开端诗便是:

混沌未分天地乱,茫茫渺渺无人见。

自从盘古破鸿蒙,开辟从兹清浊辨。

覆载群生仰至仁,发明万物皆成善。

欲知造化会元功,须看西游释厄传。

小说中穿插诗词多数与小说内容无关,但信手拈来也有作用。主要是可以引起一种情感或重申某种感慨,渲染小说的焦点内容,达到一种映衬的效应。如《醒世恒言》第三十三卷中的《错斩崔宁》,作者开篇写道:

聪明伶俐自天生,懵懂痴呆未必真。嫉妒每因眉睫浅,

第十二章
泪痕红浥鲛绡透——诗中之诗

戈矛时起笑谈深。

九曲黄河心较险,十重铁甲面堪憎。时因酒色亡家国,几见诗书误好人。

此诗在宋话本中早已有之,冯梦龙改编时将其保留。这首诗的内容可以从多种角度诠解,但作者在这里保留并引用,无非是看到其中有"謦笑之间,最宜谨慎"的意思,这个意思能与他后面要讲的故事搭建关系、促成感慨。再比如古典名著《三国演义》中,当写到诸葛亮病死五丈原后,作者为表达对武侯鞠躬尽瘁,死而后已的精神的赞美,特地调用了唐代大诗人杜甫、白居易等人赞颂诸葛亮的诗进入小说,来加强情感的渲染力度。

二、点明宗旨

当小说家自觉把古典诗词植入古典小说中时,由于中国的古典诗词在精要简洁的语言中具有很强的艺术概括性,让诗词帮助点明小说宗旨自然成为作者因理性而使用诗词的重要理由。小说作者常选取一首或一组诗词放在开篇或结尾,来帮助点明小说的主旨。虽然它不见得必须是作者所作,但引用好的诗词既言简意赅,又引人入胜,既能帮助点明宗旨,又具有文学价值,效果非常明显。如《三国演义》篇首的词便是如此:

滚滚长江东逝水,浪花淘尽英雄。是非成败转头空,青山依旧在,几度夕阳红。

白发渔樵江渚上,惯看秋月春风。一壶浊酒喜相逢,古今多少事,都付笑谈中。

这首词本身不是《三国演义》作者原创,而是明代文人杨慎的旧作。此词气势雄浑、意蕴幽邃,在如歌如虹的咏叹中具有指点历史的气魄和评说英雄的豪迈。将它拿来总结三

国时代群雄并起、纵横捭阖的历史,可以说抓住了历史发展的规律,高度凝练地回望了英雄人物在历史长河中所处的地位,具有高屋建瓴的意义,以此点明小说宗旨可谓恰当。

三、逞其诗才

当明清文人正式介入小说之后,小说曾一度成为文人之间比拼才艺的工具,作者的用意从小说创作本身转移至诗词写作,为了自己刻意雕琢的几首诗词,作者居然可以组织起小说中的人物、情节,还会刻意围绕着它来拼凑小说的内容,而不顾及小说和人物自身的逻辑联系,甚至使小说内容支离破碎也在所不惜。如小说《玉娇梨》中,第一回红玉因代父题诗引起事端,父亲白太常被迫出使虏庭,红玉也只好暂寄吴翰林家中,而第四回中苏友白也是因壁上题诗引起吴翰林的注意和青睐,想将红玉许配于他,从而引发了一段姻缘。整部书都是以诗发端,以诗作结,诗歌在其中起了非常重要的作用,情节、人物倒在其次了。《平山冷燕》通篇也是围绕主人公写的两首诗展开的。鲁迅先生在《中国小说史略》中曾批评过这类小说舍本逐末的做法,指出正是由于这类小说在传统文学中地位不高,难登文学的大雅之堂,因此文人们才情愿以诗词逞才,努力提升小说地位,却把小说引入歧途,这也是这类才子佳人小说整体艺术水平不高的原因之一。

《红楼梦》中诗歌的意义

一、为小说内容和情节服务

《红楼梦》是一部诗化的小说杰作。以曹雪芹的旷世才学和超凡见识,自然不会也不屑去重蹈才子佳人式小说卖弄诗词的覆辙。他呕心沥血地创作出大量《红楼梦》诗词,一方

第十二章
泪痕红浥 鲛绡透——诗中之诗

面如甲戌本第一回第一首诗夹批所说:"雪芹撰此书,中亦有传诗之意",是为了传世;另一方面则主要还是为小说本身的思想内容服务的。小说的内容与诗词的意境紧密融合在一起,诗词成为小说中不可分割的有机组成部分,就此《红楼梦》诗词也成为古典小说中诗词所能达到的最高境界。

红楼中诗不是可有可无的野花点缀,都具有或总领或分起及这样那样的意义。比如,关于《红楼梦》的标题诗,评点派红学家洪秋蕃说:"'满纸荒唐言,一把辛酸泪',谓荒唐言中皆辛酸之泪,非无故而为此谰言也。又云'都云作者痴,谁解其中味',谓世之读书者不窥底蕴……亦痴人之痴耳。"(洪秋蕃:《红楼梦抉隐》)他是想说明"满纸荒唐言"一诗不仅总领故事,提起全篇,而且兼有提醒读者、设置悬念的作用。如果我们再与书末的"说到辛酸处"一首对着看,则更能感受到此二诗在情节发展中的作用。

由于诗歌在中国文人的人生中有特殊的地位和意义,因此它在现实生活中的使用及其所起的作用就特殊起来。小说的创作者在如实描述生活本真的同时,再加以艺术的加工和夸张,诗词在中国古典小说中甚至成了推动人生或改变命运的特殊工具。如写宁国府梅花盛开,贾珍妻尤氏请贾母等前去赏玩。贾宝玉睡午觉,住在贾珍儿媳秦可卿卧室,梦游太虚幻境时,见到"金陵十二钗"图册,听演系列《红楼梦》曲,并与仙女可卿云雨,醒来后因梦遗被丫环袭人发现,二人发生关系等。诗词在其中的存在自然而然,并推动了故事情节和人物命运的发展。

又如大观园建好后,才子才女们无所事事,探春倡导成立诗社。第一次咏白海棠,宝钗夺魁;第二次作菊花诗,黛玉取胜。这些与诗词相关的内容都融入故事情节之中,成为讴

歌青春、讴歌美好及生命成长的重要历程。

二、点明作品宗旨、暗示人物命运

博大精深的《红楼梦》情节复杂，人物众多，如何把握其主题的确线索纷纭、雾里看花。而《红楼梦》中的诗词则如大海中的灯塔、森林中的星光，指引着我们的阅读方向。尤其是前五回中的诗词，的确都有提纲挈领的作用，都是作者精心构思和创制的。如《红楼梦》中的《好了歌》及《好了歌注》，明显有着表达作者主体人生体验的意味。尽管有人对《好了歌》及《好了歌注》是否是《红楼梦》的主题歌表示异议，但通观全书之后，这样的诗歌的确是作者人生况味的总结式歌唱，它无不是曹雪芹以深沉的激情和思考的力量表达出的人生观和社会观，浓缩和深化了《红楼梦》的主题思想。《好了歌》歌词共四段，刻画了四种世态人情：

世人都晓神仙好，惟有功名忘不了！古今将相在何方？荒冢一堆草没了。

世人都晓神仙好，只有金银忘不了！终朝只恨聚无多，及到多时眼闭了。

世人都晓神仙好，只有娇妻忘不了！君生日日说恩情，君死又随人去了。

世人都晓神仙好，只有儿孙忘不了！痴心父母古来多，孝顺儿孙谁见了？

而《好了歌注》则继续深化了人生中这连环悖谬的四种世情，并进一步将之做了几个方面具体化的注解：一是在历史和政治层面以贾史王薛四大家族的衰亡来解释"好"和"了"的悖谬；二是在人生和人性层面以贾府及史王薛三家各色人物的风流云散来解释"好"和"了"的悖谬；三是在美和

第十二章
泪痕红浥 鲛绡透——诗中之诗

爱情的层面以贾宝玉和林黛玉、薛宝钗、史湘云等人的青春梦想和爱情婚姻悲剧来解释"好"和"了"的悖谬;四则是在哲学和宗教层面以人生的欲望和无常解释"好"和"了"的悖谬,从而暗示性提挈了《红楼梦》主题的重要层次。正如评点派红学家王希廉所说:"跛足道人《好了歌》及甄士隐注解,是一部红楼梦影子。"① 大凡一部伟大的作品,其共同的特点就是它的意义的多重性,所谓仁者见智,读者可以从不同层面进行读解,从而获得全方位的体会。《红楼梦》正是通过《好了歌注》预示了这样的效果。同时,《图册判词》和《红楼梦曲》,也分别暗示了红楼女儿的悲剧命运,成为人物故事的谶语。比如《十二钗正册判词》其八:

凡鸟偏从末世来,都知爱慕此生才。一从二令三人木,哭向金陵事更哀

凡鸟即"凤",即指王熙凤,此处赞扬王熙凤有超常的聪明才智。"偏从末世来",说她生不逢时,遇到乱世,聪明才智多使错了地方。故贾府败落时,第一个倒霉的就是她,而她与丈夫的关系则有"从"、"令"、"休"三段经历。短短四行诗,为下文王熙凤的命运发展做了暗示。这个封建社会的女强人最终仍逃脱不了失权落魄的命运。

三、描摹人物外貌,塑造个性心理

这一功能在《红楼梦》中表现得最为突出和成功,也是《红楼梦》诗词中数量最多、质量最高、作用最鲜明、意义最深远的部分,尤其在塑造个性心理上,作者以人物自己作的诗来更内在、更深细地刻画人物的个性,这是《红楼梦》的特殊创造。

---

① 冯其庸、陈其欣:《八家评批红楼梦》,文化艺术出版社1991年版,第23页。

诗性红楼撷英
SHI XING HONG LOU XIE YING

  虽然古典小说诗词中描摹人物外貌是一个很普遍的现象,但由于对人物的塑造缺乏主体性和性格定位,不注重人物的心理依据,故而通常一出场就定了性,外貌的描写当然是千篇一律。如女子都是蛾眉秀眼、娇羞如柳,男子都是燕颔虎须、风度翩翩。《红楼梦》则大为不同,每个人物的外貌都不是一次到位,都是从不同角度逐渐细化,都是为性格主体服务的。所以,无论是黛玉的"一双似泣非泣含露目";还是熙凤的"两弯柳叶吊梢眉",在用词遣句上比前人要精致、用心得多,对人物性格的把握也更为细腻、准确和深刻、传神。

  正是为了让诗词符合人物的性格和情节的发展,曹雪芹利用"按头制帽"法,从人物的特定文化水准、个性气质和特殊心理出发,以自己独特的诗词观把诗歌穿插在小说情节和人物命运的发展过程中。宝玉的风流俊逸,黛玉的超群脱俗,宝钗的贞静淑雅,湘云的超迈豪爽,妙玉的孤高洁傲,都能从她们所吟的诗词中表现出来,人物性格与其诗词水乳交融。比如,宝玉在大观园所题对额,使一个天资聪颖、才思敏捷的翩翩少年跃然纸上;再如,同是填柳絮词,宝钗的词圆融功利,黛玉的词哀怨缠绵,湘云的词豪迈俊爽,即使都是才女,都善写诗,诗也因人而异,因性格、遭际、心理而不同,使我们如见其人,如闻其声,如入其心,如感其怀。作品既塑造了贾宝玉、薛宝钗、林黛玉、史湘云这样善写诗词的古代才子才女,也写活了其他不同层次的人物心理。李纨是书中"女子无才便是德"的典型,所以就吟出"精妙一时言不尽,果然万物有光辉"等较低层次的诗句。王熙凤本来不识多少字,又无丰富诗情,却也聪明伶俐,所以顺嘴就能作一句"一夜北风紧"。作品还写活了像香菱这样在诗词领域好学钻研的新

第十二章
泪痕红浥鲛绡透——诗中之诗

人新手,更设计了纨绔子弟薛蟠这样对诗词一窍不通,却也在冯紫英家酒宴上乐于信口雌黄的酒令。诗词写活写神了小说中的主要人物,写真写深了他们的深层心理和文化个性。没有《葬花词》,林黛玉就少了诗魂的神韵和内核,没有《题帕诗》、《代别离》、《桃花行》这些沁人心脾的佳作,黛玉的形象和黛玉的故事情节就会大为失色。同样,没有《芙蓉女儿诔》,贾宝玉就少了正直、深切、隽逸和善良的气质和性情……诗歌不仅是人物的感情显现、深层心理显现、思想境界显现,更是作者的感情显现。曹雪芹本身就是具有诗人气质的作家,他在描写人物性格的过程中,常常自觉地以诗词、骈文等来凸显和点化人物,既使人物栩栩如生,又使整部小说渗入了感情。这些虽是我国话本、章回小说的传统,但曹雪芹并未掉入旧套,而是自出机杼,让诗句起到了画龙点睛的作用。

除了以上三种功能外,小说中的诗词还有表达作者观点,交代历史背景等效用。在古典小说中单一使用的诗词功能,在《红楼梦》中多元化、立体化起来;在古典小说中简单化使用的功能,在《红楼梦》中铺展化、深刻化起来。更重要的是,《红楼梦》的独创性在于把诗词变成情节和人物性格发展的组成部分,与叙述文字相得益彰,而没有离开人物性格来自逞诗才。《红楼梦》中的诗词完全是在为作品服务,为人物服务。尤其在塑造人物个性上达到了中国古典小说的至高水平,成功营构了作品的诗性空间。小说之俗与诗词之雅的特殊结合终于使《红楼梦》成为一部诗化了的小说巨著,读者不仅品其情节,更获得了无尽的诗性美感。

诗中之诗《葬花吟》

《葬花吟》是林黛玉感叹身世遭遇的代表作,也是作者曹雪芹借以塑造这一艺术形象,表现其性格特性的重要诗篇。它和《秋窗风雨夕》、《桃花行》一起构成黛玉人生三部曲,这三首诗抒情淋漓尽致,在艺术上十分成功,都是作者用力摹写的文字,都异常细腻而深刻地反映了黛玉的内心世界!而以《葬花吟》为流传最广。在《红楼梦》的众诗歌中,它也是最有影响的作品,故此,《葬花吟》成为《红楼梦》的诗中之诗。

这首诗是传统闺怨、伤春的题材,风格上仿效初唐歌行体。此诗诞生的直接动因是爱情挫败的感受。宝黛爱情在生理与心理的共同成长中渐渐壮大。在这个人类最复杂微妙的心理活动过程中,心理的故事远比现实的故事更惊心。宝黛从两小无猜,发展到朦胧试探,再发展到共读《西厢》,宝玉借书表白,他们的爱情渐至明朗。但误会和考验无处不在。这天,黛玉夜访怡红院被晴雯偷懒并在不知情中挡在门外。听着里面的欢声笑语,自己却吃闭门羹,黛玉内心无限凄楚。回到潇湘馆双手抱膝、两眼含泪一直坐到二更多天。第二天是芒种节,大观园的姑娘们用柳编成骄马等各种物件祭奠花神,满园之内彩带飞舞、热闹非凡。只有黛玉一人躲开众人的欢笑和喧嚣,默默来到和宝玉共同葬花的花冢前,边葬花、边哭泣,将内心的爱情感受和整体的生命悲情放大起来,吟出了这首"似谶成真"的葬花辞。在美的期待与美的被摧残的命运悲戚中,这首诗把黛玉的情感世界和红楼的无限诗意上升到了哲学美的高度。

第十二章
泪痕红浥鲛绡透——诗中之诗

知识链接

　　歌行体:我国古代诗歌的一种体裁,是初唐时期在汉魏六朝乐府诗的基础上发展并建立起来的。明代文学家徐师曾在《诗体明辨》中对"歌"、"行"及"歌行"作了如下解释:"放情长言,杂而无方者曰'歌';步骤驰骋,疏而不滞者曰'行';兼之曰'歌行'。"可见歌行体的特点是长篇长制、抒情流畅、不受束缚。刘希夷的《代悲白头吟》与张若虚的《春江花月夜》是这种诗体的典型代表。

一、景与情

　　"花谢花飞花满天,红消香断有谁怜?"诗歌一开篇就展示了黛玉眼中春天的凋残景象和一颗特殊心灵下对春花倾心怜惜的深细情思。那是春天的美好就要消逝的时刻。风静静地冲撞着天空和树木,树上的花瓣像雨一样飘起又落下。"游丝软系飘春榭,落絮轻沾扑绣帘。"温暖中挣扎着的气息灌满着暮春的空间,无论在水榭还是在闺阁,游丝和落絮的身姿里也传达着美丽最后的律动。"柳丝榆荚自芳菲,不管桃飘与李飞。"万物有常亦有时,春来化雪,春暮落花,柳丝榆荚、桃花李花,该荣则荣,该谢则谢。自然界中的生物在各自的自然中展示着不同的生命规律……"三月香巢已垒成,梁间燕子太无情!"在春天最后的柔软和温馨里,即便是景物,也暗藏着物竞天择、各占其时的残酷感。谁感受到了这一切呢? 谁能怜惜那一片粉红的破碎和清新浓郁的香味代表的美好的消散呢?"红消香断有谁怜",在景物的描述中,诗歌从点到面,引出了抒情主体的形象:"闺中女儿惜春暮,愁绪满怀无释处,手把花锄出秀闺,忍踏落花来复去。"是黛玉在惜春葬花,是黛玉在满怀愁绪。手把花锄、水凝眸伤

的形象成为只属于黛玉的永恒定格。以下"三月香巢已垒成,梁间燕子太无情!……一年三百六十日,风刀霜剑严相逼。"这是用比喻直接抒情,是对无情世界严相逼迫的现实表示反拨与抗争。身边流淌的时日是像充满风霜一样严酷的日子,更像有刀剑在逼迫。自己是如此形单力薄,"独倚花锄泪暗洒,洒上空枝见血痕。"这是用动作直接抒情。泪洒在空枝上,是因为花都飘谢了,深褐色的枝条仿佛洒落上血滴一般,这是因为泪把枝条打湿了,枝条上的痕迹变深了。黛玉看着春光的流走,想到自己的青春即将消逝;看到散漫的落花,想到自己生命的柔弱和夭亡。想象中斥榆柳、飞燕,实是愤怒周边人情的冷酷;由春而冬感受到风霜刀剑之恨,实是哀怜自己的际遇和时代,所以才有泪水流尽,继之以血的想象,何等深切的哀痛!"杜鹃无语正黄昏,荷锄归去掩重门。青灯照壁人初睡,冷雨敲窗被未温。怪奴底事倍伤神,半为怜春半恼春。怜春忽至恼忽去,至又无言去不闻。昨宵庭外悲歌发,知是花魂与鸟魂?"这是用景与事抒情。黄昏来临,荷锄归去,青灯照壁,冷雨敲窗,孤独自思,无语悲发。诗句景情渗透、物我交融,伤春之情奔涌澎湃,孤独之慨恣肆如潮。"质本洁来还洁去,强于污淖陷渠沟。""未若锦囊收艳骨,一抔净土掩风流。"最后一层是人格抒情,写自己在最后的春天里最后的期盼和最终的坚守。春天伴随着美好的一切要向远方走去,"愿奴胁下生双翼,随花飞到天尽头。天尽头,何处有香丘?"到底哪里有一个永远美好的所在?现实永远是那样残酷,留下的只有散落的花瓣和孤独的自己。她所强调的质不只是贞操,更是人生观、世界观中与污淖、丑恶不相融合的人格和情操。活着就要有如玉的德操,死了也要有纯洁的掩埋。在幻想自由幸福,希望永驻于美好世界而不可

第十二章
泪痕红浥鲛绡透——诗中之诗

得时,黛玉表现出不愿受辱被污、不甘低头屈服的耿介个性。"侬今葬花人笑痴,他年葬侬知是谁?……一朝春尽红颜老,花落人亡两不知!"这是对照映衬式的抒情,这几句写得深切感人,写人与花的互慰、互懂和互怜互诉。人花一体的交流中人化成了花,惺惺相惜着与花对话,物我不知着迎接死亡,把由悲伤而惨烈的感情推向了顶点,读来令人扼腕而生抑塞不平之气。

自古以来,文人们对于春都有一种特殊的情思。陆机《文赋》就说:"喜柔条于芳春",钟嵘《诗品序》也说:"若夫春风春鸟,秋月秋蝉,夏云暑雨,冬月祁寒,斯四候之感诸诗者也。"自然界不同节律的流变对人的内心有着某种相和的感发。因为春天万物的萌发生长,山川草木的美好,能使人感受到太多属于生命活力和美丽、青春的内容,所以人们总是在春天焕发起对爱情、性以及对美好事物的憧憬心情。但由于古代妇女地位卑贱,又无法自主自己的爱情和命运,所以除了喜春欢春的歌唱外,春天更多时刻成了伤、悲、叹、怨的对象。应当说古代的伤春诗是中国诗歌长廊中叹为观止的一类内容。而在伤春诗长长的诗卷里,一类是单纯描写春天,激起凄凉伤悲感受的;一类是寄予了才智之士落寞不得志心情的,而曹雪芹为黛玉创制的《葬花吟》除了继承了伤春诗歌通常的思路和传统外,更多是从个体品操和生命格调上抒情。其中有对清洁自爱的执著,对生存环境不和谐的不平与愤慨,进而有了对生命意义的形而上思索和个性化的情感坚守,对未来香丘世界美好愿景无处寻觅的呼告与悲叹。生命是短暂的存在,美好像春天里的花朵,总被雨打风吹去。明年花还会再开,但明年的花不是今年的花,就像人类总在绵延,而单个人的生命仅就此一生而已。坚守此生之美与

洁,才是黛玉如玉的人生哲学。

二、虚与实

《葬花吟》抒情淋漓尽致、缠绵深切,构成独特的艺术意境,其虚实相间的艺术想象空间令读者联想不已、陶醉不已。抒情主体的黛玉所吟咏、所怜惜、所埋葬、所哀叹之花既是实在,又另有所指。以花喻己的抒情已不是局部的概念,而是整体的特征。

《红楼梦》与花有着千丝万缕的关系,既有对花的具体描写,也独具匠心地把花与书中青春美丽的女子关联起来,把花赋予了象征意义。如"千红""万艳"的比喻即是。书中的女子便是一朵朵花的象征,黛玉则是开得最惊艳、最美丽的一朵"仙"花。她不仅在神话世界是"绛珠仙草",第五回《枉凝眉》中也用诗词暗示黛玉是"阆苑仙葩","阆苑"为仙人的园林,"仙葩"即仙花。而且从第六十二回可知,她是二月十二日出生,这一天恰是古代的"花朝节",即是百花的生日。从出生日看,黛玉也是花的结晶、花的使者。

《红楼梦》中,作者总是自觉、不自觉地把花与黛玉联系在一起。"花"贯穿全书的始终,黛玉也始终与花保持着最紧密的联系。在第二十三回中,林黛玉经过梨香院,听到里面戏子唱"只为你如花美眷,似水流年……"并细细品味其中"如花美眷,似水流年"八个字。花的比喻、花的联想使黛玉感同身受,于是才"心动神摇"。因为"花"仿佛就是自己的化身。第三十八回探春发起海棠诗社,黛玉则是以"花"命名的诗社中最出色的诗人。不论《咏菊》、《问菊》还是《梦菊》,都有通过菊花托物言志、体现出人花一体的特征。尤其是"孤标傲世偕谁隐,一样花开为底迟"。以花喻己,写出了内心的处境和哀愁。第七十回黛玉重建桃花社,末尾两句:"憔

悴花遮憔悴人，花飞人倦易黄昏。一声杜宇春归尽，寂寞帘栊空月痕。"在花人一体中慨叹命运的不堪和心灵的憔悴。更能表现黛玉人花一体、人花同感同悲的则是在第七十七回，黛玉和湘云联诗。湘云出"寒塘渡鹤影"，黛玉对"冷月葬花魂"。何等的悲凉和凄伤。黛玉是以生命和灵魂在写诗，这是写诗的最高境界。而剖白自己灵魂、死也要死得玉洁冰清的理想，正是以花的隐喻来成就的。可以说"葬花"就是《红楼梦》美好不可避免地凋谢之主题的最强、最美的表达，众花陨落的见证者，就是贾宝玉。黛玉及其众女子都是终将被"埋葬"的美丽花朵，而以黛玉为最凄婉、最惨烈的被毁灭的代表。所以，《葬花吟》有"质本洁来还洁去"、"花落人亡两不知"之语，哀音满怀中既是写花的质，更是写人的质，既是花懂人，更是人惜花，既是实写，更是虚写，所谓虚实相生之间把全诗的意境世界构筑得汗漫缥缈、美丽非凡。

三、象与意

如果说从黛玉的视角，写花是实写，以花喻己是虚写，从作者替黛玉创构一首悲情诗的层面，其中的象与意则更有文化的积淀和历史的深意。本诗以葬花为核心意象。

写花的凋落和败谢，古代诗歌中很常见，初唐刘希夷《代悲白头翁》中就有"今年花落颜色改，明年花开复谁在"；"年年岁岁花相似，岁岁年年人不同"之类令人叹惋的诗句。葬花意象也不是曹雪芹的首创，明唐寅有将牡丹花"盛以锦囊，葬于药栏东畔"事，雪芹祖父曹寅有"百年孤冢葬桃花"的诗句，这些传统诗歌中的细节给曹雪芹创作《葬花吟》提供了历史的素材，启发了作者的想象和构思，作者把这样一种典型意象和诗意行为综合在一起，通过抒情和描述的提炼、铺陈和细化，使黛玉葬花超越了以前类似的种种文字。清纳兰性

德《饮水词》中也有"一宵冷雨葬名花"之词,加之前文所述明唐伯虎之事及雪芹祖父曹寅的诗句,这些都足以让曹雪芹在创作《葬花吟》上取法利用。但《红楼梦》一经问世,黛玉葬花就全面取代了以前类似的种种描述文字,可见其艺术上的成功。俞平伯先生在《唐六如与林黛玉》这篇文章中曾分别列举唐伯虎《六如集》中的《落花诗》、《花下酌酒歌》、《桃花庵歌》等诗,与《红楼梦》中林黛玉的《葬花吟》及《桃花行》两诗进行比较和对照,指出林黛玉的《葬花吟》和《桃花行》均借鉴了唐伯虎《六如集》中咏桃花的诗作和意象,并指出:"《红楼梦》虽是部奇书,却也不是劈空而来的奇书。他底有所因,有所本,并不足以损他底声价,反可以形成真的伟大。古语所谓'河海不择细流,故能成其大',正足以移作《红楼梦》底赞语。"①诚然,洋洋洒洒五十二句的《葬花吟》,的确字字句句都同黛玉这个苦命的少女的命运和个性融合在一起,它泪和血凝、如泣如诉,成为独步古今的"黛玉咏叹调",与"葬花"意象的缠绵、凄伤和别致、深情紧密相关。曹雪芹不仅沿用了"葬花"意象,还与林黛玉一起,通过个性和情节的贯通联想,细化和发展了这个意象——为落花缝锦囊,为落花埋香冢,并有一个在春天凋残意象群中肩荷香锄、为花悲哭、以花作诗、与花共语的抒情主人公。这样的意象与意象群写在这个多愁善感、才华横溢的少女身上,从荒唐变成了可以理解,这是因为把典型环境与典型性格融为一体了,这就是独一无二的曹雪芹式的表现手法。古语说:春女怨,秋士悲。作者让黛玉在百花凋落的暮春时节拟就这首《葬花吟》,葬花,既是怜惜花的凋落,更是埋葬一腔美好,对异己的

---

① 《俞平伯说红楼梦》,上海古籍出版社,1998年版,第204页。

第十二章
泪痕红浥鲛绡透——诗中之诗

世界表达一种愤慨,一种绝望。所以,在历史的承传和发展中凝练而成的葬花意象与故事情节联系在一起,深刻包含着黛玉的意——情感和意志。

黛玉虽然是富贵之家的千金小姐,却又是寄人篱下的孤独少女。锦衣玉食的物质生活满足不了她的精神期盼和爱情追求,虽有宝玉作为她神交的情人,却对未来生活毫无把握和信心;虽然孤高自许,目下无尘,却又偏偏生活在荣国府这样一个"污淖"、"渠沟"之中。她所热烈追求的,偏偏是她所处的生活环境所不能容许的,这就铸成了她多愁善感的个性和悲剧性的命运结局。她以自己的生命直觉感悟着未知的一切、放大着生命的悲情,也情不自禁地抗争着。故而这首诗并非一味哀音满怀、伤心凄恻,其中仍然寄寓着一种决绝不平之气。不仅寄有对世态炎凉、人情冷暖的愤懑。更有对时空环境不理想、现实世界冷酷无情的控诉。还有在挣扎中幻想、憧憬那自由幸福而不可得的感慨等。其中所表现出来的那种不愿受辱被污、不甘低头屈服的性格使这首诗的意义鲜明起来,使它有了与以往葬花诗不可同日而语的思想价值。

清人明义《题红楼梦》诗里就曾说:"伤心一首葬花词,似谶成真不自知。"虽然从诗歌的内容而言,并不是一字一句都隐示着黛玉的具体遭遇,但如果从整体情意上着眼,再把《葬花吟》同荣国府中所有青年女子的命运联系起来思索,就会觉得这既是黛玉一个人的诗谶,同时又是大观园众艳群芳共同的诗谶。她们尽管个性不同,身份各异,未来面临的具体遭遇也各不相同,但都是在"薄命司"注册的人物,随着生命时间的延长,贾家的败落,封建社会大厦的动摇和倾斜,所有大观园内的青春女儿都要陷于污淖之中,都没有美好的命运

结局。作者曹雪芹通过这首葬花词，借花喻黛玉，也借花喻众女儿，既为黛玉歌哭，同时也为"千红"歌哭，为"万艳"歌哭。《葬花吟》全诗后的脂砚批语说："开生面立新场，是书多多矣，惟此回更生更新。……难为了作者了！"应当说，《葬花吟》和《红楼梦仙曲》等红楼诗词一样，是《红楼梦》悲剧主题的交响诗，但因其凸显个性、情远思深，因而成为其中最凄美、最哀艳的千古绝唱。《葬花吟》的意就此多重而深刻着了。

第十三章 潋滟随波千万里——文中之文

春天的夜空那幽邃之美令人战栗。随波流淌的银月挂在古老的窗棂上,一篇篇美文,格出那框架深处的朦胧,无处不在地惊诧着我们的感觉之河,如果我们的感觉还依旧鲜活并有能力流动的话。

《红楼梦》中不仅有无数优美抒情、别致个性的古典诗词,还有为数不少的古代散文镶嵌其中,它构筑成的高贵、典雅的红楼文化风景线,令后世读者必须提高文化的底蕴才有能力面对,才能与作者和文学人物的心灵世界息息相通。

警幻之赋

一、作赋原委与原文

《警幻仙姑赋》见于《红楼梦》第五回。宝玉在秦可卿房间休息,他"悠悠荡荡,随了秦氏,至一所在。但见朱栏白石,绿树清溪,真是人迹希逢,飞尘不到"。这便是太虚幻境,一个令宝玉初见便生不想回家之叹的理想之乡。警幻仙姑的形象是与太虚幻境相得相融、彼此补充的虚构形象。取名警幻,其一是因她身主太虚幻境的环境,并告诫读者她的所在出于虚幻不实;其二是因她"司人间之风情月债,掌尘世之女怨男痴"的地位而取,"风情月债,女怨男痴"是一种幻,思与掌后即有警之意;其三是她引出的《红楼梦》十二支曲子的内涵而取,即为了警示读者四大家族由鲜花著锦而衰败的结局和红楼十二钗如花青春终至虚幻凋零的命运下场。既是仙子,作者情愿她的形象能聚众美于一身。于是,以神妙浪漫的笔墨挥洒出了小说中的这篇美丽赋文:

方离柳坞,乍出花房。但行处,鸟惊庭树;将到时,影度回廊。仙袂乍飘兮,闻麝兰之馥郁;荷衣欲动兮,听环佩之铿锵。靥笑春桃兮,云堆翠髻;唇绽樱颗兮,榴齿含香。纤腰之楚楚兮,回风舞雪;珠翠之辉辉兮,满额鹅黄。出没花间兮,宜嗔宜喜;徘徊池上兮,若飞若扬。蛾眉颦笑兮,将言而未语;莲步乍移兮,待止而欲行。羡彼之良质兮,冰清玉润;羡

第十三章
激艳随波千万里——文中之文

彼之华服兮,闪灼文章。爱彼之貌容兮,香培玉琢;美彼之态度兮,凤翥龙翔。其素若何,春梅绽雪。其洁若何,秋菊被霜。其静若何,松生空谷。其艳若何,霞映澄塘。其文若何,龙游曲沼。其神若何,月射寒江。应惭西子,实愧王嫱。奇矣哉,生于孰地,来自何方,信矣乎,瑶池不二,紫府无双。果何人哉?如斯之美也!

此赋是从贾宝玉的视角对人格化的警幻仙姑美丽形象的描摹与咏颂

二、赋文之美

粗看起来,赋文给人以铺张蹈厉、十分富美的印象,令人感觉掉进了文采的峡谷,并不自觉联想到中国古代抒写女子美丽的赋文,如宋玉的《登徒子好色赋》、曹植的《洛神赋》和陶潜的《闲情赋》等。深细品之,我们会发现,此赋从曹植《洛神赋》中截神取喻处最多。如"云堆翠髻"即曹植所写"云髻峨峨","回风舞雪"即曹植所写"飘飘兮若流风之回雪"等。当然,作者不是只在模拟老本家的语汇文采上下工夫,而一定是有意让人联想到曹植梦洛神的故事,令人在产生似曾相识的审美追忆的同时,对警幻之美进行想象。

知识链接

登徒子:宋玉《登徒子好色赋》中的人物,一向被作为好色之徒的代名词,其实,此赋只是写他爱自己的丑妻。被宋玉解释为无论什么样的女人他都爱,即好色。宋玉本人是矫情自高;秦章华大夫则好色而守德。作者写了古代这三种类型的男人,并以第二种男人自居,而赞同发乎情止乎礼的第三种,反对登徒子之流。凭文而论,登徒子娶了丑陋腌臜的女人,他好色吗?

全文分三层铺写。其一写警幻出现的远观遥听之美——她披着春意的袅娜离开柳林,裹着花的芬芳踱出花房。她移动着轻盈的脚步,连庭院树上的鸟儿都被惊得魂动。即将到来的时刻,身影儿如云飘过了廊路。宽长的仙袖一经吹拂,便散发出麝兰馥郁香浓;绿荷的衣裙刚一抖动,就传出了环佩清脆的叮咚。其二写近睹之玉容仙姿——她有着春桃般的笑靥,玉簪斜插住流云似的发髻。朱唇微启像熟透的樱桃,石榴般的牙齿含着清香。细腰纤纤,雪花围着起舞,和风绕着飘荡。头上明珠与翡翠交互辉映,额上贴着喜人的鹅黄……其三写对警幻的讴歌和赞美——我爱慕仙姑高雅的品质,这品质像冰一般清澈,玉一般润良;我爱慕仙姑华丽的衣裳,这衣裳花纹灿烂、闪烁流光;我爱慕仙姑的容貌,这容貌是香料的精华,是细雕的玉璋;我爱慕她的神态风度,那分明是凤在腾舞龙在翱翔。……你究竟生在哪里?你到底来自何方?果真是瑶池仙境里美到无双,或就是那唯一乘风吹箫的弄玉姑娘。

警幻之美如斯。其实,她的形象就是作者内心理想品格的浓缩、完美人性的写照——她是如此洁白啊,就像早春的白梅带雪开放;她是如此单纯啊,宛如晚秋的蕙草披着淡霜;她是如此宁静啊,仿佛松柏独立在山谷;她是如此明艳啊,恰似朝霞映澈在池塘。她的文雅,像高贵的长龙在弯曲的深沼缓游;她的神采,像皎洁的月光遍洒澄澈的秋江。作者的审美理想,一言以蔽之,就是"兼美",或曰"完美"。脂砚斋在第五回,对原文有两处关于兼美的评点。在"鲜艳妩媚,有似乎宝钗,风流袅娜,则又如黛玉"处评点为"难得双兼,妙极";在秦可卿乳名"兼美"处评点为"妙,盖指薛、林而言也"。作者心目中的最美秦可卿化作了警幻仙姑,她不仅兼钗黛之美,

第十三章

潋滟随波千万里——文中之文

也兼众美之美——史湘云的英真旷达,探春的精明阔朗,宝琴的贵雅明艳,妙玉的幽冷孤高……既有素雅明艳之姿,又得风流袅娜之韵。

三、思想意旨

反思明末清初时期,在启蒙思想的带动和影响之下,江南文人对古代女子进行品评与要求时,已经突破了古代儒家"女子无才便是德"的旧有框架,妇德与妇貌、妇才相结合才是理想女性的化身。清代鸳湖烟水散人在撰写的《女才子书》中就曾一方面借助现实简略勾勒出 12 名具有浓厚生活气息的青年女子形象,一方面借助议论全方位地设计出与传统女性迥然不同的理想女性的审美标准,显现出在女性审美标准上的进步观念。他曾说道:"刺绣织纺,女红也;然不读书、不谙吟咏,则无温雅之致。""守芳含美,贞静自持,行坐不离秀床,遇春曾无怨慕,女德也;然当花香月丽而不知游赏,形如木偶,踽踽凉凉,则失风流之韵。必也丰神流动,韵致飘扬,备此数者而后谓之美人。"如果女子只有妇德之美,则兴味索然;只有容貌之美,则形同木偶。曹雪芹是懂得此中要义的。女才是如此重要,中国封建社会末期,这一点越来越引起社会高端的注意。清代康熙年间,《国朝闺秀正始集》还记载杭州出现了由顾之琼发起组织的女子诗社——"蕉园七子之社"的情形。可见,理想女性的存在已经有了现实的可能性。故而作者在警幻之赋中既像古代赋文那样极写女子容颜之美,当然并未写出多少新意,最重笔抒写的则是在暗示女才之美的同时极写神态韵致和个性品质的综合之美。她既鲜艳妩媚,又素雅袅娜;既动则生风,又静则似水;既随份从时,又独标高格;既洞明世事,又清真唯美;不仅"应惭西施",更是"实愧王嫱"……在一派风姿绰约中兼有着众多的

美德和美才,实现着对现实的对照和超越。作者对女性的审美理想就这样被诗意传达着了。虽然此美只应天上有,人间难得两全者,但曹雪芹让我们的心灵通过艺术的空间,得到了片刻乃至永恒的满足。

宝玉之诔

一、诔文文化

诔文属于中国传统文化中祭悼死者的特殊文体。生死问题,是人类一切文化都无法回避并必须回答的问题。我国以儒家文化为主体的传统文化不仅对此有系列的理论观点,也有自己的特殊实践。儒家文化虽然重生轻死(鬼神),但因视婚丧嫁娶为现实人生面临的重要事情,所以也十分重视。这也出于天地和谐理念与现实实践理性的要求。首先,儒家和谐观认为,"天地人,万物之本也",天人合一是个体追求的终极目标,人生时受惠于天地,死后回归于天地,这是理所当然。其次,作为中国传统文化核心的儒家思想尤其重视以德化人,即所谓礼乐教化与王道理想在社会中的作用。丧葬作为民族文化习俗的重要部分,在儒家文化仪式中产生着不可替代的社会影响。所谓"慎终,追远,民德归厚矣"。丧葬礼仪不但为生者提供了一个可以寄托、宣泄情感、缅怀、纪念逝者的场所,同时出色地进行了以德化人的在场表演。诔文正是丧葬礼仪中以叙述死者生前事迹来表达哀悼的一种祭悼文章,"诔",从言,耒声。累列死者生时行迹,生者读之以为作谥,相当于今天的悼词。古代伦常观念中十分重视上下尊卑,"诔"的特色是只能用作"上对下"、"尊对卑",所以宝玉既作为尊者,对"卑微"的丫头晴雯实是不必作诔的,但出于

第十三章
潋滟随波千万里——文中之文

情感的需要,就在尊重文章礼仪框架的习俗中表达了突破框架的情感。

整文第一段写做诔时地及原因,是诔文之序。后从"女儿曩生之昔"起开始以无比珍贵和歌颂的口吻叙死者生平之品格与事迹。"噫!女儿曩生之昔,其为质则金玉不足喻其贵;其为性则冰雪不足喻其洁;其为神则星日不足喻其精;其为貌则花月不足喻其色"。先正写其"嫩娴"与"蕙德"。后以群恶对其的打击、排挤反照其出类拔萃之高洁、美好与被摧残之委屈、凋零。

接写自己对与她一起生活的温馨回忆与无限哀思。"眉黛烟青,昨犹我画;指环玉冷,今倩谁温?"表达了对其含恨死去的无比惋惜与怀念之情。"连天衰草,岂独兼葭;匝地悲声,无非蟋蟀。""红绡帐里,公子情深;黄土垄中,女儿命薄。"写来直率深情而毫无忌讳。

接写听闻上帝垂旌,晴雯死后管辖芙蓉,自己认为很有道理的原因,并为成为芙蓉花神的晴雯做楚风招魂歌——天地如此之苍茫宽阔啊,神灵驾驭着鸾凤、披拂着香草,穿过高云,期待畅通,使风神赶车,追寻恍惚所盼。我心忧伤而活,你却安然长卧……

最后一段写我之想象与祭悼:在别样世界,你寂静而安处,有众神陪伴左右,神物也彰显着无尽的灵气。那神仙居住的地方烟雾缭绕、若隐若现,清澄无尘,星月朗照,令我无限怅惘,涕泪哀伤……

那美妙的世界、美好的制度与美丽的人性、美的的生存那么令人神往,听听最后的招魂歌是如何将这满腔诗意尽情讴歌的吧:

天空为什么这样苍茫啊!是你驾着玉龙在天穹邀游吗?

大地为什么这样辽阔啊！是你乘着象车降临九泉吗？看那玉伞多么绚烂,有你所骑的星星的光芒吗？看那装饰着羽毛的华盖铺排开路啊,有星星护卫着你两旁吗？让云神作为侍从随行啊,你望着那给月亮赶车的神来送你走吗？倾听着车轴咿呀歌唱啊,那是你驾着鸾凤出游吗？闻到浓郁的香气飘来啊,是你把杜蘅结联成佩带吗？衣裙美丽得闪烁耀眼啊,你还把明月雕镂成耳坠了吗？借茂盛的花枝作为祭坛啊,是你用香油点燃了火焰吗？在葫芦上雕刻花纹当饮器啊,是你在酌醇酒饮桂浆吗？放眼凝视啊望断天上的云烟。我仿佛查看到了什么；俯首向深远的地方侧耳倾听啊,我恍惚耳有所闻。与广袤无边的地方相约真愿没有阻挡,怎忍心把我抛弃在这尘世上！请风神为我赶车吧,你能带着我携手同归吗？我心为此而无限感慨啊,空哀号而为什么呢？你安静地长眠不醒了啊,难道是天命变幻成为这样？既然在墓穴里是如此安稳啊,你又何必要化仙而去？我今天仿佛还身受桎梏而像是累赘啊,愿你的魂魄有所感应而朝我前来。来吧,别再离去。你快快来吧!

三、抒情特点

此诔文第一个特点是"缠绵而凄怆",表达了宝玉对晴雯最深挚亲密的感情和无比的怀念。宝玉之所以因人而诔,不只是由于晴雯眉眼像黛玉,长相出奇好,更主要的原因是晴雯鲜活泼辣、冰雪聪明,照顾宝玉的起居生活五年多,与宝玉结下了深厚的情谊。她不像袭人那样婆婆妈妈,与封建家长如出一辙地劝阻宝玉走仕途经济之路,却和林妹妹一样挂心宝玉内在的喜怒哀乐,一幅天真率性的品格,其中"撕扇子作千金一笑"就是十分经典的个性故事。故而她被王善保家的诬陷,使王夫人主观以为是宝玉身边的狐狸精,有带坏宝玉

的危险,一声叱喝赶出贾府后不久,在表兄家生病死去。宝玉不禁悲从中来,因小丫鬟信口胡诌说晴雯死后作了芙蓉花神,这正好称了宝玉之意,就以满腔真挚的感情为芙蓉女儿提笔作诔。晋代陆机《文赋》述文体之特点说:"诔缠绵而凄怆。"作者真情挥洒,作品的确百般缠绵、凄怆万状。

第二个特点是作者在诔文中表现出鲜明的爱憎态度,对这个"心比天高,身为下贱,风流灵巧招人怨"的边缘人没有丝毫轻视和怠慢,而是满腔赞颂,把她奉为神灵和尊者,歌颂其美貌聪明,肯定其价值意义,使人性的温暖在奴婢身上复苏,使神性的光辉在底层人群显现,在平等、公正的人性期待中给予了一代代人超前的思维启迪与惊心的生命力量。另一方面,对封建家长主持下的恶的势力表达了强烈的不满与憎恶,对诗书礼仪之家的伪饰与残忍表达了由衷的惊诧与痛恨。

私有制在唐、宋达到封建社会的高峰,至清朝,则既掀开了最后时刻的鼎盛篇章,也开始了物极必反的自我否定。随着阶级对立的日趋严重,专制与暴虐成了统治者的唯一选择。相对于整个社会的专制与暴虐,《红楼梦》中的贾府,似是独树一帜的斯文之邦,一派歌舞升平、温良敦厚之景。在这相对宽厚的环境里,晴雯不愿离开,袭人、司棋、金钏等也不愿离开。"太太要打骂,只管发落,别叫我出去就是天恩了"(第三十回金钏语)。然而,奴婢们不知,相对温情的面纱一旦被揭起,则是阶级对立的现实与礼仪持家的压迫。不仅如此,在贾府冠冕堂皇的内里,整个家族已经腐朽堕落,濒临衰亡解体的边缘。万千农民的血汗奉养的主子们恰是一群游手好闲的寄生虫。"生齿日繁,事务日盛,主仆上下,安富尊荣者尽多,运筹谋画者无一"(第二回)。

从上到下人心惶惶,下人们亦在等级制的相互倾轧中层层相压,苟且度日。他们虽然没有直面"立毙杖下"的残忍,公然大骂主子的焦大也只是被捆起来塞一嘴马粪,却在软硬兼施中迎来晴雯等一条条生命的凋残。宝玉在件件血泪的事实面前深刻感受到现实的冷酷与冷峻。"钳诐奴之口,讨岂从宽;剖悍妇之心,忿犹未释!"愤慨之心借晴雯之死充溢笔端、高昂激烈。

第三个特点是"喜则以文为戏,悲则以言志痛"。言在近而远,旨亦在远近之间。我们读到诔文在文字上借用得最多的是屈原的《离骚》,这并非偶然。《离骚》的美人香草实际上是屈原用以表达政治理想的特殊方式。曹雪芹作为一个谙熟楚骚传统的文人,在清代文网严厉的特殊时刻,对封建主义的意识形态深恶痛绝,他逆潮流而动,"不稀罕那功名","不为世人观阅称赞",对社会政治的残酷和人伦基石的伪饰有深刻的洞察,为刺痛和批判,只有隐真意于玩文,借师古而远罪,表面上写儿女悼亡之情,却多用贾谊、鲧、石崇、嵇康等在政治斗争中遭祸的人物典故。所谓"高标见嫉,闺帏恨比长沙"之类的句子便是。在晴雯不幸的遭遇中,作者深深寄托着自己对现实政治压迫人才的感慨。表面上是写女子,实际上是对才智之士被迫害的现实寄意指摘与批判。"固鬼蜮之为灾,岂神灵之有妒?"由于作者不可能本质地认识封建制度的性质,所以,他既不能了解历史上那些受到排挤打击者,与一个命运悲惨的女奴之间所存在着的阶级区别,也根本无法理解邪恶势力就产生于封建制度本身,要扫荡食人者,荡涤这人肉的宴席,根本改变人才的生存环境,就必须从消灭人剥削人、人压迫人的社会制度入手。

第十三章
激滟随波千万里——文中之文

宝玉续庄文

一、庄文与宝文

庄子是中国文人超脱现实的心灵武器。当面前是非横起、纠葛难解的时刻,庄子便面带微笑显身走来。对聪明俊秀、泛爱人物又常陷入矛盾和是非的"无事忙"宝玉,庄子更是他灵魂的朋友。贾府众人,表面仁义礼仪、觥筹交错,内地里也依着利益、文化和禀赋分着阵营。第二十二回,宝玉的贴身大丫鬟袭人内心不喜欢宝玉与黛玉接近,因为黛玉的孤高对宝玉心灵有太剧烈的冲击力和影响力。她似乎与宝钗更对脾气,也愿意日后有个温润大气的女主子。她一边拉拢宝钗,诉说家常是非:"姊妹们和气,也有个分寸礼节,也没个黑家白日闹的!凭人怎么劝,都是耳旁风。"一边对宝玉施加压力,故意冷淡他、不理睬他。善良心软的宝玉无法承受众人这样那样的"打击",包括黛玉的误解和小性,恼恨之余,何以解忧?唯酒与庄子。

他边饮酒边读《南华经》,越读越觉庄子贴心,于是趁着酒兴,提笔续了这一段文字。

(部分原作)故绝圣弃智,大盗乃止;擿玉毁珠,小盗不起。焚符破玺,而民朴鄙;剖斗折衡,而民不争;殚残天下之圣法,而民始可与论议。擢乱六律,铄绝竽瑟,塞瞽旷之耳,而天下始人含其聪矣;灭文章,散五采,胶离朱之目,而天下始人含其明矣;毁绝钩绳而弃规矩,攦工倕之指,而天下始人有其巧矣。

(宝玉续作)焚花散麝,而闺阁始人含其劝矣;戕宝钗之仙姿,灰黛玉之灵窍,丧灭情意,而闺阁之美恶始相类矣。彼

245

含其劝,则无参商之虞矣;戕其仙姿,无恋爱之心矣;灰其灵窍,无才思之情矣。彼钗、玉、花、麝者,皆张其罗而穴其隧,所以迷眩缠陷天下者也。

二、对照分析

《胠箧》读音为 qūqiè,胠,撬开;箧,箱子。后也用为盗窃的代称。庄周此文开篇用防备撬开箱子的小偷为喻,并以为篇名。全篇大体分成三个部分。第一部分从讨论各种防盗的手段最终都会被盗贼所利用入手,指出当时治天下的主张和办法,也都是可被统治者、阴谋家利用的,一针见血地指出"窃钩者诛,窃国者为诸侯"的黑暗现实,着力批判了"仁义"和"礼法"的工具性和虚伪性。第二部分进一步宣扬道家"绝圣弃智",也就是杜绝圣人,抛弃才智,回到上古见素抱朴的"至德之世"的思想,主张抛弃一切文化和智慧,使社会和人性回到原始自然状态中去,使"绝圣"的主张和"弃知"的思想联系在一起。余下第三部分,通过对"至德之世"与"三代以下"的治乱历史进行对比,进一步表达了缅怀原始社会淳朴世风的政治主张。文章所选为第二部分,也既庄子倡导"绝圣弃智"思想的一段排比铺陈。庄子说:杜绝圣人抛弃智慧,大的盗贼就能中止;掷弃玉器毁坏珠宝,小的盗贼就会消失;焚烧符记破坏玺印,百姓就会朴实浑厚;击毁斗斛折断秤杆,百姓就会没有争斗;破毁天下的圣人之法,百姓才可以谈论是非和曲直;搅乱六律,毁折各种乐器,并且堵住乐师师旷的耳朵,天下人才能保全他们的耳明;消除纹饰,弃散五彩,粘住离朱的眼睛,天下人才能保全他们的目明;尽毁钩弧和绳线,扔掉圆规和角尺,折断巧匠工倕的手指,天下人才能保有他们的技能。

承接着庄子此番恢弘的意绪和文脉,宝玉继续以现实生

第十三章
潋滟随波千万里——文中之文

活中美丽、智巧的人物和事物为思考对象,展开文义,希望将她们的技能和美丽都离散和荡涤,以见自己绝圣弃智的决心,抒发自己欲意超脱现实忧烦、回到自然质朴、彼此无争世界的内心愿望。"焚花"二句是说要毁灭了像袭人、麝月这样的丫头,家中丫头才能知道什么是自己应努力去做的。袭人姓"花",花木可以"焚"毁;"麝"是香,所以用"散"暗接,有一语双关之意。毁伤掉宝钗仙人一般的神姿,消灭掉黛玉那灵动圣洁的慧心,把主观内心的情感意气削减或丢掉,姐妹之间的美丑就可以彼此相同。大家彼此之间互递着鼓励,就没有了参商之虞——互相不和好的忧虑。毁坏掉她们美的姿容,人就不会有恋爱之心,消灭掉她们灵慧拔萃的禀赋,人就不会再有聪明才情了。那宝钗、黛玉、袭人、麝月一干人,全都是在利用她们的美丽和才智张开了网罗、挖好了陷阱,预备迷惑人的心智的。宝玉从庄子思想中寻求解脱,以为不论哪一方面的美丽和智能都应弃绝不顾,天下才能太平质朴、怡然和悦。此文是宝玉"逞着酒兴",出于一时的烦恼和愤激所说的类似文学青年的"呓语"。其中,不分青红皂白,把黛玉与钗、袭、麝,都说成是"张其罗而穴其隧"、"迷眩缠陷天下",的确是恼恨过头之牢骚。所以黛玉读后作诗相讥曰:"无端弄笔是何人?作践南华庄子因。不悔自己无见识,却将丑语怪他人!"这批文既是作者借黛玉之笔说此时的宝玉对《庄子》模仿的幼稚,又是表现黛玉也熟悉《庄子》,愿意与宝玉借庄子互通心智,同时,却不像宝玉那样"不失赤子之心",心性里有庄子精神的潜因。

此篇趣味之处在于可以具体感受《庄子》对宝玉思想和气质的影响。宝玉对封建社会男人的头等大事仕途经济有强烈的逆反心理,他不爱读科举考试的八股时文,却常备《庄

247

子》于案头,情愿不断"细玩"。此篇能联想周围的人事和自己的心事,不仅动真情、精雕章,还巧模仿、悟哲理,显示了宝玉深刻的思考力和领悟力。宝玉在内心向往真纯、敞亮,在生活态度上随意自适、在淡于物欲名利而重内在精神、在追求自由而不甘束缚、在不合世俗而于种种人生悲剧深有感触并常意求解脱等方面的综合素质和性灵特征上,都与《庄子》的精神相惬。宝玉最后所属意的"赤条条来去无牵挂",也都与庄子《逍遥游》的要旨相通。庄子的哲学是哲理和诗的哲学,宝玉的个性和续文因而也染有了诗意。

第十四章 不尽长江滚滚来——主题意蕴

是天地间的大河，就有高浑一气、沉深莫测的态度；是精神的圣殿，就在时间无尽的咀嚼中，透过生死和创造的晕轮而愈显辉煌。

《红楼梦》主题复杂的原因

任何一个作家在创作文学作品时,总是自觉或不自觉地把自己体会到的人生况味、经验认识、独特情感通过一定的体裁、题材和形象、话语等方式传递给读者,而通过文学作品的各个要素表现出来的作家的总观点、总倾向、总思想、总情感就是主题。文学作品的主题是文学作品的灵魂和灯塔。作为读者,在对文学作品进行品读鉴赏的时候,把握主题是深度理解文学作品的关键环节。一方面是因为文学作品在客观上确实存在着主题,如果没有一个贯穿全文的主题,文学作品的诸多因素就很难统一并把生活还原为一个浑然的整体;另一方面,读者在对文学作品主题,尤其是表现宏大生活作品的主题进行具体思索概括的时候,事实上又很难提炼出一个一成不变、众口一词的主题。《红楼梦》的主题也是这样的典型情况。为什么呢?

主要有以下几个方面的原因:

一、反映生活的整体性、立体性

文学作品是作家独特心灵编织出的生活景象。生活是个多侧面、多层次和多元性、多维性的整体,是作为社会人的物质生活和精神生活感性的有机整体而存在的。它以人为中心,凡人的活动、环境、思想和情感等一起构成作品具有审美意义的生活整体,能折射出生活的全貌。生活有多立体、多丰富,作品就有多立体、多丰富。尤其对于用真实主义或再现手法描绘出的作品而言更是如此。是生活作为文学内容客观上使文学作品成为一个多侧面、多层次的不容分割的立体系统。作品的客观无限性为读者提供了主观无限宽广

第十四章
不尽长江滚滚来——主题意蕴

的解读空间,使读者心灵的棱镜有可能从不同的视角折射出它的不同光彩。就像海洋,诗人用它的美作诗,政治家用它的波涛来行驶军舰,母亲用它的轻漾来为儿子催眠。可海就是海,它是太幽深、太博大的一个存在。《红楼梦》作为古典现实主义著作的高峰,由于真实反映了康乾盛世间社会生活的各个方面,就像还原了生活本身一样丰富、博大和深细。进一步从题材角度而言,表面看《红楼梦》的题材并不重大,比不上描写纵横捭阖战争生活的《三国演义》、《水浒传》。前者写政治军事斗争,后者写农民起义。《红楼梦》则写贾府高墙大院之内的社会人生图景,虽然也辐射出现实生活的方方面面,但重点还是写那些贵族年轻人和围绕着他们的日常生活。尽管如此,《红楼梦》在题材上依旧呈现的是一种全景式的立体描写,在虚化的时空中纵拓得很深,横开得够广,人物涉及好几百人,包括政治生活、经济生活、文化生活、情爱生活等,还通过主要人物写了他们之间错综复杂的社会、人际和情感关系。从整体性上反映了社会生活的具体样貌,既丰富多样,又复杂深刻,不同读者阅读都能从不同角度引发感受和思考。所以,鲁迅先生谈到人们对《红楼梦》主题理解的分歧时曾十分经典地总结:"单是命意,就因读者的眼光而有种种,经学家看见《易》,道学家看见淫,才子看见缠绵,革命家看见排满,流言家看见宫闱秘事……"《红楼梦》主题的多重性或说《红楼梦》的主题有多重意蕴,这也是《红楼梦》诗性的一个重要特征。

二、作家思想的复杂性、矛盾性

作家作为一个独立的个体,其精神是一个自足的存在。在其经历的社会生活中,对象越真实越宽广,其精神世界的情感和认识就越丰富和宽广。世界的复杂性,社会的复杂

性,尤其是人和人性的复杂性,使作者的观念和情感不自觉呈现出复杂性的特质。这种思想的复杂性、情感的矛盾性会不自觉地在作品中有所反映。

  作者的精神和情感对世界的参与和理解是文学活动的起点,所谓"气之动物,物之感人,故摇荡性情,形诸舞咏"。甲戌本《脂砚斋重评石头记》在第一回中,作者曾借空空道人道出作品的大旨是"谈情",接下作品继续宣称道:"不过实录其事,又非假拟妄称,一味淫邀艳约、私订偷盟之可比。"这就是说,《红楼梦》"大旨"所谈之"情",非窄化的男女私情,而是广义上的情。这就使红楼主旨得到了更有张力的安放空间,正像一首好诗,处处留有余地,留有空白,引人探寻、发人深省。文学作品正是一定社会现实和生活经历在作家头脑中的反映。作品反映的生活,都是作家感受、体验、理解、认识了的社会生活,有些内容、情节、细节甚至是作家的亲身经历。作品写什么,怎样写,怎样表现,都由作家的思想、感情、世界观决定。当作者本身对生活的认识充满复杂情感和矛盾观念的时候,欣赏和解读作品主题就会被引领到多样甚至矛盾的途径中。了解作家的经历、思想、创作意图,对于深入理解文学作品的主题非常重要。鲁迅说:"倘要论文,最好是顾及全篇,并且顾及作者的全人,以及他所处的社会状态,这才较为确凿。要不然,是很容易近乎说梦的。"这也就是孟子所谓的"知人论世"。当我们了解到作者曹雪芹的身世和故事,便深刻理解了他对过往生活的一种复杂情感和矛盾态度。青春的短暂、美好的缥缈、高贵的毁灭、对阶级的背离,一切都在消逝中走向永恒,一切都是怀念和追思,也是忘记和批判。如果不结合作者的生活经历,就不会发现文字背后的隐含意义。

三、传达方式的象征性、暗示性

文学是借助艺术形象来传达作家审美意识、思想观念的,它诉诸的不是抽象的概念,而是具体的形象。形象的生活场景和形象的人、事、物都是一种出于作家独特理解和独特眼光照耀下的存在物,它既不脱离生活的真实,又绝不是观念的传声筒。文学形象再现或表现生活的特点决定了作品中暗示或象征手法作为一种普遍的创作手法而存在。《红楼梦》作为我国古典巨著,作品既尊崇古典时期主流的表现传统,又有强烈的个性追求,即强烈地隐藏情感和遮盖主题的主观诉求。《红楼梦》作者自己站出来宣言解说:"将真事隐去"、"用假语村言"。作者在叙述中自觉有为的不确指,使得内容的"弦外之响"、主题的韵外之旨处处皆是。究竟哪根弦是主调、哪声响是主音,均留给读者去体悟,否则作者也不会提醒读者从"满纸荒唐言"中去解"其中味"了。作者为唤起读者生活经验、调动其情绪反应,鲜明而积极地引导读者联想和想象,大面积地使用了富有象征性和暗示性的手法,使对象形象化、间接化、情感化和含蓄化,读解上必然带来某种程度的不确定性或模糊性。

四、接受者的主动性、创造性

当文学作品一经创作完成进入阅读阶段,一个新的再造过程就诞生了。每一个读者所处的时代不同,生活经历、审美经验、思想观念不同,都会导致读者在鉴赏过程中以一己的主观能动性去参与作品的再创造,并出现"合理误读"的情况。所以,要想对文学作品主题作出统一的解释是非常困难的。白居易《长恨歌》的主题之所以有"爱情说"、"同情说"、"讽刺说"、"惋惜说"、"感慨说"、"自伤说"、"长恨说"、"双重主题说"和"矛盾主题说"等不同说法,与其说是作品多义

性的客观存在,毋宁说是鉴赏者的阅读创造。《红楼梦》的主题也是如此。所以我们不强求文学作品主题表现形式的统一,更不必对一部文学作品主题的不同解读耿耿于怀。相反,从不同层面、以不同角度对作品进行个性化的阐释是读者的阅读权利,也是读者再创造的快乐所在。我们在鉴赏文学作品主题时,不断地变换视角,进行个性化的分析解读,只能使我们对作品主题的认识进一步深化,会更加完整和准确地解释作品,而不会对作品的主题和意义造成负面影响。

五、作品的思想性、超越性

《红楼梦》作为主题蕴涵丰厚终于冲向古典高峰的文学巨著,它着重表达的是一种社会生活,尤其是家庭生活、个人生活和感情生活的体验。但是,它又没有停留于此,它因一种由小写看大写的人生经验和诗性慨叹而彰显了特征,同时,还在具体感性的生活之上,着重传达出作者独有的一种认识、一套思想、一些价值观念。这使《红楼梦》成为思想性、巨著性的文学。文学作品之所以被冠以巨著,都因为它不只是一类群体生命的宽银幕、大影像,生动反映了那个具体时空中的人生,更重要的是,作者通过这些活生生的人情物理,表达了他内在精神系统对文化的认知、文化的态度、文化的理念等属于思想高度的理性认识。曹雪芹通过作品人物、故事间接表达,有时就是借助人物直接表达出的思想,的确能形成一定的理性系统。比如,从文化上涉及的不仅有儒家思想,还有道家思想、佛家思想等。再比如,从人物之口表达的不仅有贾雨村的"正邪两赋论",还有史湘云的"阴阳论"等。由此观之,作品以多元的文化思想为底蕴形成的主旨一定是一个开放的表现系统。进一步言之,作为博大精深的古典巨著,《红楼梦》绝对是形象大于思想的典范。

第十四章
不尽长江滚滚来——主题意蕴

《红楼梦》主题的多层意蕴

《红楼梦》的主题有多层意蕴,从不同角度、不同层面分析会得出不同结论。总体来说作品主要有:爱情主题、末世主题和宗教主题,而在人生主题的高度上统一起来。

一、爱情主题

《红楼梦》由贾宝玉叛逆的一生和金陵十二钗等人的人生悲剧组成一个大故事,其中贾宝玉、林黛玉、薛宝钗之间的爱情婚姻悲剧是整个小说悲剧中的主体部分。《红楼梦》最吸引人、最感动人,也是最具魅力的内容是贾宝玉作为男主角的情爱生活。

首先当然是与林黛玉的关系,其次是与薛宝钗、史湘云、妙玉等人的多角关系,另外宝玉还有精神上同性爱和泛爱的一面。在青春和叛逆的道路上,贾宝玉得到了和他自幼相处,美若仙人,并从不向他讲"那些混账话"的姑表妹林黛玉的同情和支持。他们在性灵相吸和共同志趣的基础上,产生了浪漫而深挚的爱情。林黛玉自幼父母双亡,被迫寄居贾府。生性孤高,却寄人篱下的生活,使她养成了自我保护和敏感多疑的心性,常用"比刀子还厉害"的嘴去奚落他人。在"一年三百六十日,风刀霜剑严相逼"的贾府,这个高洁的贵族少女小心支撑着她脆弱孤独的生命,是她与宝玉的爱情,唤醒了她生命的热情,使她有了诗意的心理活动,激动的生活内容,也正是这种暗自隐秘又裹挟着叛逆的爱情,使她生活在无限的痛苦和忧郁当中。尤其当宝玉的姨表姐薛宝钗以"金玉良缘"的优势介入宝黛关系时,面对家境、姿容、才华绝不逊色,甚至都优于自己的宝钗,黛玉陷入心理生活中深

刻的纠结和无尽的怀疑之中。她一次又一次地试探宝玉,每当宝玉以大胆的真情直面她时,她又出于极端矛盾的心态和贵族少女的矜持而"气得说不出话来"。

在不允许爱情存在的环境下,尤其在不允许私自谈情说爱的年代,她小心翼翼地呵护着内心点滴的爱情感受,反复地、苛刻地要求着、证实着、推翻着又强化着与宝玉的爱情,爱情这把双刃剑,既多次地戳伤着宝玉,也在不断地戳伤着自己的内心。在深沉如夜的孤独中,她情愿一个人静挨在"竹影参差,苔痕浓淡"的潇湘馆,拨琴弄弦、迎风抛泪。她情愿一个人沿着弯曲的石径,在园中一角荷着花锄,泣红埋香、吟咏心曲,既品尝着这最强烈、最个人的痛苦,也升华着这最高尚、最美丽的痛苦。"冷月葬花魂",恰是林黛玉孤寂而美丽的生命的注疏。

面对着令人魂牵梦绕的表妹,宝玉细心呵护她的起居、关心她的苦乐,敬重她的才华,更倾心她的人格。如果说古往今来天下文学作品中男人对女子的爱情,都是那样缠缠绵绵、久经考验、千回百转又生死攸关,宝玉和黛玉的爱情应是中华古典经典中最典型、最生动的故事。它出自平淡的日常生活,却写得惊心动魄、波澜壮阔。其惊心处在逼真地直面最细腻的个性心理和最复杂的人性本质,宝玉的由肉而灵、由泛而专,都显示了人性的真实内涵;其壮阔处则表现在不仅细腻地描写了缠绵悱恻的爱情心理,从身的常与病,到神的梦与魔,而且一直写到生离死别,情关两界——从爱情绝望之了无生趣,到快乐永失之悬崖撒手,两个都是"情痴",都是情到深处、情到极处,都是以情为生。故事的结局是那样令人揪心撕肺、恸倒流泪。在神话与写实的互动关系中,宝黛爱情获得了传奇与传记的混合品格。他们不是凡人,能全

第十四章 不尽长江滚滚来——主题意蕴

身心地集中于情感生活,但他们又不是神人,而就是无数凡人情感生活的聚焦和放大,他们的爱情终于有了典范的文学和文化意义。

作为林黛玉的第一情敌,与湘云、妙玉等人的关系相比,小说中的薛宝钗无疑是宝黛爱情的核心映衬性人物。从她与宝玉爱情关系的角度看,除了那和尚给的金锁,她自己并不主动思想与爱相关的事情,也许正因为金锁的婚姻特征那么明显,她觉得直白写明的东西没意思,才把与宝玉的关系看得十分淡然。应该说,这位近乎"十全十美"的冷美人并没有像现代青年一样,有竞争意识地与黛玉争夺宝玉,也没有像老谋深算的政客一样不择手段地去谋求"宝二奶奶"的位置。作为宝黛爱情的洞悉者、旁观者,她静思少燥、敬而远之、冷血无情、多一事不如少一事,以自己特有的端正和随和维系着她与贾府从上到下的人际关系。她偶尔也会流露出男女之情,但马上就会被遮盖。她以自己有金玉良缘和有家庭的优势,内心从不嫉妒,俨然以一个女性的智者,沉着应对着未知的一切。如此恬淡的心态沉重打击着恋爱中的黛玉,真所谓"无情却被多情恼",在青春激荡的日子里,她比黛玉收获了更多的好心情。但她仍然是一个悲剧人物,她知道自己的婚姻有家长做主,面对不爱自己的宝玉,她也义无反顾,默默接受并自咽婚姻苦果。作为悲剧收场的她,既印证了封建主义正面教育的复杂成果,更渲染了封建叛逆者爱情的壮烈。呜呼!

《红楼梦》以其细腻深婉的爱情婚姻描写,为中国,为世界奉献了惊心动魄的爱情大餐,让我们知道人类的爱情婚姻生活竟有如此美丽和凄惨、如此丰富和复杂的内容,而其中透显出的反封建意义和现代色彩,既深刻反映了那个时代的

文明新音,更令我们痛恨压抑人性的时代,憧憬未来世界的美好和人性全面满足与发展的那一天的到来。

二、末世主题

作为书写日常生活内容的《红楼梦》,围绕青年贵族贾宝玉、林黛玉、薛宝钗等之间的爱情婚姻纠葛,作者工笔画般地描写了他们起居动静为核心的日常物理环境与日常人际环境以及从这些环境写出的政治、经济和文化内容。没有这些内容的工笔细描,青春生命就成了没有附着的躯壳,他们的爱情就成了象牙塔中的无病呻吟,就没有了物质和实质的内容。

作为少男少女"存在土壤"的贾府,是个巨大的世道人心的镜子与窗口,更是一幅末世的景象。荣宁二府,所谓"诗礼簪缨之族",一个有着辉煌历史的皇亲国戚的家族,全家老小,包括远族近亲,仆人家奴,《红楼梦》里大约写到了三四百人。他们常态和非常态的日常生活以及精神生活究竟是怎样的面貌,小说不仅通过少男少女们的世界,也通过刘姥姥等府外人物和焦大等府内人物的眼睛看到并透视出来。这个到处金碧辉煌、人人温情脉脉的大家庭整日过着骄奢淫逸的生活,男性家长各个酒囊饭袋、不学无术,还偷鸡摸狗、道德沦丧。小说不仅直接描写了日常家庭的大肆挥霍,吃一顿螃蟹就够乡下人过一年的,过一个节日调用的粮食物资、山珍海味清单就拉得书似的,主人还嫌少;还写为一个孙媳可卿送葬,行列像"压地银山一般";更写为元妃的省亲,海水般流淌地花钱建造省亲别墅。这些在金钱里泡着只知享福的主子,精神生活更是一塌糊涂、不知廉耻为何物。贾赦一把年纪,却要逼娶丫环鸳鸯作妾,如果不答应就威胁说早晚逃脱不了他的手心;贾珍与儿媳可卿乱伦苟且;贾琏、贾蓉叔侄

第十四章
不尽长江滚滚来——主题意蕴

即便"热孝在身",也不忘"狂嫖滥赌",骨子里龌龊之极;贾环小小年纪就懂得欺辱、打骂丫鬟……正如焦大所醉骂的:"我要往祠堂里哭太爷去。那里承望到如今生下这些畜生来!每日家偷狗戏鸡,爬灰的爬灰,养小叔子的养小叔子,我什么不知道?"可一旦在大观园中发现了男女私递的"香囊",家长们便如临大敌、痛哭流涕,仿佛自己的家族祸到临头。

家族中因财产和权势而造成的相互猜忌和仇恨,更是每时每日都在发生,不仅可卿嘱咐凤姐要留后手,所谓登高跌重,万物都是盛极而衰等,凤姐本身也说内囊就上来了,尤氏也说:"咱们家上下大小的人只会外面讲假礼假体面,究竟作出来的事都够使的了。"探春则更直接说败从内部开始。表面看来,这个作威作福的家族似乎人丁兴旺、蒸蒸日上,实则是见盛观衰,贾府代表的四大家族是一具在封建礼教的光环遮盖下散发着腐朽气息的僵尸。作者由一家一族的叙写渗透着浓郁的"末世意识"。这是一种暴露,也是一种批判,亦是一种惋惜和无奈。

小说中两个重要女子的判词中都有"末世"的字样。王熙凤:"凡鸟偏从末世来";贾探春:"生于末世运偏消"。在第二回的脂批中也说:"记清此句可知书中之荣府已是末世了";"作者之意原只写末世"等。第十八回的脂批又说:"又补出当日宁荣在世之事,所谓此是末世之时也。"作者忠实于生活的实在,用真实主义的手法,把封建社会中的生活事实艺术地概括出来,使我们透过贾府及与它相关的生活,感知到这个阶层主体人物的腐败、这种社会制度的腐朽以及整个时代的衰退。既出于传统文人无力补天,习惯对此由衷地表示叹惋和无奈,又跨越出传统文人的局限,站在对立阶级和超前立场,深刻暴露了封建贵族家庭的腐朽和道德沦丧,批判了封建制度下社会的

黑暗与丑恶，揭示了它每况愈下、渐至衰亡的必然命运，最为集中地概括了中国古人的末世情绪。

"意谓人生正复若此，初不省承平乐事为难遇也。及时移物换，忧患飘零，追想昔游，殆如梦寐，而感慨系之矣"（周密：《武林旧事·序》）。每一次改朝换代，都会留下很多华胥梦觉后的血泪文字。可以说，小说具有封建制度挽歌的意味，同时由于作者歌颂了尚处于萌芽状态的具有初步民主主义思想的封建制度的叛逆者，表达了对新世纪、新纪元朦胧的理想。

三、宗教主题

人活着是为了什么？死后会在哪里？人生为什么有苦难？人应该如何面对人生的苦难？怎样才能获得快乐？在经历了人生的坎坷，经历了富贵或贫穷，甚至经历了生离死别之后，这些问题便会集中引发人的思考。中国封建社会是小农经济的封闭社会，有着多神信仰和多元崇拜的文化传统。尤其是佛教作为基层信仰传入我国并中国化之后，与老庄思想有某种深层对话和融汇，深深影响着中国文人士大夫的生命和世界观念。他们对形下意义上的社会无法从制度上去分析和批判，只有找到宗教信仰的武器来武装自己的灵魂，找到这些问题的答案。《红楼梦》中通过人物和故事，到处寄予了深浓的老庄佛禅思想，所谓色即是空，空即是色，所谓一切都是虚无等。曹雪芹敏锐感受到封建末世的窒息，他深刻认识到社会的不合理性，却无法明晰制造《红楼梦》悲剧的社会根源。于是，他只能以宗教的路径、通过艺术的手段，探索这些具体之上的终极问题。

《红楼梦》又名《情僧录》，以佛教思想思考人生是其内容的一个重要维度。戚本的第一回就说：空空道人抄录回

第十四章
不尽长江滚滚来——主题意蕴

来,"因空见色,由色生情,传情入色,自色悟空,遂易名为情僧,改《石头记》为《情僧录》。"小说由《石头记》改名为《情僧录》,即表明了作者以宗教视角讲故事的特征。道人取名"空空",是佛教般若空宗"空亦空"思想在小说人名上的体现,无不是想表达对物质世界及任何精神执著的否定,即使对"空"执著,也是一种迷妄。其他如主管人间风情月债的警幻仙姑,来去无踪的一僧一道和作品中不时的参禅故事,都给小说蒙上了浓郁的宗教色彩,也使通篇弥漫着神秘的哀愁。而前五回中的《好了歌》和它的一段"注解",经常被学者看做是读懂《红楼梦》的关键。这两首诗歌都带有明显的佛教看空色界和人生虚幻的意识。人生世事,不过功名、金钱、美女、儿孙,一切的一切,到头来都是一场空。甄士隐的《好了歌注》更是形象地诠释着《红楼梦》的故事,层递层深地达着色空观念和佛教的宿命意识。

歌中唱到自然界的"花开花谢",也唱到人世间的"昨富今穷",作者通过作品人物感叹这些都不过是变幻不定的世界的影像。《好了歌》、《好了歌注》与第五回《飞鸟各投林》一起,为封建社会的大家族和由它代表的封建社会的政治与人生唱出了绝妙的无常和超脱之歌——"好一似食尽鸟投林,落了片白茫茫大地真干净!"

曹雪芹还借助大荒山、无稽崖、渺渺真人、茫茫大士、太虚幻境等虚幻意象,以及众女儿的悲剧命运,使宗教内涵情节化、故事化和意象化、艺术化。在这些生动丰满的艺术形象中,道家的虚无思想与佛教的色空观念互渗互触,共同构筑了《红楼梦》宗教层面的主题意蕴。

四、人生主题

人生是个既具体又抽象的大概念。无论是爱情生活,还

是家庭生活,抑或是政治、经济生活或文化生活,这些生活的总体就是人生。《红楼梦》的故事发生在贾府,但它的内容意义所指却绝不限于贾府。青年人读它感动于其中的爱情,中年人读它感悟于其中的世事,老年人读它感叹于其中的哲理……所谓"清"与"浊","情"与"淫","假"与"真","俗"与"雅"、"执"与"随"等。《红楼梦》像所有文学作品一样,面对的是人生,也写的是人生。《红楼梦》写人生的精彩和成功处在于它既写出了具体典型而斑斓恢弘的人生图景,如青春友谊、爱情婚姻、家族兴衰、人情世故、风俗流变、权力运作、道德与律法等,展示了具体的人际关系,人与人之间的各种具体的纠葛矛盾;也写出了无限抽象和努力升华到哲学层面的人生意义。这一段人生既源于远古神话原型,又经过癞头僧和跛足道人以佛道视野的反思,最终由作者以儒、佛、道三重文化力量进行整合思考,终于上升到终极层面来总结其意义和价值。《红楼梦》表现的人生纷纭奔腾、幽微立体,把人生百态带着复杂多样的感慨写到了极限,传达出人生是一场"悲凉之雾"(鲁迅语)的核心感叹。虽然人生有无限美好的存在,但又有很多丑陋和破坏美好的内容,在生活中的美与丑不间断的较量中,人生里面那么多美好的东西被无可奈何、无法挽回地摧毁了。人生是可喜的,但更是可悲的。也恰是因为她可喜过、可爱过,才更映衬出它的另面的可悲和可叹。小说基于曹雪芹对自己家族命运的回忆与反省,把现实世界中一切有意味的内容经过特殊编织融进艺术,在"真事"与"假语"的张力之中展示了无限的人生内容:没有"真事",小说就只是中国古典文学中常见的模式化文字游戏;没有"假语",它就只是一份家族史的实录。在实录与文学想象之间,曹雪芹既严格按照生活的逻辑、事态的常理来叙写,

第十四章

不尽长江滚滚来——主题意蕴

"至若离合悲欢,兴衰际遇,则又追踪蹑迹,不敢稍加穿凿,徒为供人之目而反失其真传者"。又显示了巨大的艺术操控和创造自觉。所以,红楼故事"说起根由虽近荒唐,细按则深有趣味"。

从文学的角度看来,人生又可以浓缩为一个情字。人是情感的动物,人生亦是人的情感体验过程,《红楼梦》则是人生种种情事的浓缩。清代红学家花月痴人有感于《红楼梦》未尽而继作《红楼幻梦》,在自序中,他认为:"《红楼梦》情书也……其情之中,欢洽之情太少,愁绪之情苦多。"他还诠释说:"作是书者,盖生于情,发于情;钟于情,笃于情;深于情,恋于情;纵于情,囿于情;癖于情,痴于情;乐于情,苦于情;失于情,断于情;至极乎情,终不能忘乎情。惟不忘乎情,凡一言一事,一举一动,无在而不用其情。此之谓情书。"陈其泰也在《桐花凤阁评红楼梦》中于第一回"从此空空道人因空见色,由色生情,传情入色,由色悟空"处作眉批曰:"一部《红楼梦》读法,尽此十六字,即尽此一情字。"

说《红楼梦》"大旨谈情",并非是说它是部一般意义上写男女爱情的言情小说;说"一部《红楼梦》读法","尽此一情字",亦不是说只要抓住儿女之情,就抓住了《红楼梦》的真谛。《红楼梦》所谈之"情"绝非狭隘的男女之情,而是人生中所能经历的最重要的感情,虽包括男女之情,却比男女之情要丰富、深广得多。其历史内涵和文化意蕴,其实就是人生的内涵,女性世界的情感故事是人生主题的故事主干。"金陵十二钗"的故事,或是叛逆旧制度、旧思想,探索新的生活(林黛玉);或是执著于"风月情浓"(秦可卿);或是热衷于金钱和权势(王熙凤);或是生活在贵族之家,却看破了红尘(贾惜春);或是身已入空门,六根却未净(妙玉);或是心怀

诗性红楼撷英
SHI XING HONG LOU XIE YING

男人之志,而生不逢时(贾探春);或恪守礼教,服从家长(薛宝钗、李纨);或贵为皇妃,却郁闷孤独(贾元春),或被偷娶,却受尽嫉妒折磨而死(尤二姐),或刚烈非凡,为情而死(尤三姐),或被主子欺侮,悲愤而死(金钏、晴雯)等。这些或贵族或平民或奴婢的情的故事演绎了人生的多样存在,而以悲情的结局告终。《红楼梦》通过"群钗"的一系列悲剧性情史,各种类型的悲剧形象,从各个角度、各个侧面解释了那个时代人生的悲剧本质。

最后,《红楼梦》约成书于乾隆中叶,正值清代百年承平的"康乾盛世"。作者透过自己经历过的各种具体而微的生活内容,尤其从"千红一哭"、"万艳同悲"的特殊角度和凄惨境遇出发,着重表达的是一种人生的体验,是一种社会生活、家庭生活、个人生活、感情生活的体验,尤其是对人生种种重要巨变的体验:爱情的巨变、婚姻的巨变、政治的巨变、经济的巨变等。作者通过爱情、家庭或政治等内容形式,表达了人生是种种悖谬的存在过程这样一个矛盾主题。脂评本《红楼梦》在开卷诗中即写道:"浮生着甚苦奔忙,盛席华筵终散场。悲喜千般同幻渺,古今一梦尽荒唐。谩言红袖啼痕重,更有情痴抱恨长。字字看来皆是血,十年辛苦不寻常。"人生是悲喜同幻、古今一梦。悲喜同幻又不是幻,人生如梦又不是梦。《红楼梦》不只抒写烦恼、痛苦、无常、死亡和可怕等,也抒写深情、痴迷、热恋和同情、关爱。写有情也写无情,在无情中看到有情;写聚也写散,在消逝中看到永恒。对于曹雪芹来说,人生就是这样充满无限意义和解构意义的存在。当曹雪芹"滴泪为墨,研血成字",以十年辛苦叙写往事时,固然有从红尘求解脱的意愿,却更强烈地表现出对繁荣的留恋、对悲剧的不甘、对另一种人生的希冀。这才是"到底意难平"

第十四章
不尽长江滚滚来——主题意蕴

之所在。历史的新鲜与沧桑、人生的生机与无常、美的永恒与幻灭、生命的轻盈与沉重——作品聚焦这些悖谬与矛盾,揭示出人生作为诗意存在的理想与悲剧不以人的意志为转移这一重大命题。所以,夏志清认为:"曹雪芹表面上写了一个道教的或禅的喜剧,表现了人类在绝望和痛苦中的无希望的纷扰以及至少一个个人的解脱。但只是表面的,固为读者只能感觉到这小说中所描写的痛苦的真实比道家智慧的真实更深地激荡着他的存在。"①这也是曹雪芹的写作动机和最高主题所在。

综上所述,尽管爱情主题、没世主题和宗教主题等都可以部分地概括《红楼梦》的内在含义,但人生主题可以在更高处全面表达我们的阅读感受。《红楼梦》的深永意味,是不甘时间的潮水淹没美好的情事,反抗忘却的积习遮蔽人生的苦痛。哈姆莱特临终时对他的朋友说:"现在你就慢一点去自己寻舒服,忍痛留在这冷酷的世界上,留口气,讲我的故事。"曹雪芹不是受谁的委托,而是被自己梦幻般的经历驱动着要在这个冷酷的世界上讲述一个热情的、温暖的最终却又是冰冷的故事,他不会希望世界都像大观园那样,但他接受不了把一切美好的希望都泯灭的现实。"此情可待成追忆,只是当时已惘然"(李商隐)。通过往事追忆,他重现了青春生命的欢乐和美好;借助空间叙事,他在审美的世界中对抗着流逝和无常,拯救了逝去的华年。故事即使最终仍然是悲剧,却留下了一种刻骨铭心的深情和怀念。"云空未必空",曹雪芹没有真正看破世情,弃绝人间,《红楼梦》的人生观属于"可爱的悲剧"。尽管那些"异样女子"终归死寂,宝黛爱情则是

---

① 胡文彬、周雷编:《海外红学论集》,上海古籍出版社,1982年版,第135页。

水月镜花,但《红楼梦》仍然说:"厚地高天,堪叹古今情不尽;痴男怨女,可怜风月债难偿。"生命不因死亡而无价值,爱情不因悲剧而失魅力,《红楼梦》启示的人生意义的内在矛盾和多声复议,永远感动着无情世界中有情的人们。"恰便是遮不住的青山隐隐,流不断的绿水悠悠"。

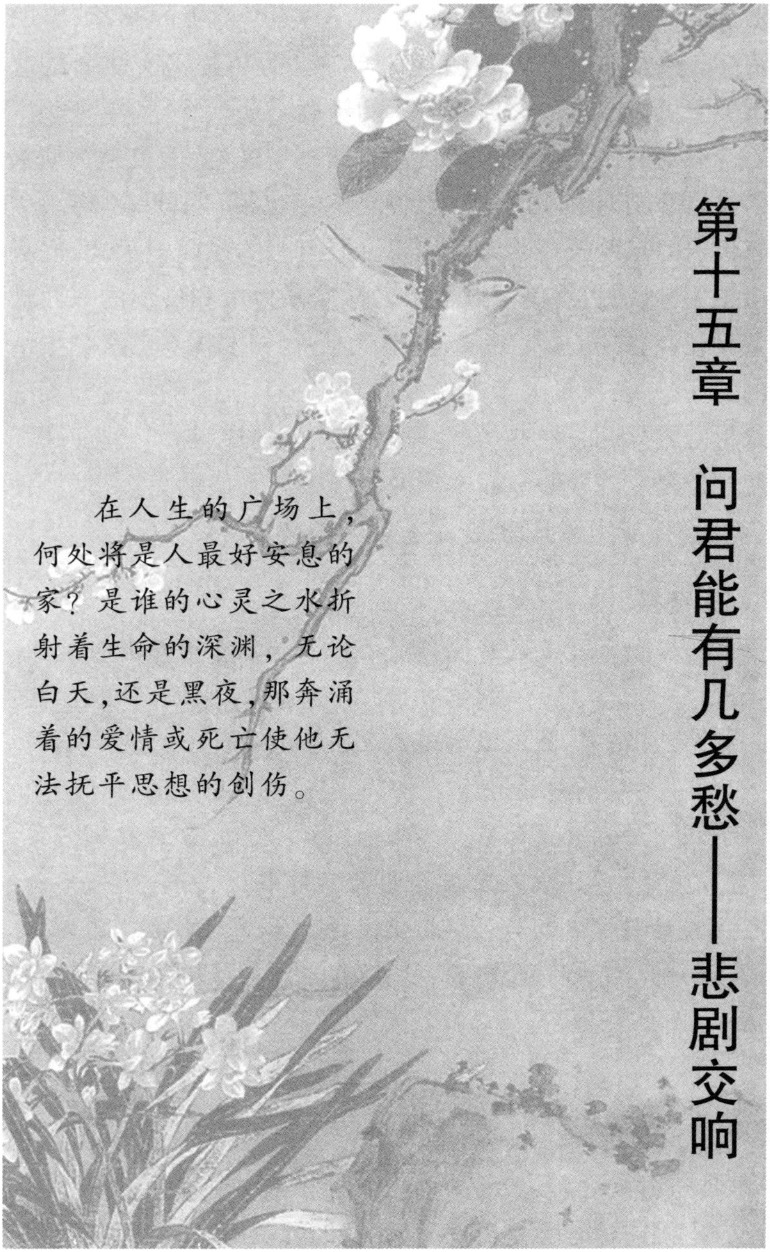

第十五章 问君能有几多愁——悲剧交响

在人生的广场上,何处将是人最好安息的家?是谁的心灵之水折射着生命的深渊,无论白天,还是黑夜,那奔涌着的爱情或死亡使他无法抚平思想的创伤。

红楼一梦,梦美、情美、物美、人美,可谓美的荟萃、美的浓缩。然其中最感人肺腑、撼人魂魄的,却是它所演绎的悲剧美。黑格尔称:"悲剧是艺术的桂冠。"

《红楼梦》诗性价值的内核在于写了悲剧,而且是"彻头彻尾之悲剧"(王国维语)。鲁迅先生也说:悲剧是"将人生有价值的东西毁灭给人看"。是的,丑恶的东西毁灭,我们只会拍手称快,只有美好或显示人性良知力量和价值的东西被毁灭,我们才会悲从中来、扼腕叹息。《红楼梦》在家庭生活的叙写中,表现了大量美的人物、美的个性、美的力量和美的景象的毁灭,而且"越美,也就被毁灭得越快、越惨、越彻底"。悲剧性是它的核心。叔本华说,悲剧是"最高的诗"。悲剧使《红楼梦》成为最具诗性、最有魅力的文学巨著。

> **知识链接**
>
> 悲剧:最重要的戏剧体裁之一。起源于古希腊乡村酒神祭狂欢中的山羊歌,前6世纪中叶演变为城市戏剧。悲剧的定义很多,最有名的是亚里士多德在《诗学》第六章提出的:"悲剧是对于一个严肃、完整、有一定长度的行动的模仿;它的媒介是语言,具有各种悦耳之音,分别在剧的各部分使用;模仿方式是借人物的动作表达,而不是采用叙述法,借引起怜悯与恐惧来使这种情感得到陶冶。"西方把悲剧分为英雄的、命运的、社会的、家庭的等不同题材。

女性的悲剧

一、群女之悲

中国封建社会是男尊女卑的社会,男尊女卑的思想渗透

第十五章
问君能有几多愁——悲剧交响

在社会生活的方方面面,女性的悲剧是封建社会不可避免的悲剧。而曹雪芹主要表现了年青女性的悲剧。在他看来,年老的妇女沾染了很多社会上丑陋的东西,因而比较可憎,所以作品中有"女儿是水做的"之说。作者通过《红楼梦》把年轻女子的悲剧集中化、典型化了。无论是高贵的妃子、千金小姐,还是卑贱的女奴、下人,她们都无法逃脱悲惨的命运。《红楼梦》一开篇,便定下了这样的悲剧基调:贾宝玉神游太虚幻境,看到的是"堪叹"、"可怜"的对联,进的是"薄命司",饮的是"千红一窟(哭)"和"万艳同杯(悲)"的茶和酒,听到的是"怀金悼玉"的"红楼梦"十二支曲。这些闺阁女儿各个光彩夺目,她们不仅有美丽绝伦的外形,更有丰富的情感和立体的内心世界,有的以卓然独立的人格意志见长,有的则有着复杂的人性内容、不同凡响的行止见识,她们是造物主精心创造的奇迹,是集"山川日月之精秀"的美的代表。在《红楼梦》的女性世界中,遭遇最为凄楚、悲惨的群体,无疑以"金陵十二钗"为核心。其中,不仅女主角黛玉和宝钗是悲剧,万人之上的贾元春和万人不及的王熙凤也都是悲惨的命运,其他柔弱的贵族女儿又怎能更有力量逃脱悲剧的命运!那些美丽纯洁、聪明有才的女儿们降生到这个异常污浊混乱的世界,虽然也享受到了片刻的时空自由和理想中浪漫美好的生活,但社会还是以迅雷不及掩耳之势将这些美丽一一蹂躏并扼杀。史湘云远嫁他乡、沦落风尘;李纨青春寡居、独守凄凉;迎春误嫁毒郎、含恨而去;妙玉欲洁难洁、沦落污浊;惜春看破红尘、落发为尼;晴雯被斥逐出、羞愤而死,金钏含冤跳井、屈辱而死……贵贱一理,美丽尽劫。伴随着美丽女儿的花柳繁华地、温柔富贵乡的大观园,也在转眼之间凋零败落、无处追寻。真是"好一似食尽鸟投林,落了片白茫茫大地

真干净"。

二、元春之悲

在金陵十二钗中,贾府长女元春身为贵妃,是位置最高、地位最显赫、且是万人称羡的人物,但她却是头一个吐露悲苦,最终又英年殒命的年轻女性。身居贵妃高位的她深知盛衰迁移之理,对自身地位与前景也极端迷茫,在省亲过程中曾几次婉转地批评省亲别墅太过奢华:"以后不可太奢,此皆过分之极";"倘明岁天恩仍许归省,万不可如此奢华靡费了!"不仅如此,她在亲人面前更鲜明地表现出对寂寞深宫生活的不满和抱怨,对温暖家园和家人骨肉的浓浓眷念:"贾妃满眼垂泪,方彼此上前厮见,一手搀贾母,一手搀王夫人,三个人满心里皆有许多话,只是俱说不出,只管呜咽对泣。邢夫人、李纨、王熙凤、迎、探、惜三姊妹等,俱在旁围绕,垂泪无言。半日,贾妃方忍悲强笑,安慰贾母、王夫人道:'当日既送我到那不得见人的去处,好容易今日回家娘儿们一会,不说说笑笑,反倒哭起来。一会子我去了,又不知多早晚才来!'说到这句,不禁又哽咽起来……"在自己的父亲面前,她则更理性地表现出深刻的懊悔之意:"田舍之家,虽齑盐布帛,终能聚天伦之乐;今虽富贵已极,骨肉各方,然终无意趣!"在离别返宫时,贾妃"满眼又滚下泪来。却又勉强堆笑,拉住贾母、王夫人的手,紧紧的不忍释放,再四叮咛:'不须挂念,好生自养。如今天恩浩荡,一月许进内省视一次,见面是尽有的,何必伤惨。……贾母等已哭的哽噎难言了。贾妃虽不忍别,怎奈皇家规范,违错不得,只得忍心上舆去了"。亲人团聚本应开心幸福的元妃却总是遏制不住悲伤的眼泪,说明元春在皇宫中繁华生活的后面危机四伏、痛苦难熬,由此预警她未来的日子或失宠或失意或孤独无助或相思成疾直至郁

郁而终,结果正是如此,元春年纪轻轻就夭折而亡,这是元春命运的必然。

> **知识链接**
>
> 贵妃:古代皇帝妃嫔的称号之一。南朝宋孝武帝刘骏时始置,与贵嫔、贵人号称三夫人。唐宋二朝时,贵妃仅次于皇后,与淑妃、德妃、贤妃并称四夫人,爵位正一品。明朝时,贵妃仍是皇后之外最高级的封号。清朝时贵妃为后宫第三等封号,后宫品级依次为:皇后、皇贵妃、贵妃,以下为妃、嫔、贵人、常在、答应。

二、凤姐之悲

凤姐是大观园女流中举足轻重的顶尖人物。《红楼梦》第八十回,几乎有一半的章节与凤姐有关。她的个性相当丰富多面,这个人物充分展示了作者对人性复杂性的理解深度。在作品中,凤姐表现了人性极恶的一面。在豪门贵族的大宅门里,她呼风唤雨、大权在握,被熏染得贪欲极强,人性被扭曲得极其异化残忍。她"嘴甜心苦,两面三刀","明是一盆火,暗是一把刀";做了很多害人的恶毒事。她曾设计整治戏耍她的穷亲戚贾瑞,直至将他害死。她曾把佣人的月钱拿来放高利贷,还为三千两银子的利益害死张金哥及其未婚夫,她还借秋桐之刀杀死了善良软弱的尤二姐……在她手上,沾染着无数条生命的鲜血,而她却无所顾忌、目空一切。这样的女人如果只是单一的蛇蝎心肠,她的毁灭和死亡我们会拍手称快。但是,作者在表现她人性扭曲、残忍一面的同时,也多少对她的特殊境遇有所同情:是社会制度崩坏,使她顺势欺人;是男人贪色淫荡,使她反戈一击;是丈夫好色多娶,使她捍卫自己的地位。在社会关系的倾轧和较量中,她

作为女性,绝对不是个任人宰割的弱者,相反,她却处处逞能,显示了自己驾驭一切的能量和能力,即便是作恶的能量和能力。与此同时,作者又把她塑造成美丽风情、聪慧机敏、口若悬河、善于谐谑的女人,尤其是把她塑造成具有极高交际和管理能力的女强人。

　　大观园是荣国府里的特区。在大观园围墙之外,是男性的天下、男权的社会。但是,在贾府,尤其在大观园中,男人们多数无志无德,无能管事,倒是妇女们真正成了半边天:老祖宗成了至高无上的尊者,凤姐成了老祖宗的左膀右臂。她跟随贾母,兢兢业业,也机关算尽,恩威并施,成为最得力的大观园管理者。突出的例子就是王熙凤帮贾珍料理秦可卿丧事,协理宁国府的事情。在她的管理下,丫鬟仆妇都能各尽其职、各掌其事,大观园基本太平无事。由此观之,凤姐其魄力、其胆识、其思维、其才华令人何等佩服。与探春相比,探春的管理更人性、更理想,凤姐则是实干和高压。然而,凤姐再逞强,面对的是"忽喇喇似大厦将倾";她再有志气,身后站着的是贾府酒囊饭袋却有礼教帮衬的男性;她再有能力,面临的却是贾府无可挽回的残局。《红楼梦》第二回"冷子兴演说荣国府"曾说贾府已是百足之虫,死而不僵,外面的架子虽未倒,内囊却已尽了。最终作为女性的凤姐,无论如何也逃脱不掉封建宗法制男尊女卑、夫为妻纲的束缚。待到凤姐失去贾母的庇护,由邢夫人和贾琏来念动婆婆和夫君这紧箍咒时,凤姐的末日真正到来。加上她在任期间得罪了众人,大家新仇旧恨一齐找,新账老账一齐算。凤姐终于心劳力拙,病弱交加,骨瘦如柴,痛不欲生,便泰山倾倒、一命呜呼了。

　　王熙凤在贾府脂粉队伍中,虽然没有文化,但言谈极爽

第十五章
问君能有几多愁——悲剧交响

利,心机又极深细,"竟是个男人万不及一的"。作者写她终于也是悲剧收场,是在叹惋封建社会对女强人一面的凤姐的毁灭,是在悲慨女子文才之外的另一种才能——像男性同样的强势人生从辉煌而终至毁灭的过程当然,不会悲悯她曾做过的恶。

爱情的悲剧

一、大旨谈情

中国古代的封建社会是扼杀爱情、摧毁爱情的社会,是不能恣意抒发爱情的时代。随着明代启蒙思潮的崛起,城市经济的相对发达,中上层阶级物质生活的侈靡,知识人士有较大的文化动力和精神空间,于是谈"情"说"性"成为时尚。《牡丹亭》的作者公开标榜"情教",畅意地书写男女之情,当时的作者和读者均不以之为异。而生活在清中叶的曹雪芹承续着启蒙思潮的精神流脉,并以真实的社会生活与丰富细腻的心理生活的积淀为底蕴,"大旨谈情"、"大胆写情",深细地"写情和欲、情爱和性爱、爱情和婚姻相分离的男女情事,写被压抑的、变态的爱情"[①]。在《红楼梦》的"情爱画廊"中,的确有着各式各样的男女故事,有传统的男女爱情,也有超乎传统的同性的爱情;有冰清玉洁的爱,也有淫娃荡妇的欲;有为冲破禁锢争取自由的斗争,更有不顾廉耻的奸淫野合……曹雪芹以他出神入化之笔,把人性和情欲的世界写得五彩斑斓、妙笔生花,尤其把美好的爱情写到叹为观止、石破

---

① 刘梦溪:《情爱解码:红楼梦里的爱情故事》,《中华读书报》,2004 年 8 月 6 日。

天惊的境界。充分表现了人在爱情激荡中丰富细腻、层递层深的心理活动。作品最终深刻而具体吸引我们并感动我们的是真正爱情的被毁灭,是爱情的悲剧力量。

"开辟鸿蒙,谁为情种?"正是这石破天惊的一问,切中人生的要害,更切中文学的肯綮。人是意志的动物,更是情感的动物。《红楼梦》作为悲剧文学,为读者演绎了一曲曲最缠绵悱恻、最生动壮烈、最浪漫深情、也最惊心动魄的情爱之歌。宝黛爱情是故事的主线,更是处于中心地位的爱情悲剧。他们不仅是郎才女貌,也是郎貌女才;不仅是心有灵犀、一见钟情,也是相互理解、情趣相投。他们的爱情是真正心理、情感和灵魂意义上的,超越了他们所处的环境和时代,既传统更带有明显的现代爱情的色彩。他们爱的真挚热烈,疯狂不渝。如书中曾写道:大观园渐次冷清起来,宝玉被迫到家学读书。黛玉揣摩终身之事无人可求,内心凄凉无比,因做噩梦,梦见宝玉用刀划心,醒后不觉口吐鲜血病重起来。贾母寻思宝玉若娶了亲会更长进,与邢夫人等闲聊此事,凤姐想起"宝玉"与"金锁"是绝配,提出将宝钗许给宝玉,贾母听后十分欢喜。黛玉听雪雁和紫鹃谈论宝玉婚事,顿时万念俱灰,病入膏肓;后又听此议未成,病竟神奇地好了。这样描写人的情感和心理的情节写得波澜起伏、深刻透辟,雕刻出了一座可生可死的爱情丰碑。他们燃起的爱情之火是封建社会茫茫暗夜中叹为观止的火焰。一旦这团火焰被残忍地毁灭——苦绛珠魂归离恨天,病神瑛回归大荒山,就像毁灭了我们人类最美好圣洁的感情机能,我们怎能不为之恸动流泪、痛不欲生!至于宝、黛、钗之间的感情纠葛,则突出了爱情的复杂性,筑成了爱情的悲剧性。在"追求自由爱情"和"封建家长包办"这两股力量的斗争中,当人的主观意愿和他的

第十五章
问君能有几多愁——悲剧交响

行动所造成的后果不相符合或者背道而驰时,这就是悲剧爱情的社会基础和沉重结果。宝玉的自由选择和被迫接受呈不一致性,最终导致了悲剧的结局。

二、其他爱情传奇

和宝黛爱情互相映衬、相映成趣的还有多个堪称壮烈或别致的爱情悲剧故事。比如,柳湘莲和尤三姐的爱情故事就是其中颇具传奇和壮烈色彩的一个。传奇在于柳湘莲是一个世家子弟,他处处漂泊,行无定所,舞剑弄酒,浪漫不羁,与宝玉结为好友,又先后毒打和义救薛蟠,颇具武侠之风。湘莲择偶有一个标准,即须是"绝色女子",而且须是"干净女子"。壮烈在于三姐虽然身陷贾珍之流的肮脏环境,但内心玉质冰清、真情不改。她与柳湘莲一见钟情,并通过贾琏搭桥得到许诺后,便静心正色,等待自己的情郎来和自己完婚。结果柳湘莲怀疑三姐不洁而对婚约有反悔之意,致使尤三姐为证明自己身子的清白和对爱情的坚贞而取湘莲家传订婚宝剑自刎而亡,湘莲为此后悔不已,遂断绝尘念,出家为道,所谓"情小妹耻情归地府,冷二郎一冷入空门"。

司棋和潘又安的爱情悲剧亦可以壮烈称。司棋是迎春的丫头。有一次鸳鸯从李纨处回来,刚至园门前偏要小解,便要去大桂树底下来。"刚转至石后,只听一阵衣衫响,吓了一惊不小,定睛一看,只见是两个人在那里,见他来了,便想往树丛石后藏躲。鸳鸯眼尖,趁着半明的月色,早看见一个穿红裙子,梳鬅头,高大丰壮身材的是迎春房里的司棋。鸳鸯只当他和别的女孩子,也在此方便,见自己来了,故意藏躲吓着玩耍。因便笑叫道:'司棋你不快出来,吓着我,我就喊起来,当贼拿了。这么大丫头,也没个黑夜白日,只是顽不够。'这本是鸳鸯戏语,叫他出来,谁知他贼人胆虚,只当鸳鸯

已看见他的首尾了,生恐叫喊出来,使众人知觉更不好,且素日鸳鸯又和自己亲厚,不比别人,便从树后跑出来,一把拉住鸳鸯,便双膝跪下,只说:'好姐姐千万别嚷!'鸳鸯不知为什么,忙拉起来,问道:'这是怎么说?'司棋只不言语,拿手帕拭泪,鸳鸯越不解,再瞧了一瞧,又有一个人影儿,恍惚像个小厮,心下便猜着了八九分,自己反羞的心跳耳热,又怕起来。因定了一会,忙悄问:'那一个是谁?'司棋又跪下道:'是我姑舅哥哥。'鸳鸯啐了一口,却羞的一句话也说不出来,司棋又回头悄叫道:'你不用藏躲,姐姐已经看见了,快出来叩头。'那小厮听了,只得从树后跑出来叩头如捣蒜。鸳鸯忙要回身,司棋拉住苦求,哭道:'我们的性命,都在姐姐身上,只求姐姐超生我们罢。'鸳鸯道:'你不用多说了,快叫他去罢。横竖我不告诉人就是了'"(第七十一回)。这是司棋与他表哥的私情时刻。这私情发生在不允许发生的环境,必然要有悲剧的下场。后来王夫人惑于谗言而检查大观园时,因在司棋的箱中搜出"一双男子棉袜,并一双缎鞋又有一个小包袱,打开看时,里面是一个同心如意,并一个(写着她们情话的)字帖儿"(第七十四回),第二天便被赶了出来。司棋对埋怨她表哥的母亲说了一番壮烈的话:"我是为他出来的,我也恨他没良心。如今他来了,妈又打他,不如勒死了我。""一个女人配一个男人。我一时失脚上了他的当,我就是他的人了,决不可再失身给别人的,我恨他为什么这样胆小,一人作事一人当,为什么要逃,就是他一辈子不来了,我也一辈子不嫁人的。妈要给我配人,我原拼着一死的,今儿他来了,妈问他怎么样。若是他不改心,我在妈跟前磕了头,只当是我死了,他到那里,我跟到那里,就是讨饭吃也是愿意的。"司棋之母大怒,便哭着骂着说:"你是我的女儿,我偏不给他,你敢怎么

着。"那司棋见状最后做出了壮烈的事情:"一头撞在墙上,把脑袋撞破,鲜血直流,竟死了。"原本发了财的表哥见证了司棋的赤胆和忠心,也坦然地跟着司棋自杀身亡(第九十二回)。可怜这两个情种、两个真正痴情的青年,就这样花凋玉碎,为爱情双双献出了自己的生命!司棋以奴婢的身份从红楼女儿里烈性地站了出来,汇进了"千红一哭"的悲惨却悲壮的行列。

以宝黛爱情绝唱为主旋律,《红楼梦》中还有尤二姐的爱情悲剧,秦钟与智能的爱情悲剧、贾蔷与龄官等虽没有结果却肯定是悲剧的爱情故事。这一幕幕令人痛彻心扉的悲剧,不仅是对封建制度扼杀美好与纯洁的罪行的控诉,更是对封建势力摧残青春和人性的强烈愤恨。作者对这些爱情悲剧主人翁寄寓了无限的同情和惋惜。

"新人"的悲剧

一、贵族新人

《红楼梦》中的"新人"实际就是不合封建主义要求、属于封建阶级叛逆者的人物。其中的领袖自然是"天下无能第一,古今不肖无双"的贾宝玉和他志同道合的同盟军林黛玉。贾宝玉的叛逆既表现在思想上,更表现在情感态度和行为方式上。在封建社会的贵族之家,在男尊女卑的特定时代,在男人一心唯利是图、企求登科进士的传统社会,宝玉不仅厌弃仕途经济,而且称"除《四书》外,杜撰的太多。"并敢于冒天下之大不韪,宣布并践行他的"女清男浊"的人生哲学,从泛爱和博爱的角度爱人爱物,从精神之爱的角度追求自由的爱情。这些都被认为是大逆不道。封建家长认

为他"潦倒不通事务,愚顽怕读文章",不循经济之道,确无补天之材。那些正统的封建主义者也挟了整个社会的政治经济和道德文化的重量来压迫他,期冀宝玉回到"正道",有朝一日蟾宫折桂,光宗耀祖。然而这块顽玉在思想观念上竟全面背离了封建主义的立场和原则,他痛恨自己阶级所拥有的那种骄奢淫逸、精神空虚的贵族生活,他有自己的社会和人性理想,渴慕自由,渴慕花开不谢、人聚不散的幸福生活和甘醇情感。所有这一切都与他周围的环境势同水火,叛逆者的悲剧也就在所难免。贾政毒打宝玉,便是封建护卫者与封建叛逆者之间矛盾的总爆发。宝玉却说:"为了这些人死了也值得。"他的叛逆梦想丝毫都没有退缩。可以说贾宝玉是那个铁屋子的时代让我们看到些许亮光和希望的"另类",甚或就是个"英雄",虽然他多少还是一个感性的或相对盲目的英雄,但他毕竟从思想上、情感上和行动上开始透露了现代社会的精神信息,让我们感受到有现代意味的人道主义和民主主义思想的光亮,也就是在封建社会的牢狱里看到了些许希望。所以鲁迅先生在《中国小说史略》中云:"悲凉之雾,遍被华林。然呼吸而领会之者,独宝玉而已。"当然,贾宝玉是不孤单的,在走向叛逆的道路上,黛玉追随着他,态度是那样坚定,她追求自由、追求自主的爱情、追求美好生活,不惜以死抗争的形象,是封建社会自觉或不自觉的叛逆者。他们的"新人"属性和叛逆色彩使我们感受到他们特殊的历史意义和文化价值。

二、底层新人

《红楼梦》中不仅有宝黛这样有文化的贵族叛逆者,在冲破铁窗子的队伍中,还有那么多不屈的底层生命。其中晴雯和鸳鸯最为代表。晴雯堪称《红楼梦》中一个"别样女子",

第十五章
问君能有几多愁——悲剧交响

她聪明伶俐、漂亮非凡,"夜补金雀裘"和"撕扇子作千金一笑"的故事实在生动而出类拔萃。她与宝玉纯洁真挚的友谊使得晴雯这个人物形象显得如此丰满,如此耐人寻味。身为奴才,只因为长相出众,便被指控为妖媚惑人。在被赶出的时刻,她对宝玉说了一番肺腑之言,并表示了对封建等级社会制度之下的种种不公平和压迫进行的坚决反抗。在封建专制制度主宰一切的时代,她的反抗行为带来的一定是被诛杀和被毁灭。然而,晴雯的叛逆和反抗行为及其悲剧的结果并非全无意义,虽然她的叛逆和反抗更多是出于本能和不自觉,但它自觉唤起的则是我们对被压迫阶级反对封建专制制度,争取人身自由的行动进行更深刻的审视。

鸳鸯也是和她站在同样抗争队伍中的不自觉的"新人"姐妹。她的叛逆集中通过一件事情即有所表现。贾赦看上了鸳鸯,并怂恿邢夫人说服贾母将鸳鸯给他。邢夫人找来鸳鸯的嫂嫂劝鸳鸯,遭到鸳鸯的强烈反抗。鸳鸯知道贾赦乃酒色之徒,又有了一把年纪,根本不愿意这桩做小的婚事。她正声说道:"别说让我去做小的,就是这时候太太没了,八抬大轿抬我做夫人我也不干!要是强求,我就做姑子去,大不了还有一死呢!"其反抗的态度的确堪称强烈。鸳鸯作为一个封建社会中的卑微女性,能严厉"拒绝"贾赦的淫威和荒唐的纳妾要求,在无助的时刻宁愿选择死亡也不愿委曲求全,做自己不情愿做的事,向封建势力低头,她的确是小说中依赖于封建家族、封建社会而又奋起敢为、反抗性最强的人物之一。当贾母死后,她失去了保护伞,便决然悬梁自尽。此事发生在第一百一十一回"鸳鸯女殉主登太虚"。

乐园的悲剧

一、世俗家园之悲

在世俗家庭环境中,虽然青春的生命在更深层次的存在中受到压抑和迫害,但日常衣食礼仪中的伦理美和人情美依然是世俗生活中不容忽视的另面。《红楼梦》描述贾府一次中秋赏月的宴饮活动,"凡桌椅形式皆是圆的,特取团圆之意。上面居中贾母坐下,左垂首贾赦、贾珍、贾琏、贾蓉,右垂首贾政、宝玉、贾环、贾兰,团圆围坐"。宴会在圆桌上进行,座次极有讲究,贾母是"老祖宗",在上面居中坐下。贾赦是大房,所以居左;贾政是二房,所以居右。这是封建社会诗礼之家的一套礼仪,所谓"尊卑有序"、"长幼有序"。封建社会的宴饮活动,不但座位安排很有讲究,"面东为尊""居左为上",而且迎接宾客要打躬作揖,席间宾主频频敬酒劝菜,筷要同时举起,席终净面后要端茶、送牙签、漱口等,礼仪频多,透显出礼仪之邦和贵族大家的礼仪文化,也显示了文明和温暖的世俗家庭生活的气象。人们在宴饮活动中重视礼节、礼貌,显示伦理关系的文明和温暖,几千年来已形成了文化传统,其中表现伦理美、形式美的一些规律,一直沿用到现在。在饮食和礼仪生活中体现一种伦理美、人情美,虽然偏于形式上的意义,但也是立体化人性在家庭生活中的显现。家、家族毕竟是红楼人物在特殊意义上的物质生活和伦理生活的乐园。贾母、王夫人如此疼爱着宝玉,薛姨妈如此倚重着宝钗,如若没有这些基本的人性、人伦之爱,家族便成为禽兽的聚集地了。当然,随着贾妃的故去,贾府的被抄,这个世俗的乐园最终没有了物质基础而彻底解体了。

二、理想乐园之悲

大观园是小说《红楼梦》的重要环境,它伴随贾元春省亲而出现,实际却是作者精心构造的人物活动的主要舞台,它不仅是主要人物典型性格的陪衬环境,还被赋予了多重意义内涵。首先,它是一块花鸟繁华、亭台楼阁中建筑的美的堡垒,并成为少男少女们的精神家园;其次,这里也是新生势力的聚集地,是培养新精神、呼吸自由空气的阵地。《红楼梦》中的青春故事、爱情故事和叛逆故事都生长在这里,这里不仅是作者思想的安置地,更是作品人物的活的舞台。它是那样鲜艳美丽,是作者现实园林基础上想象加工的产物,其中许多想象、理论都非常成熟和出色。应当说《红楼梦》中大观园的艺术价值不逊于任何一座现存的园林。但它更重要的是表达了一种关于新的存在环境的思想。美好的东西被毁灭才是悲剧之所在。大观园的悲剧起于它的被抄检,其中揭示了家族内部的深刻矛盾:邢夫人对王夫人与凤姐早已不满,她借绣春囊事件向大观园的管理者发起攻击;王夫人则是怕宝玉"被挑唆坏了",对此类事件也非常敏感,且早就对大观园中的某些丫鬟心存不满;王善保家的想借主人逞威风,以树立自己的奴才管家地位,由于她进谗言,让这场抄检从原本查找绣春囊所有者发展到累及众人,从而使司棋、晴雯、四儿、芳官一概受牵连……

此后,探春水舟车陆远嫁他乡。姐妹们死的死、散的散,大观园里更加冷清。凤姐月夜撞见秦可卿的鬼魂,尤氏走园中旧路回来也得了狂病。众人皆传园中有妖怪,各要搬出,大观园园门被封,贾赦请道士来园中作法除妖。大观园昔日的明艳舞台被摧毁了,青春和自由的梦破碎了,乐园消失了。虽然乐园的意义被封建主义摧毁了,但失去乐园

的悲剧却会燃起我们追求更新乐土的新的希望!

《红楼梦》的整个悲剧,最终都归结到"美和美的毁灭"或人生和价值的毁灭这个命题上。它在各自不同的层面上独立起来,又在人生整体的层面上统一起来,它让我们整体体验到的是美毁灭的历程中在一个方面或各个方面的人物、情节和故事的悲剧,其中众多悲剧角色所共同展示的悲苦命运,为中国小说的忧郁气质做了一个百川归海式的总结和升华。它使我们知道在那样的社会,越是美的东西越没有好结果,从而引导人们遍尝痛苦的人生,慨叹美好的消失,引发我们对美的对立面的无限愤恨,这便是悲剧美的力量!

跋：《红楼梦》的诗性魅力汇要

作为中国古典时期的颠峰性巨著，《红楼梦》没有讲千古英雄纵横捭阖的征战、豪杰群雄你争我夺的较量，它娓娓讲述的是古代皇族大家高门大墙之内日常生活为主的种种故事，吃饭睡觉，婚丧嫁娶，日复一日，年复一年。虽然是日常生活中具有通俗性、家常性、生活性的故事，顶多带有些宫闱秘事性和传奇性，却是一部荡溢着诗情、透显着诗化意境的诗化小说，令古往今来的读者读之如醉如痴、深觉其中特殊的诗意之美，其原因何在呢？

诗性红楼撷英
SHI XING HONG LOU XIE YING

一、书名意象、艺术形象、艺术描写中渗透着抒情性

《红楼梦》这个书名最富诗意也最深沉蕴藉,它直接来自书中第五回"警幻仙曲演红楼梦"的十二支曲子,是所有书名意义的综合,并因本身是古典诗歌中的特殊意象而具有深刻的抒情性。"红楼"即紫檀木筑就的楼宇,借指富贵之家或豪门大室的邸宅。白居易《秦中吟》有"红楼富家女,金缕绣罗襦"句。韦庄也有名句"红楼别夜堪惆怅,香灯半卷流苏帐"。以《红楼梦》命名,不仅包含了对当日所历所闻的富贵之家中一切青春浪漫女子的追忆,还包含了对世事沉浮、沧海桑田、繁华如虹、人生似梦等更为深邃的思考。正如梦觉主人在《红楼梦序》中所说:"红楼富女,诗证香山;悟幻庄周,梦归蝴蝶。"红楼富女的意象再与庄周梦蝶联系起来,更加韵味深长,使小说内容也无不聚焦在书名的抒情性光辉之中。

如果说书名作为特殊的意象一开始就把读者引入特殊的诗性回味之中,当我们进入《红楼梦》的艺术世界,纷至沓来的诗性元素便如泉涌般不断出现。艺术形象的抒情性是红楼诗性的重要原因。作者塑造的主要人物形象金陵十二钗都是处于青春时期的美丽女性。年轻和美丽,这本身就是抒情和诗性的核心。作者用"群芳"来形容她们的青春和美貌,她们简直就是春天里引动诗情的各式各样的花朵。作者不仅喜欢用花朵形容她们,更喜欢在她们出场的特殊时刻用诗歌着意描摹她们的美貌、气质特征与美的"神韵",如描摹黛玉"两弯似蹙非蹙罥烟眉,一双似泣非泣含露目";"闲静时如娇花照水,行动处似弱柳扶风"(第三回),并用

美的事物来加以映衬、辅助象征,突出人物外在与精神世界的和谐诗意。比如,黛玉与琴、惜春与画、妙玉与白雪红梅。白雪红梅既是美丽夺目的冬天景致,也是增添诗意的抒情媒介。曹雪芹抓住冰晶剔透的天地中含芳吐红的梅花,来象征妙玉孤高雅洁的个性,和内心深处对美好生活倾心向往的感情。小说中像这样诗意浓郁地拉开日常生活迎来送往的细节的情节比比皆是。小说主要形象的诗意还在于她们不仅和美的事物,也和诗本身相伴相随。她们不仅饮酒弹琴、联对画画,更读诗、学诗、写诗、评诗,她们的日常生活填满了诗会和诗性的美好。比如,第四十八回香菱学诗的情节中,人物头脑想的是诗,交流的内容是诗、眼中和手中面对的是诗,整个学诗的过程也都成了诗话。她们的内在心境也随着外在的诗歌生活而起伏跌宕、细腻精致,并因此而更加抒情化了。

二、神话结构、诗体叙事、场景营构潜藏着暗示性

非诗体文学作品的诗性还在于其叙事框架和情景营构上留出的时空余地较大,其间接性、朦胧性和暗示性的特点,令读者总有不尽的联想和想象。诗歌最大的特点是抒情,在抒情过程中通过情景营构等特殊手段造成的主旨朦胧和意义暗示是诗歌的重要特征,也是诗性美的重要标志。在《红楼梦》中,从开篇叙事,就出现了富有暗示性的神话内容,到整篇结尾依然以神话内容结束。在首尾叙事的神话结构中,包含了三个与主体人世情节相互对应的神话故事:石头神话、绛珠仙子神话和将前两个神话进行遇合和预

测的太虚幻境神话。三个神话都寄寓了丰富幽微的暗示性意义。与宝玉形象相对应的"石头"神话借石头幻形入世的经历,暗示了"庄生晓梦迷蝴蝶"般的人生体验和对有情与无情世界的辩证玄想与哲理感慨。"绛珠仙子"是石头故事现世应接地位的主人翁,绛珠还泪的神话内容则是宝黛凄美爱情故事的悲情隐喻,既表达了作者对爱情宿命的执著,更暗示着作者对心目中新的爱情理想的追求及为之奋勇抗争、至死不渝的决心与思索。最后的"太虚幻境"神话则更具有大旨谈情和整个故事方向上的意义暗示。由于《红楼梦》是首尾神话叙事结构包孕着的人世故事,人世故事是神话故事哲学主题的人间演绎,所以整体上表意十分深玄,也因为神话深具象征色彩并充满暗示性,使整部作品诗性特征十分鲜明。

《红楼梦》的神话故事中还有很多复杂功能的诗歌,它们既具有抒情性,又具有叙事性,同时,也具有叙事和主旨意义的预测性、暗示性,最突出的是太虚幻境中的《红楼梦曲》、各个《判词》以及《好了歌》等。在神话中,作者让金陵十二钗代表的普天下女子全部进入薄命司,在情天恨海的春夏秋冬中展开自己的人生轨迹。这些诗歌的意境和意义都是贯穿性的,是与红楼人物的性格、命运、结局相伴相随的。正如张新之《红楼梦读法》中说:"书中诗词,悉有隐义,若谜语然。"①比如,探春的判词写道:"才自精明志自高,生于末世运偏消。清明涕送江边望,千里东风一梦遥。"余意未尽地设置了探春的聪明才智、生不逢时、流涕远嫁和遥梦故乡的一生。《分骨肉》曲则更形象地暗示探春未来的命运,一代女中英

---

① 转引自白盾:《红楼梦研究史论》,天津人民出版社,1997年版,第112页。

杰,在离家千万里之际,隐忍地用命运穷通自我宽解,也宽解家人。诗语中仿佛幻现探春在含恨悲诉。另外还有《红楼梦》第六十三回"寿怡红群芳开夜宴"的主要情节,众人抽花签行酒令,每抽到一枝上面就有题词和系诗。每一个题词都有象征蕴奥,每一首系诗也都有意义暗示。比如,黛玉抽到的是一枝芙蓉,题着"风露清愁"四个字,系诗是"莫怨东风当自嗟"。此处"东风"应暗示的是宝钗。如此抒情性和暗示性的内容和写法都是其他古典小说中极其少有的。

再看《红楼梦》女性主人翁特定的生存环境和主要活动场景。小说中这些空间性的内容是向着古典意境化的特征去特殊营构的,既充满了生活的纵深感,又渗透着情景交融的意味,不仅是人物的陪衬物,本身就具有多层的性格暗示性。大观园是美的环境的典范,各处的景点、楹联、匾额等不仅是艺术的直现,更能感受到古典诗歌中的艺术渊源和作品中的情感延伸与意义暗示。其中每一个人物的具体活动场景,更是诗意连绵、蕴奥万般。黛玉的潇湘馆既绘有"斑竹点点湘妃泪"的忧伤意境,又含着竹林七贤"居不可一日无竹"的潇洒风骨,还蕴蓄着王维"独坐幽篁里,弹琴复长啸"的孤独与洁傲。李纨的稻香村则是荡漾着中古田园生活味道的环境,"各色树稚新条,随其曲折,编就两溜青篱","黄泥筑就矮墙,墙头皆用稻茎掩护",既让人领略到陶渊明"繁华落尽见真淳"的境界,也使人联想到王维《文杏馆》"文杏裁为梁,香茅结为宇"那种回归自然、朴拙无争的神韵,并暗示出李纨清静无为、洁身自持的个性追求。大观园中其他如"暖香坞"、"藕香榭"、"紫菱洲"等景点的命名也都十分含蓄雅致,令人有美的联想。

黛玉葬花的场景也和她的典型形象紧密结合在一起,既

是兴象浑融、情与景谐的极致画面,也是特殊营构出的高超莹洁而有壮阔幽深的宇宙意识生命情调的诗性画卷。其他各种描写环境、景致的文字,也多通过对唐宋诗人山水田园诗句和诗意的借鉴和化用,来描摹一种诗意盎然又清新脱俗的境界。如贾宝玉为藕香榭所做的对联上句是"芙蓉影破归兰桨"(第三十八回),荷花的摇曳之姿和归舟的动静互衬,显然是王维《山居秋暝》中"莲动下渔舟"一联的化用。这样的例子真是不胜枚举。

三、主题意蕴、形而上意味、女性悲剧强化着审美性

《红楼梦》内容上的"别材、别趣"是其诗性魅力的土壤和基础。作为中国古典最伟大的小说,其原因是多重的。但其中最重要的原因之一,是因为现实主义地描写生活和作品浓郁深沉的历史感与宽广远厚的人生感使它的主题层次多维、意蕴丰厚。《红楼梦》的创作意图和主题意蕴的确是不易确定和把握的。毕竟任何一部伟大的作品,其丰富的意蕴都不是概念和逻辑有能力予以解说的,而正是这种难以言尽和难以逻辑化的主题意蕴,带给读者更强烈的意义预期和审美期待。

《红楼梦》不像某些作品只让人看人生里的某一些事件、某一些场景或某一系列人物,它总是让人穿过这些生活的细枝末节,透过这些具体表象的生活内容去感慨和面对整个生活背后的东西,去进行一种哲理性的思考和感慨,既对人生或者对生命的终极意义进行追问,将富有"神韵"的悲剧气氛渗透在全书的艺术思维和内容的整体与细节之中,引导读者

去体验整个人生的某种况味、某种觉悟;也对人物的命运乃至宇宙自然的存在由衷感伤和思考,在整体意境上呈现出层层深入、幽微深邃的形而上特点。宗白华曾说:"以宇宙人生的具体为对象,赏玩它的色相、秩序、节奏、和谐,借以窥见自我的最深心灵的反映;化实景而为虚境,创形象以为象征,使人类最高的心灵具体化、肉身化,这就是艺术境界。"①这是说,在对宇宙人生的具体描写中,不论是对它的表象、还是秩序、节奏等的摹写,都是为人类心灵服务的,都能窥见人最深的情感,都能引人从根本上追问和体验人生的终极意义和价值。《红楼梦》正是用虚与实、空灵与充实辩证统一的悲剧意境,既与特定的时代相联系,又超出了特定的时代,写出了不同时代的人所共有的心灵体验和感受。就此蒋和森才说:"《红楼梦》不仅是小说,也是诗,是无声的音乐,是抒情的哲学。"②

《红楼梦》是通过贾宝玉和林黛玉这些主要人物的具体命运,向我们传达出一种对人的有限生命和人的命运挣扎这样一种深沉伤感的。他们常常忧郁、流泪,常常用话语,尤其是用笔墨抒发那种莫名的,有着某种形而上意味的生命忧伤,如黛玉的《葬花吟》、宝玉的《芙蓉女儿诔》等。他们的惶惑、叹息不仅仅是针对两人爱情生活的不幸,而且是出于对生存、对生命本身、对人生意义的价值追问。这使《红楼梦》这部小说的主题意蕴深邃,并笼罩着忧郁的情调、弥漫着浓郁的形而上意味。

除了宝玉和黛玉震颤人心的爱情与生命故事带给我们

---

① 宗白华:"中国艺术意境之诞生"(增订稿),《宗白华全集》,第2卷,安徽教育出版社,1994年版,第376页。
② 蒋和森:《红楼梦论稿》人民文学出版社,1981年版,第417页。

悲剧美的无穷享受,《红楼梦》中女性的悲剧群像也令我们在深刻的感叹中沉迷于其中,并为群美毁灭的悲歌而叹惋不已。鲁迅曾一语中的地说:"悲剧将人生的有价值的东西毁灭给人看。"①《红楼梦》中女性的悲剧是作者倾力描绘的社会生活的重大悲剧。在"千红一哭,万艳同悲"的红楼人生中,曹雪芹向我们展现了一出出惨烈的女性悲剧。无论是美丽的贵族女子如元春、黛玉、宝钗、湘云、熙凤,还是俊俏的丫鬟仆人如鸳鸯、晴雯、金钏,还是在主子与仆人之间的平儿、香菱,甚或是概念上远离红尘的妙玉……她们或者是封建礼教的牺牲品,或者是封建丑恶的家族政治和经济文化势力所排斥、吞噬的对象,她们的人生无一不是以悲剧收场,无一能逃脱红消香断、花残春尽的悲惨结局。作者统统把她们归结到"薄命司"中,伴着她们由秋流到冬、由春流到夏的眼泪,在悲剧的强烈审美中,我们的内心掀起了对丑恶没落的社会制度的满腔愤慨,正是那个罪恶的社会制度不能容纳这些"清纯如水做的女儿们"艳丽的、鲜活的美好生命及其理想追求。《红楼梦》就是这样像《诗经》一样让我们兴、观、群、怨着的,而这也是《红楼梦》伟大悲剧的审美教育意义之所在。

作为最能焕发民族文化光彩、最能张扬人性的巨著,《红楼梦》是由上述无数的具体综合起来升华为诗化小说和优秀艺术的。当我们用艺术的心灵去拥抱它,当我们在如痴如醉、如梦如晤的高峰体验和无尽沉静的心灵冥思中品鉴它诗性世界之时,便是在感受《红楼梦》"悲凉之雾,遍披华林"

---

① 鲁迅:"言论自由的界限",《鲁迅全集》第 5 卷, 人民文学出版社, 1981 年版, 193 页。

(鲁迅语)的意境,也是在"大哉红楼梦,浩荡若巨川"(冯其庸语)的人生和文化体验中做审美的遨游了。这是一部难解其味的书,其中的诗性魅力应是普通欣赏者着重体会的重要内容之一。

通·识·书·系

诗性红楼撷英
Shixing Honglou Xieying

- 诗性红楼撷英
- 人文社会科学概论
- 哲学导论
- 中国管理智慧
- 儒家思想导论
- 科学思维方法论
- 中西文化比较概论
- 世界文明史
- 文化人类学导论
- 科学简史
- 老庄哲学导论
- 汉字与中国文化
- 美国历史与文化
- 西方音乐欣赏
- 国史通识讲义

责任编辑　晓　赖
封面设计　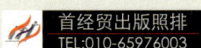 首经贸出版照排
　　　　　TEL:010-65976003

定价：19.00元